I0608014

.

Occhi e capelli scuri.

Perfettamente proporzionata.

Nessun episodio di cattiva condotta. Nessun segno di disobbedienza. La sottomessa perfetta.

Poliglotta. Esperta di politica. Spiccata attitudine per la matematica.

Assimilai tutte le informazioni, memorizzando il fascicolo aperto davanti a me. Dopo due anni di ricerche, finalmente avevo trovato una candidata ideale. Appena in tempo.

La numero diciassette, una splendida femmina caucasica di ventidue anni.

Ma la sua mancanza di un istinto ribelle mi preoccupava. Sarei riuscito a modellarla in ciò di cui avevo bisogno?

A prescindere da chi avessi scelto, qualsiasi vergine di sangue avrebbe richiesto un addestramento incredibilmente intenso. Un addestramento che avrebbe potuto spezzare una mente debole, rendendo il mio investimento del tutto vano. Ma dovevo tentare.

La foto della donna brillava, illuminata dal lampadario che pendeva dal soffitto. Tutto di lei era in mostra. I seni morbidi, la vita sottile, i fianchi femminili. Assolutamente stupenda. Mi sarebbe costata una piccola fortuna.

Mi passai il pollice sul labbro inferiore. C'era un fuoco nei suoi occhi scuri che mancava in quelli delle altre. L'avrei usato a mio vantaggio. L'avrei resa un veleno perfetto.

L'Alleanza di sangue non se lo sarebbe mai aspettato.

Un secolo di complotti, culminati nelle mani di una

bellissima donna. Sarebbe stata l'arma più grandiosa mai creata. E io l'avrei posseduta. Completamente.

Sì.

Lei era quella giusta.

Con un po' di fortuna, non sarebbe andata in frantumi sotto il mio comando. Ma se anche fosse successo, avrei rimesso insieme i pezzi. E avrei ricominciato da capo. Fino alla resa dei conti.

Quando avrei trionfato.

A qualsiasi costo.

Anche se avesse significato sacrificare la sua vita, oltre alla mia.

Al diavolo l'Alleanza di sangue.

LA VERGINE DI SANGUE

ALLEANZA DI SANGUE

TRADUZIONE ITALIANA:
CLAUDIA SARTORI
A CURA DI:
ERIKA VENNARUCCI

AUTRICE DI BESTSELLER PER USA TODAY

LEXI C. FOSS

Titolo originale: Chastely Bitten

Traduzione italiana: Claudia Sartori

A cura di: Erika Vennarucci

Cover Design: Manuela Serra

Fotografia di copertina a cura di: Wander Aguiar Photography

Modelli: Andrew & Sofia

Pubblicato da: Ninja Newt Publishing, LLC

ISBN eBook: 978-1-954183-90-2

ISBN stampa: 978-1-954183-91-9

A Julie, per avermi ispirata a raccontare questo mondo...

LA VERGINE DI SANGUE

ALLEANZA DI SANGUE

LIBRO UNO

LA VERGINE DI SANGUE

Un tempo, il genere umano governava il mondo, mentre vampiri e licantropi vivevano nell'ombra. Ma ora non è più così.

Juliet

È mio dovere obbedire. Offrire al mio padrone il mio corpo e il mio sangue, finché non si stancherà di me.
Non c'è modo di sfuggire a tutto questo.
Nessuna via di fuga.
Devo seguire le regole, o morirò.
Non voglio morire.

Darius

Ventidue anni di addestramento hanno creato il veleno perfetto. L'arma che i miei nemici non si aspettano. La spezzerò, la istruirò e la userò per annientare chiunque si metta sulla mia strada.

È affascinante.
È perfetta.
Ed è mia.

Benvenuti nel futuro, in cui a dettar legge sono le stirpi superiori. Procedete a vostro rischio e pericolo.

Vi avverto, quella tra Darius e Juliet non è una storia d'amore convenzionale. Appartiene a un mondo oscuro, popolato da vampiri e licantropi, in cui gli umani non hanno alcun diritto.

I morsi non mancheranno.

Vostra,
Lexi

Un tempo,
il genere umano governava il mondo, mentre vampiri e
licantropi vivevano nell'ombra.

Ma ora non è più così.
Benvenuti nel futuro, in cui a dettar legge sono le stirpi
superiori.

Procedete a vostro rischio e pericolo.

L'ALLEANZA DI SANGUE

La legge internazionale sostituisce ogni governo nazionale e sarà amministrata dall'Alleanza di sangue, un consiglio composto in egual misura da vampiri e licantropi.

Tutte le risorse devono essere distribuite equamente tra vampiri e licantropi, compresi i territori e gli schiavi. La posizione sociale e la ricchezza, tuttavia, saranno a discrezione di ogni casata o branco.

Uccidere, ferire o provocare un essere superiore è punibile con la morte. Tutte le controversie devono essere presentate all'Alleanza di sangue per il giudizio finale.

Le relazioni sessuali tra vampiri e licantropi sono strettamente proibite. Le collaborazioni commerciali, se appropriate e fruttuose, sono invece permesse.

Gli umani sono considerati beni di proprietà e non hanno alcun diritto legale. Ognuno sarà giudicato attraverso un sistema basato su merito, intelligenza, ascendenza, abilità e bellezza. La classificazione sarà effettuata alla nascita e finalizzata nel Giorno del sangue.

Ogni anno, dodici mortali saranno selezionati dall'Alleanza di sangue e dovranno competere per l'immortalità. Di questi dodici, due riceveranno il morso che li sottrarrà allo scorrere del tempo. Gli altri soccomberanno. Creare un vampiro o un licantropo al di fuori di questo processo è illegale e punibile con la morte.

Tutte le altre leggi sono a discrezione dei branchi e dei reali, ma non devono sfidare l'Alleanza di sangue.

PARTE PRIMA

LA VERGINE

ÐARIUS

«LA NUMERO DICIASSETTE È una femmina caucasica di ventidue anni, dai capelli color mogano e gli occhi castani. L'umana è alta un metro e settanta, pesa cinquantotto chili e parla inglese, spagnolo, giapponese e tedesco. Potete trovare ulteriori dettagli sulle sue abilità intellettive a pagina nove della vostra guida».

Studiai la donna sul palco, ricapitolando mentalmente l'elenco memorizzato un'ora prima. Tutto di lei rispecchiava i miei gusti e i miei scopi. Era intelligente, colta, stupenda e innocente. Esattamente ciò di cui avevo bisogno.

Sarebbe stato un acquisto costoso, lo capii dagli sguardi famelici che le riservavano i presenti. Ma ho sempre amato le sfide.

«La base d'asta è di un milione».

Il corpulento banditore sembrava particolarmente compiaciuto della cifra. La raddoppiai agitando la paletta.

La dolcezza del suo sangue solleticava le mie pulsioni più ancestrali, ed era proprio questo il punto. La sua ascendenza, molto rara tra gli umani, per la mia specie era come l'ambrosia. E la sua verginità non faceva che aumentarne il fascino. La perdita dell'innocenza avrebbe alterato un po' il sapore, ma non troppo; da qui il suo valore. Avrei potuto tenerla con me per giorni, mesi, anni. O per sempre, se avessi voluto.

Uno splendido animaletto da compagnia di cui poter disporre a mio piacimento. Cosa che avrei fatto, ma non nel modo in cui tutti si aspettavano.

Sorrisi e alzai di nuovo la paletta, triplicando l'offerta del tizio seduto accanto a me.

Entro la fine della serata, quella donna sarebbe stata mia. Per farci sesso, per nutrirmene. Anche per ucciderla, se avessi voluto.

Povera piccola, quasi mi dispiaceva per lei. Ma notai una certa tenacia nel modo in cui si ergeva sul palco, tutta nuda. Dubito che potesse vedere molto di noi, a parte le nostre gambe, con i riflettori puntati sul viso e sul resto del suo magnifico corpo.

Così bella.

E così mia.

JULIET

Un paio di scarpe nere eleganti.

Questo era tutto ciò che sapevo sul mio futuro.

Nessun nome, nessun volto, solo un vampiro che aveva fatto l'offerta più alta per possedere il mio corpo e il mio sangue.

«Ricordati il tuo scopo» mormorò la mia guardiana, infilandomi da sopra la testa un impalpabile abito bianco. Mi fece sentire ancora più esposta di quanto non fossi qualche minuto prima.

«Sì, signora».

Riuscii a malapena a pronunciare quelle parole. Avevo la gola serrata, la bocca secca. Essere nuda davanti ai mostri più ricchi e influenti della società non era nulla in confronto a quello che mi aspettava.

Ventidue anni di formazione mi avevano insegnato cosa sarebbe seguito e come avrei dovuto comportarmi.

Inchinati.

Niente contatto visivo.

Obbedisci.

Tre regole a cui devono sottostare tutte le vergini di sangue. Con un po' di fortuna, forse poi mi avrebbe lasciata vivere.

La mia guardiana mi avvolse un mantello bordeaux

sulle spalle, legandomelo stretto attorno al collo, per celare il vestito trasparente. Il tutto per mantenere una parvenza di rispettabilità e pudore innanzi al mio nuovo padrone.

«Sei pronta, bambina» disse, finendo di sistemarmi il cappuccio sui capelli scuri. Il mantello e l'abito erano gli unici oggetti che mi era permesso portare con me. Non avevo diritto nemmeno a un paio di scarpe.

«Grazie, signora» le risposi automaticamente, un riflesso frutto di anni di rigida disciplina. Se mi fossi attenuta alle regole, se avessi fatto tutto ciò che ci si aspettava da me, forse un giorno sarei diventata anch'io una guardiana, dedicando la mia esistenza a educare le future vergini. Ma prima avrei dovuto sopportare la mia iniziazione. E sopravvivere.

Le porte della sala delle cerimonie si aprirono con un cigolio sommesso. Avevo già le mani sudate. Due vampiri mi attendevano nel corridoio bianco. Non erano lì per accompagnarmi. Erano due guardie mandate ad assicurarsi che collaborassi.

Fuggire non era un'opzione.

E nemmeno combattere.

L'unico modo di sopravvivere era rispettare il protocollo.

Avevo solo voglia di gridare, ma sapevo che non sarebbe servito a nulla. Anzi.

«Non farlo aspettare» mi ammonì la guardiana in un sussurro.

Parte del rituale prevedeva che percorressi il corridoio di mia spontanea volontà. O almeno era così che sarebbe dovuto sembrare, visto che in realtà non avevo altra scelta.

«Ti auguro una serena giornata» riuscii a mormorare. La mia versione di un addio all'unica persona che consideravo come una sorta di famiglia. Non che avessi mai avuto il coraggio di dirglielo. Condividere le proprie emozioni era ritenuto un segno di debolezza. Non potevo permettermi che qualcuno mi vedesse così, non se volevo vivere.

«E io a te» mi rispose.

Chinai appena la testa in un gesto di rispetto, poi iniziai a camminare verso il mio futuro, verso il vampiro che avrei chiamato "Sire".

Ogni passo mi sembrava più difficile del precedente. Non mi ero mai avventurata fuori dal palazzo. Cos'avrei trovato al di là del portone d'ingresso, oltre a una notte priva di stelle?

Le guardie mi fiancheggiavano, stando attente a non sfiorarmi. Ora appartenevo a qualcun altro. Avevano il permesso di toccarmi solo se avessi lottato, ma non ero così stupida.

I miei piedi nudi non facevano alcun rumore sul marmo immacolato; il mantello frusciava appena, accompagnando i miei movimenti.

Mi sentivo addosso gli occhi delle guardie. Anche loro mi avevano vista nuda durante l'asta, come un animale in palio per il miglior offerente. Il che era esattamente come la società mi percepiva.

Un animale privo di diritti.

Mi fermai davanti alla porta, lo sguardo fisso sulla maniglia. Una volta girata, non ci sarebbe stato ritorno. Non senza il permesso del mio Sire.

Ma non ho scelta.

Non l'avevo mai avuta.

È a questo che mi aveva destinata la mia particolare ascendenza.

Le guardie cambiarono posizione, un chiaro segnale che la mia esitazione non era passata inosservata. Se avessi indugiato un po' più a lungo, avrei rischiato di essere tacciata di insubordinazione. Un'esperienza che non avevo nessuna intenzione di ripetere.

Aprii la porta sull'oscurità della notte, col cuore che mi martellava nelle orecchie. Una limousine mi attendeva nel vialetto. Aveva un'aria sinistra, o forse era tutta suggestione. Niente luci esterne, se non il riflesso proveniente dal corridoio alle mie spalle. Si sa, i vampiri preferiscono il buio.

Feci un passo sul portico, trasalendo alla sensazione della superficie gelida sotto i piedi. Presto il freddo venne sostituito dal dolore, quando iniziai a percorrere il sentiero di ciottoli che mi conduceva al mio destino.

Le guardie mi stavano ancora camminando a fianco, sorvegliandomi.

E poi la portiera posteriore della limousine si aprì.

Caddi immediatamente in ginocchio, con la fronte e i palmi premuti sul selciato. I vampiri di un certo rango esigono una completa e totale sottomissione, soprattutto se si tratta del tuo padrone. Salutarlo in qualsiasi altro modo avrebbe comportato una punizione, qualcosa che preferii evitare di subire proprio la prima notte.

Con la coda dell'occhio scorsi un paio di scarpe costose, mentre una voce profonda disse: «Ora me ne occupo io».

«Bene» replicò la guardia alla mia destra.

Sparirono entrambe senza aggiungere altro, lasciandomi alla mercé del mio nuovo proprietario.

Mi avrebbe presa lì, sul vialetto? Davanti a tutti?

Una prospettiva plausibile, che mi fece rabbrividire.

Sono una sua proprietà.

Rimasi immobile, in attesa dell'inevitabile. La mia guardiana mi aveva preparata per quel momento. Mi aveva insegnato tutto quello che avevo bisogno di sapere per compiacere il mio nuovo padrone. Ma viverlo in prima persona era tutta un'altra cosa.

E se avessi detto qualcosa di sbagliato?

E se non fossi riuscita a sopportare il dolore?

«In piedi» mi ordinò.

Mi costrinsi a obbedire, reprimendo un conato di vomito. Continuai a tenere gli occhi bassi, mentre mi alzavo con un movimento aggraziato.

Silenzio.

Che stesse testando la mia obbedienza? I vampiri adorano trovare una scusa per punire qualcuno, soprattutto gli innocenti.

Purtroppo per lui, conoscevo bene questi giochetti. Mi rifiutai di cedere.

Mi girò intorno lentamente, i suoi passi erano silenziosi anche nella quiete della sera.

Cercai di mantenere un respiro regolare. Il vampiro smise di camminare, fermandosi proprio di fronte a me. I miei sensi vennero solleticati da un aroma di menta, con un tocco di qualcosa di decisamente mascolino. Nell'oscurità, riuscii a malapena a distinguere le linee del suo abito nero, ma trasudava eleganza e prestigio. Come tutti i vampiri.

Mi strappò il cappuccio dalla testa così velocemente da farmi vacillare. Trattenni il respiro mentre seguiva la linea della mia mascella con la punta del dito.

Un uomo mi sta toccando.

È sempre stato vietato.

Fino a questo momento.

Sapevo già cosa sarebbe successo, ma il suo tocco non era come me l'aspettavo. La guardiana mi aveva preparata a movimenti freddi e brutali, non a questa delicata esplorazione del mio viso. Indugiò sul mento, inclinandomi il capo verso l'alto e di lato, per potermi esaminare il collo.

«Qualcuno ti ha mai arrecato danno?» mi chiese, se possibile ancor più dolcemente.

Per un attimo, la sua domanda mi lasciò perplessa, ma poi ne capii il senso. Deglutii un paio di volte, poi finalmente risposi: «Nessuno mi ha mai toccata prima di voi, Sire».

Solo le guardiane potevano accedere ai miei alloggi. I vampiri di guardia potevano osservarmi, ma nient'altro. Ogni possibile tentazione veniva immediatamente soddisfatta dalle guardiane. Anche quello era parte della nostra formazione. Nella mente ho delle immagini che mi tormenteranno per anni. Ammesso che viva così a lungo.

«Non è quello che ti ho chiesto» replicò, lasciandomi andare il mento. «Sali sulla limousine».

«Sì, Sire». Gli rivolsi un piccolo inchino, poi obbedii al suo comando.

Visto che lui non l'aveva fatto, non mi premurai di risistemarmi il cappuccio. Scivolai lungo il sedile, per permettere anche a lui di entrare. Ci fu un che di definitivo nel modo in cui chiuse la portiera dietro di sé.

Sono sola.

Con un vampiro affamato.

Mi si strinse lo stomaco e subito capii perché, quella sera, la guardiana non mi aveva permesso di cenare. Non voleva che vomitassi addosso al mio nuovo padrone.

Quando l'auto iniziò a muoversi, mi strinsi le mani in grembo, sforzandomi di non conficcare le unghie nei palmi. Almeno non mi aveva presa direttamente là, davanti al palazzo. Pensai che fosse un segnale positivo. Solo che ora eravamo soli, avvolti dall'oscurità.

Sembrava molto più minaccioso, così.

Sentirlo muoversi sul sedile certo non aiutava. Si stava avvicinando a me? O il contrario? Un fruscio mi fece intuire che si stava spogliando.

Dovrei togliermi anch'io il mantello? No. Sarà lui a farlo.

Oh, no. Sta per succedere. Certo, un sedile di pelle è molto meglio di un vialetto di ciottoli, ma...

«Qual è il tuo nome?» mi domandò, interrompendo i miei pensieri.

Deglutii a fatica, sforzandomi di rispondere. «Quello che preferite, Sire». Che riuscisse a sentire quant'era insolitamente roca la mia voce? Il panico di cui era intrisa? La mia totale mancanza di autocontrollo?

«Le tue emozioni ti faranno uccidere» mi ripeteva spesso la mia guardiana.

Datti un contegno.

«Non è ciò che ti ho chiesto» sottolineò, il suo tono leggermente più tagliente. «Che nome ti è stato assegnato alla nascita?»

Mi lasciò nuovamente di sasso. Non stava seguendo il protocollo. Sono i padroni a scegliere l'identità delle loro vergini. Chi o cosa fossi prima di incontrarlo non aveva alcuna importanza. Ma non volevo disobbedirgli. Non potevo.

«Juliet».

Di nuovo un frusciare di tessuti, seguito da quello che riconobbi come lo scivolare della seta. Che si stesse togliendo la cravatta? Alcune delle guardie erano solite farlo, quando volevano testare la tolleranza al dolore di una guardiana. L'avrebbero usata per legarle le mani, o per bendarla. Un brivido mi corse lungo la schiena. Cos'aveva intenzione di farmi?

«Juliet». Ebbi l'impressione che stesse assaporando il mio nome. E che gli piacesse. «Io sono Darius».

Mi bloccai. Questo infrangeva completamente il protocollo. Una vergine di sangue era tenuta a rivolgersi al suo padrone chiamandolo "Sire". Mai con il suo nome. La mia guardiana non mi aveva preparata a una conversazione così bizzarra. A che gioco stava giocando?

Non riuscii a trovare una risposta appropriata, dubito ci fosse. Rimasi quindi in silenzio. Nonostante le sue provocazioni, avrei continuato a comportarmi in modo appropriato.

Venimmo avvolti da un bagliore accecante, che mi fece trasalire. Chiusi automaticamente gli occhi, cercando di ricompormi in fretta, ma la mia reazione non passò certo inosservata. La sua vista da vampiro gli permise di restare indifferente all'improvvisa luminosità che inondava l'abitacolo.

Udii un piccolo botto, ma non riuscii a individuarne la fonte.

Il cuore mi martellava nelle orecchie. Non riuscivo a tenere le mie emozioni sotto controllo. Avevo la nausea, mi girava la testa. Mi sentivo totalmente impotente.

Le lacrime iniziarono a rigarmi le guance, frutto della luce improvvisa e del terrore che mi attanagliava il petto. Mi ero preparata a tutto questo. Per anni. Sapevo cosa aspettarmi. Non avrei dovuto reagire così.

Calmati.

Concentrati.

Respira.

Ma i miei polmoni non collaboravano. Strinsi i pugni, mentre nella mia mente si rincorrevano tutti i modi in cui sarei stata punita. Era riuscito a spezzarmi nel giro di dieci minuti.

Accendendo la luce, tra l'altro. Di tutte le cose che avrebbe potuto fare...

«Tieni. Questo ti aiuterà» mormorò, passandomi qualcosa di duro e freddo. «Bevi».

Avvolsi le mie dita tremanti attorno al delicato stelo del bicchiere e me lo portai alle labbra. Qualcosa di forte e fruttato mi lambì la lingua, facendomi spalancare gli occhi. Sussultai, sputacchiando il liquido tutto attorno.

«Che grazia» commentò lui, piegandosi per recuperare qualcosa da un armadietto ai suoi piedi.

Si era tolto la giacca e la cravatta, rimanendo in camicia. Era nera e sbottonata all'altezza del collo, rivelando un assaggio di pelle olivastra.

Come animati di vita propria, i miei occhi iniziarono a osservare i suoi splendidi tratti.

Capelli corvini dal taglio elegante.

Zigomi definiti.

Mascella squadrata.

Straordinari occhi verdi, incorniciati da lunghe ciglia nere.

Oh, no.

Abbassai immediatamente lo sguardo. In quel mio momento di shock e confusione, avevo studiato il viso del mio padrone.

Sarebbe potuta andare peggio di così? Conoscevo le regole, eppure nel giro di qualche minuto le avevo infrante tutte.

«Sire, vi chiedo perdono» sussurrai. «Non mi aspettavo fosse alcol». Era espressamente proibito. Le vergini non potevano bere. Mai. Avrebbe contaminato il nostro sangue.

Recuperò il bicchiere dalle mie mani tremanti e lo sostituì con un tovagliolo. «Puliscti, Juliet».

Un turbinio di emozioni represse mi strinse la gola. La mia terribile performance non si rifletteva negativamente solo su di me, ma anche sulla mia guardiana. Avrebbe fatto punire anche lei.

Come ho fatto a rovinare tutto in un modo così spettacolare?

Usai il tovagliolo per asciugarmi la mano e il mantello, poi feci per chinarmi e pulire anche a terra. Solo che lui mi afferrò il polso, bloccandomi. Restò in silenzio così a lungo,

LEXI C. FOSS

che mi chiesi se stesse faticando a decidere come punirmi. La crudeltà dei vampiri era nota a tutti. Avevo già assistito a così tante esecuzioni, fustigazioni, stupri e bagni di sangue, da poter immaginare fin troppo bene cosa mi aspettava.

Mi lasciò andare il polso per spegnere la luce. Restai seduta immobile, in attesa. Tremavo. Per la confusione, per il terrore, tutti troppo intensi da nascondere. Non che importasse più. Mi ero già guadagnata la mia punizione. Un po' di emozioni incontrollate non avrebbero cambiato di una virgola il mio castigo.

«Sei perdonata, Juliet» disse sommessamente. «Il viaggio sarà lungo. Ti consiglio di dormire».

«Volete che dorma, Sire?» gli chiesi con tono esitante. Aveva affermato di avermi perdonata, ma i vampiri erano maestri nell'arte della menzogna. Non mi sarei lasciata ingannare dalle sue parole.

«Sì. Riposati».

«Come... come desiderate, Sire». Che volesse svegliarmi in qualche modo crudele? Che fosse quella la mia punizione? Non sembrava particolarmente orribile, ma sarebbe dipeso anche dal metodo.

Chiusi gli occhi, fingendo di obbedirgli, ma sapevo che il mio battito mi avrebbe tradita. Avrebbe capito come stavano le cose, ma dovevo almeno provarci.

Dovevo fare tutto il possibile per compiacerlo.

Il mio padrone.

Era mio dovere obbedirgli, accettare le sue punizioni. Offrirgli il mio corpo e il mio sangue. Solo e soltanto a lui. Finché non si fosse stancato di me.

Non c'era modo di sfuggire a tutto questo.

Nessuna via di fuga.

Dovevo seguire le regole, o sarei morta.

Non volevo morire.

JULIET

«Signorina». Qualcuno mi diede una brusca scrollata, poi continuò: «Per favore, svegliati».

Aprii gli occhi, spaventata all'udire una voce che non conoscevo. Non apparteneva né alla mia guardiana, né ad alcuna donna avessi mai incontrato.

Mi sedetti sul letto e osservai ciò che mi circondava. Mi trovavo in una stanza enorme, decorata sui toni del blu e dell'oro, illuminata dalla luce delle candele. «Dove mi trovo?».

«A casa di Darius, il nostro padrone» mi informò una donna robusta dai capelli grigi. «Mi ha avvertita che saresti potuta essere un po' frastornata, dopo la tua lunga dormita. E come conseguenza del tuo turbamento».

Le mie sopracciglia e le mie mani iniziarono a imperlarsi di sudore. L'ultima cosa che ricordavo era il mio tentativo di dormire, poi più nulla. Non sapevo nemmeno quanto fosse durato il viaggio, né dove mi avesse portata.

«Il padrone ha richiesto la tua presenza a cena» aggiunse la donna anziana, posando sulle lenzuola un vestito nero e succinto. «E dovrai indossare questo».

La studiai. «Siete la mia nuova guardiana?». L'età avanzata indicava la sua appartenenza al genere umano, ma non la riconobbi come una delle benedette.

«Ehm... no. Sono solo una delle molte cameriere di Darius. Qui ci sono anche altri servitori, addetti alla manutenzione del castello». Il suo sguardo color del cielo si addolcì. «Puoi chiamarmi Ida, tesoro. Il padrone mi ha detto di chiamarti Juliet».

Aggrottai la fronte. «Davvero?».

«Sì. Si è forse sbagliato?».

«No, certo che no. Se ha scelto Juliet, allora sarà quello il mio nome». Che strano, però, che avesse optato proprio per il nome che mi fu assegnato alla nascita. Forse gli piaceva.

Ida mi osservò con interesse. «Ho sentito delle voci sulla gente come te. Al padrone si prospetta una splendida serata».

Le sue parole mi fecero rabbrividire. Una splendida serata per lui, di certo non per me. Era giunto il momento. Cercai di farmi forza, pensando che se non altro non era successo sul vialetto, o nella limousine.

«Meglio che mi prepari, allora» mormorai, scostando le lenzuola di seta.

Qualcuno mi aveva tolto il mantello, lasciandomi nel mio abitino bianco. Lo sfilai, sostituendolo con quello nero. Non era meno rivelatore del precedente, con il corpetto trasparente e gli spacchi laterali. Le mie gambe si potevano intravvedere fin sopra le cosce, i miei seni spiccavano sotto il tessuto traslucido. Un abbigliamento tipico di una vergine di sangue. Anche se, di norma, potevamo indossare colori scuri solo dopo esser state deflorate.

A meno che...

Possibile che mi avesse presa durante il sonno?

Mi venne la pelle d'oca al solo pensiero.

Forse era proprio per quello che voleva mi addormentassi.

Notai uno specchio nell'angolo, accanto a una porta

che si apriva su un pavimento di piastrelle. *Un bagno.* Tutto per me? *Adesso non è rilevante.*

Mi mossi a fatica, terrorizzata da ciò che avrei potuto scorgere nel mio riflesso. Ma mi sembrava tutto normale, a parte i capelli arruffati dal sonno. Il collo, le braccia e le cosce erano prive di segni. E non mi sentivo dolorante da nessuna parte. Da quello che mi aveva detto la mia guardiana, mi avrebbe fatto male. Forse addirittura per giorni. Se mi avesse presa, l'avrei saputo.

«Là dentro troverai una spazzola e altri articoli da toeletta» disse Ida, ricordandomi della sua presenza. Era in piedi in un angolo, a braccia conserte. Sul viso aveva un'espressione incuriosita. «Hai bisogno d'aiuto per qualcosa?».

Mi schiarii la voce. «No, ma grazie dell'offerta».

Mi rispose con un sorriso, poi aggiunse: «Allora ti aspetto vicino alla porta». Indicò un enorme pannello di legno dall'altro lato della stanza. Accennò un inchino e mi lasciò sola a finire di prepararmi.

Una cameriera umana. Interessante. In effetti, è comprensibile che vampiri e licantropi prendano degli umani alle proprie dipendenze.

La mia ascendenza era troppo rara e preziosa per essere contaminata dal contatto con gli umani. Eravamo beni di lusso fin dalla nascita e venivamo protette da guardie vampire. Anche se il termine più corretto sarebbe stato "imprigionate". Ma non avrei mai avuto il coraggio di usarlo ad alta voce.

In bagno trovai una spazzola e mi misi subito all'opera per rendere ancor più voluminosi i miei boccoli scuri. La mia guardiana aveva sempre affermato che fossero il mio punto di forza, così non esitai a metterli in risalto. Una volta finito, mi lavai i denti e mi dedicai a qualche altro piccolo accorgimento. Mi ero già depilata in preparazione all'asta, quindi non mi ci volle molto a tornare da Ida.

Sorrise gentilmente, qualche piccola ruga le comparve accanto agli occhi. «Vorrei che fossimo tutte così sicure di noi» commentò, passandomi un paio di scarpe col tacco a spillo.

«Come?» le chiesi afferrandole e infilandomele, confusa.

«Niente, cara. Il padrone ti sta aspettando. Ci sono anche degli ospiti con lui».

Sentii il battito accelerare a ogni passo. «Ospiti?».

«Sì. Trevor e Ivan, due suoi amici».

«Sono entrambi qui per cena?» le chiesi con voce tremante. *Sono entrambi qui per me?*

«Sì» ripeté ancora una volta, conducendomi lungo un'ampia scalinata, che terminava in un atrio maestoso.

Tre vampiri tutti insieme? Quel pensiero orribile mi fece quasi inciampare. Di certo Darius non voleva che mi avessero tutti e tre. Sempre che non avesse progettato di uccidermi.

«Di qua» mi sollecitò Ida, non appena raggiungemmo l'ultimo gradino. I miei tacchi rimbombavano sul pavimento di marmo, annunciando il nostro arrivo. Quel suono mi fece pensare al rullare dei tamburi che precedeva un'esecuzione. O forse era solo il mio cuore, che mi martellava nelle orecchie con un timbro nefasto.

La maggior parte delle vergini non faceva più ritorno al palazzo. Il nostro sangue è così potente da creare dipendenza, spingendo spesso i vampiri a perdere il controllo e prosciugarci.

O almeno, questo è ciò che mi disse la mia guardiana.

Se avesse voluto consumarmi fino all'ultima goccia, non avrei potuto fare niente per impedirglielo. Gridare avrebbe reso il momento ancora più piacevole. Non ero nient'altro che l'equivalente di una bella bistecca costosa, il cui unico scopo era di essere divorata o assaporata, a discrezione del mio padrone.

In passato, quel pensiero mi faceva venire le lacrime agli occhi. Col tempo, però, capii che non c'è modo di sottrarsi al proprio destino. E che almeno sarei morta in fretta.

Ida bussò a una porta di legno scuro.

«Entra pure». Udendo la voce profonda di Darius, sentii un rimescolio al basso ventre. Ripensai subito al suo viso, ai suoi luminosi occhi verdi. Non avrei mai dovuto guardarlo.

«Ce l'ha con te, tesoro» mormorò Ida, accompagnando alle sue parole un cenno di incoraggiamento.

Era ovviamente felice che fossi io a unirmi al banchetto, e non lei. Chiaro istinto di sopravvivenza. Non potevo certo biasimarla.

«Siete stata davvero gentile con me» le dissi. «Vi ringrazio».

Le sue labbra si incresparono in un sorrisetto divertito. «Proprio un bocconcino». Poi scosse il capo e aggiunse: «Ora vai, prima che te lo chieda di nuovo».

Annuii. «Certo». I vampiri non apprezzano che li si faccia aspettare.

Aprii la porta e sbirciai all'interno. Anche quella stanza era illuminata dalla luce delle candele. Al centro, sovrastato da un imponente lampadario, vi era un lungo tavolo di mogano. Era circondato da abbastanza sedie da poter fare accomodare un esercito. Quattro posti erano apparecchiati con piatti e posate di pregio. Innanzi a loro, una serie di vassoi ricoperti di cibo emanavano dei profumi che mi solleticavano il naso.

Darius era in piedi vicino al muro, poco lontano dalla

porta. I suoi ospiti, anch'essi vestiti con abiti eleganti, gli stavano ai lati.

«Sire» lo salutai, inchinandomi ai suoi piedi e assumendo la posizione che mi era stata insegnata, con la fronte che sfiorava il pavimento di marmo.

Sentivo i loro sguardi ardere sulla mia pelle esposta. Non dissero nulla, eppure sapevo esattamente cosa passava loro per la mente. La fame e l'eccitazione permeavano l'aria, dandomi la nausea, mentre mi chiedevo a cosa avrebbero ceduto per prima.

Cercando di calmarmi, mi sforzai di ricordare a me stessa che quello era il mio scopo.

Inspira. Uno, due, tre.

Espira. Uno, due, tre.

Concentrarmi sulla respirazione non servì però a rallentare il battito impetuoso del mio cuore. Non potevo nascondere quel suono ai loro sensi di predatori. Era come un richiamo che li attirava a me.

Un brivido mi percorse la schiena.

Tre contro una. Un orrore a cui assistetti fin troppe volte. Sarei riuscita a sopportare le loro penetrazioni? Sarei morta rapidamente?

Dea, pregai, invocando il più alto potere al mondo. *Ti supplico, fa' che finisca in fretta...*

Mi giravano attorno, le loro scarpe sfioravano delicatamente il pavimento.

«È deliziosa» mormorò uno di loro. «E non posso negare quanto mi tenti».

«Già» rispose il familiare tono mascolino a cui ero già completamente sottomessa. Mi possedeva in ogni modo.

«Ma può essere riprogrammata?» chiese una terza voce dall'accento straniero.

«Solo il tempo potrà dirlo» gli rispose Darius, accucciandosi accanto a me. «Hai intenzione di fare così ogni volta che mi vedi?». Le sue dita si posarono sul mio mento, cercando di costringermi a guardarlo negli occhi. «Perché questo teatrino sta già iniziando a infastidirmi».

«Come, Sire?» gli chiesi, confusa, con lo sguardo che si posava ovunque tranne che sul suo viso. Guardare il proprio padrone negli occhi era espressamente proibito. Era interpretato come un segno di sfida.

Mi strinse forte il mento, facendomi imperlare le ciglia di lacrime. «Guardami, Juliet». Mi sforzai di obbedire. I suoi penetranti occhi verdi ardevano nei miei. Così affascinanti, eppure così letali. E antichi.

«Non devi inchinarti in questo modo a meno che non te lo chieda io. Hai capito?».

Non proprio...

«Posso chiedervi un chiarimento, Sire?». Una domanda sfrontata, che avrebbe potuto portare a un ulteriore castigo. Ma avevo bisogno di qualche dettaglio in più per obbedire.

«Puoi» replicò con un tono vagamente divertito, o almeno così mi parve.

«Come preferite che mi inchini? Questo è il modo che mi hanno insegnato, ma se non vi piace, posso adattarmi ai vostri desideri».

«Non devi proprio inchinarti» chiarì lui.

«Dovrei fare una piccola riverenza, allora?».

«No». Lasciò andare il mio mento e si rimise in piedi. «Alzati, Juliet».

«Sì, Sire». E così feci, con un movimento aggraziato e lo sguardo nuovamente rivolto al pavimento.

Nella stanza calò il silenzio.

Non sapevo come volesse che tenessi le mani, quindi le lasciai cadere lungo i fianchi, mentre i tre vampiri ammiravano il mio vestito.

«È veramente splendida» mormorò uno di loro.

«Già» confermò il mio padrone. «Mangiamo?».

Quella domanda mi fece rivoltare lo stomaco. Il momento dei convenevoli e degli ordini era concluso. Era ora di cena.

«Sono così affamato».

«Anch'io».

«Ottimo» rispose Darius, avvicinandosi a me. Mi posò una mano in fondo alla schiena. Rimasi immobile.

Ed eccoci qui.

I miei ultimi momenti.

Se li avessi assecondati, sarebbe stato meno doloroso.

Spostai i capelli oltre la spalla, esponendo il collo, e attesi.

Ti supplico, fa' che finisca in fretta.

DARIUS

IL SUO ODORE ERA STRAORDINARIO. Inebriante. La tentazione era quasi insopportabile.

Ricordai che Cam, colui che mi aveva reso un vampiro, mi aveva messo in guardia sull'effetto che potevano avere le persone come lei. Io, però, non l'avevo mai preso sul serio. Ma dopo svariate ore trascorse nella limousine accanto a Juliet, avevo finalmente capito.

Quella donna era irresistibile.

Avevo bisogno di assaggiarla, fosse solo per un attimo. Ero certo che anche Trevor e Ivan provassero la stessa sensazione, ma lei era di mia proprietà. Non avrebbero osato far nulla.

E i maledetti inchini. Ogni volta che si metteva in quella posizione sottomessa, risvegliava i miei desideri più oscuri.

Sapevo che era proprio quello il punto, ma era ora di finirla. Tutto quello che faceva, ogni parola che le usciva dalle labbra, erano il frutto di anni di indottrinamento per compiacere il suo futuro padrone. Non avrei dovuto trovarlo allettante, eppure ero così dannatamente eccitato.

Percepivo il divertimento di Ivan. Era ovvio quanto apprezzasse ciò che stava succedendo. Anche lui condivideva l'idea ridicola del nostro regale amico che dovessi comprare una vergine di sangue per elevare il mio status. E avrebbe funzionato, ammesso che fossi stato in grado di resistere alla tentazione di prenderla troppo presto.

Il battito di Juliet le faceva pulsare il collo esposto. Così invitante, provocante. Avrei potuto divorarla e non avrebbe fatto nulla per fermarmi. Anzi, forse mi avrebbe addirittura incoraggiato.

Ma non sarebbe stato reale.

Non sarebbe stato altro che un teatrino progettato per accontentare il miglior offerente. Non che la biasimassi. Era vittima della sua ascendenza.

Col palmo posato sulla sua schiena, la avvicinai appena a me. Le avvolsi poi la mano libera attorno alla nuca. Juliet si abbandonò al mio tocco e chiuse gli occhi, ma notai che le labbra le tremavano.

Paura.

A quanto pare, anche vent'anni di insegnamenti non erano stati sufficienti a prepararla per quel momento. Non ero sorpreso.

Le sfiorai il collo col pollice, proprio dove il suo cuore batteva a mille. Serrò la mascella.

Mmm... sotto quell'atteggiamento dimesso, c'era in agguato una combattente. In un mondo in cui gli umani agognavano la morte, lei voleva vivere. Affascinante.

Chinai il viso per inalare il suo seducente profumo. Così dolce. Irresistibile. La consapevolezza di non dovermi trattenere aumentò la mia voglia di assaggiarla. Di prenderla.

Posai le labbra là dove prima l'avevo sfiorata col pollice. Le baciai il collo. Ebbi l'impressione che si sciogliesse su di me, accettando automaticamente lo scopo intrinseco della sua stessa esistenza. Ma la sua mascella rimase serrata.

Avevo scelto bene.

Mordicchiai la sua pelle delicata, facendo attenzione a non ferirla, poi le accostai la bocca all'orecchio. «Juliet, inchinati ancora in mia presenza e ti morderò». Le sfiorai lo zigomo con le labbra, quindi rialzai il viso per incontrare il suo sguardo. Tremava. «E mi aspetto che mi guardi negli occhi, quando ti parlo».

Lei trasalì, confusa. «Ma il protocollo prevede che…».

Interruppi la sua risposta da scimmietta ammaestrata mordendole il collo.

«Non mi interessa ciò che prevede il protocollo, Juliet».

Accarezzai con la lingua il graffio creato dai miei incisivi, assaporando una goccia della sua essenza. Non c'erano parole per descriverla. Avrei dato qualsiasi cosa per affondare i denti in lei e prosciugarla.

Ma mi serviva viva, e volevo il suo consenso. Avrebbe reso l'esperienza ancora più dolce, perché avrei potuto farla completamente mia. Prima o poi sarebbe successo, lo sapevo.

Mi concessi un ultimo assaggio, sotto lo sguardo invidioso di Trevor e Ivan. So che non era solo il sangue di Juliet a stuzzicarli, ma anche l'abito provocante che indossava. L'avevo scelto per mostrare loro quanto sarebbe stata redditizia, e le loro espressioni confermarono che avevo fatto centro.

«Vi chiedo perdono per avervi contrariato, Sire» sussurrò lei.

Soppressi l'istinto di ringhiare. I miei fratelli apprezzavano quel comportamento obbediente. Anch'io, in generale, amavo la sottomissione. Ma la sua era dettata dalla paura di essere punita con ferocia. Io prediligevo castighi più piacevoli, qualcosa che Juliet avrebbe presto scoperto.

Solo che avevo ancora qualche barriera da abbattere.

E ventidue anni di lavaggio del cervello.

«Tu sei tenuta a fare tutto ciò che voglio, giusto?».

«È così, Sire».

«Allora voglio che tu obbedisca al mio ordine di non inchinarti in mia presenza, a meno che non ti chieda io di farlo». Mi costrinsi ad allontanarmi dal suo collo e le alzai il viso, in modo che fosse costretta a guardarmi negli occhi. «E ogni volta che parliamo, stabilirai un contatto visivo. Hai capito?».

«Io...». Deglutì visibilmente, ma resse il mio sguardo, seppur con cautela. «Sì, Sire. Certo».

«Eccellente». Le lasciai andare la nuca e la trascinai verso il tavolo. «Siediti».

«Sei sempre stato bravo con le donne, Darius» sottolineò Trevor. Il suo tono era chiaramente ironico.

«Già, dovremmo prendere appunti» aggiunse Ivan.

«Per quando compreremo anche noi delle bambole gonfiabili?» chiese Trevor con un ghigno.

«Esatto. Io voglio una rossa».

«Mmm... ora come ora, ho una voglia matta di una castana».

«Dubito tu sia l'unico, amico».

«Basta» li interruppi, seccato, mentre spostavo la sedia per far accomodare Juliet. Si sedette. Teneva la schiena dritta e lo sguardo rivolto al tavolo, anche quando presi posto accanto a lei. C'era ancora un bel po' di lavoro da fare.

Trevor e Ivan si sedettero di fronte a noi, entrambi avevano un'espressione divertita.

«Scusate, ricordatemi ancora una volta perché siete passati...» domandai.

«Lo sai» rispose subito Ivan. «Trevor voleva vedere il tuo nuovo giocattolino».

Alzai gli occhi al cielo. «Non è un giocattolo».

«È una bambola gonfiabile che cammina. E che

perdipiù ha un sangue delizioso» mormorò Trevor. «Un giocattolo, senza ombra di dubbio».

Quella volgare descrizione lasciò Juliet indifferente, almeno in apparenza. Rimase seduta composta, con le mani in grembo. Un'abilità a controllarsi che sarebbe tornata utile.

Allungai la mano verso un vassoio traboccante di anatra arrosto. Ne misi alcune fette sul piatto di Juliet, poi sul mio.

Anche Trevor e Ivan iniziarono a servirsi, riempiendosi i piatti con le squisite pietanze di Gladice. Avevano tentato spesso di convincermi a venderla, ma mi ero sempre rifiutato. Era una delle cuoche migliori della regione e non avevo nessuna intenzione di separarmene. Tutta la servitù era di mia proprietà, e la proteggevo con tenacia. Esattamente come avrei fatto con lo splendore che avevo seduto accanto.

Juliet osservò il cibo che le avevo messo davanti, per poi lanciare timidamente un'occhiata attorno al tavolo.

Capii cosa le passava per la testa e sorrisi. Juliet si aspettava di essere la portata principale. Una prospettiva allettante, a cui avrei potuto indulgere un'altra sera, quando fossimo stati soli. Ammesso che lei fosse d'accordo.

Anche i miei amici dovevano essere giunti alla stessa conclusione, visto che accolsero la sua confusione con un ghigno.

Poverina. Non aveva la più pallida idea della situazione in cui l'avevo trascinata. Ma a breve l'avrebbe scoperto.

Avvolsi il braccio attorno allo schienale della sua sedia, invadendo il suo spazio personale, e le accostai nuovamente le labbra all'orecchio. «I vampiri non si nutrono solo di sangue, mia cara».

Si trattava di un vezzo, visto che non abbiamo bisogno

di cibo per sopravvivere, ma ogni tanto amavo concedere qualcosa di nuovo alle mie papille gustative.

«Lo so» sussurrò lei. Poi aggiunse: «Certo che lo so». Ebbi l'impressione che quell'affermazione fosse più per se stessa che per me, ma risposi comunque.

«Bene». Le sfiorai il collo con le labbra, poi continuai: «Ti avvertirò, prima di morderti per la prima volta».

Le mie parole la fecero sussultare, non corrispondevano a quello che l'Organizzazione le aveva inculcato per anni in quella bella testolina, durante la sua permanenza nel palazzo. Ciò che ancora non capiva è che non tutti i vampiri sono uguali. Personalmente, mi sono sempre ritenuto un ribelle.

«Mangia» le intimai, raddrizzandomi. «Ti servirà un po' di energia».

Avrei dovuto introdurla gradualmente ai miei bisogni. Se avessi fatto le cose di corsa, sarebbe morta. In più, volevo guadagnarmi la sua fiducia. Quella sarebbe stata la parte più difficile, perché nessun umano sano di mente si sarebbe mai fidato di un vampiro.

Trevor alzò il suo calice per brindare. «Alle nuove avventure».

«Al futuro» gli fece eco Ivan.

«Al cambiamento» risposi, facendo tintinnare il mio bicchiere con i loro.

Juliet fu l'unica a non bere, perché ancora non capiva. Ma l'avrebbe fatto. E molto presto.

Quando afferrò la forchetta per obbedire al mio comando, sorrisi. Quell'abitudine mi sarebbe venuta utile in futuro. Avrebbe fatto tutto quello che volevo, ovunque lo volessi.

Non era un giocattolo, ma una risorsa. Con quel seno perfetto e quel viso da dea, nessuno avrebbe sospettato di lei. Ed era mia. Possedevo ogni splendido centimetro di lei.

«Buona fortuna con l'addestramento, Darius» commentò Ivan, indicando Juliet con un cenno del capo. Aveva infilzato un pezzo di carne e l'aveva assaggiato con cautela, salvo poi posare immediatamente la forchetta. Sul viso le si dipinse un'espressione confusa.

«Non ti hanno mai permesso di mangiare dell'anatra, al palazzo?» le chiesi in tono asciutto.

Mi guardò con i suoi grandi occhi scuri e fece una smorfia. «Beh... sì... ma non così».

«Così come?».

«Decadente, Sire» mi rispose in un sussurro. Fece per abbassare lo sguardo, ma lo riportò subito su di me, prima ancora che avessi il tempo di rimproverarla. Sì, la sua propensione all'obbedienza sarebbe stata utile ai miei scopi.

«Intendi gustoso» interpretai. «Fammi indovinare, ti hanno costretta a vivere con il minimo indispensabile, e qualsiasi accenno di sapore era bandito, vero?». Una delle basi del lavaggio del cervello. In più, la sua figura ne avrebbe beneficiato. C'era almeno un lato positivo.

«Il mio sangue è puro, Sire».

«Puro». Ripetei con malcelato fastidio. Il modo in cui era stata cresciuta era finalizzato solo ad aumentarne il valore. Avrebbe avuto lo stesso sapore a prescindere da quello che mangiava o beveva. E dalla sua verginità. «I miei simili ti hanno resa la donna perfetta, Juliet. Seducente, pudica, bellissima. Ti posso assicurare che ciò di cui ti nutri si riflette solo su uno di questi tratti, e non sul tuo sangue».

Assaggiai l'anatra e la trovai cotta alla perfezione, come sempre. Juliet si accigliò. Quell'espressione non le donava, ma la preferivo alla paura.

«Perdonatemi, Sire, ma non capisco cosa intendete. Si

tratta di un test?». Si leccò le labbra. «Non voglio deludervi».

Un piccolo ghigno comparve sul volto di Trevor, mentre Ivan scosse la testa con un sorrisetto sconcertato. Si stavano divertendo fin troppo. Sapevano che detestavo questo tipo di situazioni ed ero prono a perdere facilmente la pazienza, ma non potevo certo prendermela con Juliet per quello che la mia stessa specie le aveva fatto.

Posai la forchetta e circondai nuovamente col braccio lo schienale della sua sedia. Le accarezzai lentamente la nuca, un gesto che le tolse il respiro. «Quando eravamo nella limousine, ti sei rifiutata di bere lo champagne perché l'alcol è proibito, giusto?» mormorai.

Sgranò gli occhi, che erano ancora fissi sui miei, come le avevo intimato di fare. No, la paura non l'aveva ancora abbandonata.

«Sì» sussurrò. «Mi... mi dispiace, Sire».

Mi ci volle qualche istante per capire di cosa si stesse scusando questa volta, poi mi ricordai dello champagne che aveva rovesciato nella mia auto. La maggior parte dei vampiri nella mia posizione avrebbe punito il nuovo animaletto per aver agito con impudenza, ma per me lei era qualcosa di completamente diverso.

«Ti ho già perdonata per quello» le ricordai. «Ma voglio insegnarti una lezione».

Il suo cuore prese a battere all'impazzata, solleticando i sensi da predatore di tutti i presenti, me incluso. Trevor e Ivan smisero di mangiare, distratti dalla vergine terrorizzata e dalle sue pulsazioni che riecheggiavano in tutta la sala da pranzo.

«Come desiderate, Sire» rispose con un tono così sommesso che quasi non la udii.

Spostai il braccio attorno alle sue spalle e la avvicinai a me, dicendole: «Dammi la tua mano, Juliet».

Mi porse quella più vicina a me, automaticamente, come se non fosse altro che una marionetta. Le afferrai il polso con la mano libera e lo portai alle labbra.

Tremava, tradendo in quel modo la sua espressione impassibile. Mi mancavano i tempi in cui le femmine umane lottavano, o perlomeno si comportavano in maniera insolente. Forse, col tempo, sarei riuscito a instillare in lei un po' di senso di ribellione.

«Ti è stato insegnato che cibi saporiti e alcol avrebbero contaminato il tuo sangue, giusto?». Accarezzai con la lingua il punto dove il suo battito pulsava e lo sentii accelerare. Adorabile.

Annuì. «Sì, Sire».

«E ti hanno insegnato anche che mantenere il tuo sangue puro è importante per compiacere il tuo padrone».

Un altro cenno d'assenso, più deciso del precedente.

«Bene, allora questa sarà una lezione molto semplice, mia cara». Le posai i denti sulla pelle, che si tinse appena di rosso. «Ora ti assaggerò». Non attesi il suo consenso, non era richiesto. Sapeva qual era il suo scopo.

I miei incisivi le perforarono la carne con la facilità donata dalla pratica. Succhiai qualche goccia della sua dolce essenza; abbastanza per soddisfare la mia curiosità, ma senza rischiare di risvegliare la mia fame.

Che meraviglia. Mi si strinse lo stomaco, ne volevo di più.

Sarebbe stato così facile trascinarmela in grembo e prosciugarla fino all'ultima goccia. Il vestito non lasciava nulla all'immaginazione, avrei potuto strappparglielo via in un istante. E lei avrebbe acconsentito a ogni mia richiesta.

Perché mi appartiene.

Dannazione. Non mi sarei mai aspettato che fosse così erotico. Possedere una persona è moralmente sbagliato, eppure non riuscivo a sentirmi in colpa.

Era solo la prima sera e già il mio autocontrollo

minacciava di sfuggirmi, soggiogato da un minuscolo assaggio del suo sangue. Mi aspettavo che fosse invitante, addirittura che potesse creare dipendenza. Ma non avrei mai pensato che mi avrebbe sedotto al punto da volerla fare completamente mia.

Tremò quando mi concessi un altro piccolo sorso. Il profumo della sua eccitazione mi pizzicava l'olfatto. Avevo scelto inconsciamente di introdurla al piacere con il mio morso, piuttosto che con il dolore. I suoi piccoli fremiti sembravano quasi incoraggiarmi a continuare, ma volevo finire la mia lezione. Con uno sforzo notevole, mi staccai dal suo polso. Le leccai la ferita, sostenendo il suo sguardo imbambolato.

«Assaggia il vino». Il mio tono aveva un vago accenno di costrizione. «Adesso».

Si portò il bicchiere alle labbra con la mano libera, prima ancora di rendersi conto di ciò che le avevo ordinato. «Sire...».

«Adesso» ripetei.

Obbedì, i suoi occhi erano velati di lacrime. Mentre deglutiva, la sua gola sembrò contorcersi. Chiuse gli occhi. Non la punii, preferendo invece morderla di nuovo. Un po' più a fondo, questa volta.

La premiai per la sua obbedienza, instillando nel morso anche una scarica di endorfine. Gemette. Il calice vacillò nella sua mano tremante, la sua testa ricadde all'indietro sul mio braccio.

Non vi era più alcuna traccia di terrore in lei, solo pura beatitudine. Era così attraente. Se fossimo stati soli, avrei continuato. Ma il nostro pubblico si era già goduto un bello spettacolino, uno che avrebbe consolidato i miei piani per lei.

Agevolai il suo ritorno alla realtà, ritraendo lentamente i miei incisivi e curandone il morso con la lingua. Alcuni vampiri preferivano lasciare le ferite aperte, come un marchio, ma io la volevo sana e intatta. La sua pelle vellutata era troppo bella per essere danneggiata.

Sbatté un paio di volte le ciglia folte e cercò subito il mio sguardo. *Brava.*

«Sei dolce come un minuto fa, Juliet» mormorai. «L'alcol altera il tuo stato mentale e, se esageri, può farti prendere peso. Ma non ha alcun potere sul tuo delizioso sangue, tesoro. Se non sei convinta, ti assaggerò anche domani per provartelo».

Le baciai un ultima volta il polso, poi le rimisi la mano in grembo. «Ora mangia e smettila di preoccuparti di regole che in questa casa non hanno alcun significato. Ti dirò io cosa mi aspetto da te, e tu obbedirai. Hai capito?».

Mentre cercava di ricomporsi, obnubilata dal desiderio, le sue guance assunsero un'attraente sfumatura cremisi. Ero abbastanza sicuro che per lei si trattasse di una sensazione sconosciuta, qualcosa che la sua guardiana non le aveva mai menzionato, perché nemmeno lei sapeva che esistesse.

In quanto cittadini di seconda classe, agli umani non era garantito il diritto al piacere, di qualunque genere si trattasse. Il dolore era assicurato, certo, ma il divertimento no. Ciò non rendeva il mio comportamento illegale, solo inusuale. Anche se ero abbastanza convinto che molti della mia specie concedessero una qualche gratificazione ai loro umani, in base alle loro preferenze.

Si inumidì le labbra e annuì. «Sì, Sire».

«Allora considero conclusa questa lezione» risposi, togliendole il braccio dalle spalle. «Ora goditi la cena».

Cosa che personalmente avevo già fatto, nonostante la considerassi a malapena un antipasto.

JULIET

La luna brillava nel cielo notturno. Il suo pallido chiarore illuminava il giardino e il denso filare di alberi che circondava la proprietà.

Avevo passato la maggior parte della serata sul balcone, ad ammirare quello spettacolo mozzafiato. La casa di Darius suscitava un illusorio senso di calma, del tutto assente nel palazzo in cui avevo vissuto fino a quel momento. Era un qualcosa di nuovo e... rilassante.

La sera prima, aveva richiesto la mia presenza a cena. Poi lasciò che mi ritirassi nelle mie stanze dopo il dessert.

Non si nutrì di me, né mi offrì ai suoi ospiti.

Non riuscivo a capire a che gioco stesse giocando.

Ero convinta che la guardiana mi avesse preparata per ogni possibile situazione. Ma il mio Sire non rispettava il protocollo. Mi aveva costretta a bere dell'alcol, un atto espressamente proibito. Eppure, mi era piaciuto. Forse anche troppo.

O forse a piacermi era stato il suo morso.

Strinsi le cosce al ricordo della sua bocca sulla pelle. Nemmeno nei miei sogni più arditi mi sarei mai aspettata una cosa del genere.

Era stato completamente diverso da tutte le scene terribili a cui avevo assistito durante la mia preparazione.

La mia guardiana era solita piangere in silenzio, mentre i vampiri facevano di lei tutto ciò che desideravano. E se per caso gridava, la punivano ancora più ferocemente.

Il silenzio era un'abilità importante che appresi fin da bambina. I vampiri preferivano di gran lunga una sorta di animale domestico, che fosse alla loro completa mercé. Ed era questo che mi ero preparata ad affrontare con Darius. Mi aspettavo che soddisfacesse i suoi bisogni senza curarsi di farmi del male, anzi. E invece mi aveva addirittura concesso di provare delle *sensazioni*.

Mi accorsi che le mie labbra erano sul punto di incresparsi in un modo a cui non ero abituata.

È tutto un trucco. Quel pensiero mi si affacciò alla mente. *Non è nient'altro che un trucco.*

Un trucco molto piacevole.

Per ora.

Qualcuno bussò, strappandomi ai miei pensieri. Fissai la porta, aspettando che si aprisse.

«Juliet?». La sua voce profonda accese qualcosa nel mio basso ventre.

Perché non entrava?

Un altro colpo sul legno.

Strano.

Mi avviai verso la porta, che non era chiusa a chiave. La aprii. Darius era lì, in corridoio, vestito di tutto punto.

«Sire» mormorai, mentre le mie ginocchia iniziarono automaticamente a piegarsi in un inchino.

Ricordai che me l'aveva proibito, così mi raddrizzai immediatamente. Notai però che si era accigliato. «La forza dell'abitudine, Sire». Non che questo mi scusasse; il mio corpo avrebbe dovuto seguire il suo volere, a prescindere da come ero stata addestrata.

«Posso entrare?» mi chiese.

«Sempre». Mi spostai di lato, costringendomi a

mantenere il contatto visivo. A dire la verità, non avevo problemi a fissare i suoi splendidi lineamenti scolpiti nel marmo, ma era ai suoi occhi che dovevo fare attenzione. Avrei potuto perdermi in quel bagliore smeraldo.

«Ida mi ha informato che hai passato tutta la sera nella tua stanza» disse. «Non hai fame?».

Il banchetto del giorno prima mi avrebbe mantenuta in forze almeno per una settimana. «Sto bene così». Avevo usato il bicchiere a lato del lavandino per prendere un po' d'acqua.

«Capisco». Intrecciò le mani dietro la schiena e mi osservò. «Sei libera di girare per il castello quando vuoi».

«Davvero?». Mi sembrava così... inappropriato.

Inarcò un sopracciglio. «Hai bisogno che ti offra un tour?».

«Ehm...». Ne avevo bisogno? «Volete farmi fare un tour?».

Mi studiò per un po', poi rispose: «Questo atteggiamento di totale obbedienza sta già iniziando a darmi sui nervi, Juliet. Mettiti qualcosa di più appropriato, poi ti assegnerò un nuovo compito».

«Subito, Sire». Giocherellai col tessuto della vestaglia. «Cosa preferite che indossi?».

Un sorrisetto comparve sulle labbra di Darius. «Onestamente?» rispose, sfregandosi la mascella e portandosi poi la mano sulla nuca. «Niente».

Sciolsi la cintura di seta e lasciai cadere la vestaglia sul pavimento. «Come desiderate, Sire».

Il suo sorriso mutò in un'espressione sorpresa. «Oh...». Il suo sguardo cadde sul mio seno nudo, scendendo poi sempre più in basso, ammirando ogni centimetro del mio corpo.

Essere nuda non mi turbava, ma non ero mai stata così vicina a un uomo, del tutto priva di vestiti. E quest'uomo, in particolare, poteva toccarmi a suo piacimento.

Avrei dovuto essere spaventata, eppure il mio stomaco si strinse per una ragione completamente diversa. Soprattutto quando mi accorsi di come il desiderio gli stesse dilatando le pupille.

Vuole mordermi di nuovo.

Credo di volerlo anch'io.

Il suo sguardo famelico mi inondò di un calore sconosciuto, che destò tra le mie cosce una sensazione mai provata. Quando il suo sguardo affamato trovò nuovamente il mio, mi sforzai di restare immobile e sembrare rilassata.

«Ero ironico...» chiarì in un sussurro, avvicinandosi a me. Mi spostò i capelli oltre la spalla, esponendo un lato del mio collo. «Ma non posso certo punirti per avermi preso letteralmente».

Il suo corpo sfiorò il mio, le sue labbra si posarono sulla mia gola. «Se adesso ti dicessi di darmi piacere con la bocca, ti metteresti in ginocchio?».

Mi mancò il fiato al solo pensiero.

Avevo visto praticare il sesso orale innumerevoli volte, mi ero pure esercitata, ma non l'avevo mai fatto con un uomo in carne e ossa. Entrare in contatto con un maschio prima dell'asta era strettamente proibito. Non che fosse un problema, avevo sempre pensato che ne sarei stata disgustata. Eppure, l'idea di esplorare Darius così intimamente era stranamente allettante.

«È ciò che desiderate, Sire?» sussurrai.

«Con una bocca come la tua, Juliet, dubito di essere l'unico uomo a farlo». I suoi denti mi accarezzarono il collo, là dove mi batteva forte il cuore. La sensazione evocò il ricordo di quando mi aveva morsa. Tremante, mi ritrovai a sperare che lo facesse di nuovo.

Non mi ero aspettata nulla di tutto ciò. Ero pronta a subire parole dure, penetrazioni dolorose, addirittura la morte. Ma non ero preparata a questa danza di seduzione.

Schiusi le labbra per chiedergli se mi volesse in ginocchio. Ma quando mi afferrò i fianchi e mi strinse a lui, le parole mi morirono in gola. Sentii la prova della sua eccitazione premere sul ventre. Il mio cuore mancò un battito.

Che fosse un muto invito all'azione? Non ne ero sicura.

Mossi le mani sudate verso la fibbia della sua cintura, ma mi bloccò afferrandomi il polso. Mi fece girare su me stessa, finché non mi ritrovai con la schiena premuta sul suo petto. Quel gesto improvviso mi fece accelerare il battito, ma quando Darius mi posò la mano sul ventre, tenendomi stretta a lui, ebbi l'impressione che si fermasse.

Non riuscivo a respirare. Non potevo. Non con le sue labbra che mi assaggiavano il collo.

Oh, Dea...

La sua lingua tracciò un sentiero sulla mia pelle, facendomi fremere. Fui travolta dall'ennesima ondata di calore, che dal ventre si diffuse in ogni cellula del mio corpo.

Un gemito mi sfuggì dalle labbra mentre cercavo di capire cosa mi stesse succedendo, cosa fossero tutte quelle sensazioni sconosciute. Fiamme, brividi, muscoli tesi...

La sua mano iniziò a scendere.

Molto, molto lentamente.

Mi sentii mancare di nuovo il respiro. Le sue dita stavano esplorando la zona ben curata tra le mie cosce. Prima dell'asta, mi avevano depilata ovunque. La mia guardiana aveva affermato che il mio futuro padrone avrebbe preferito così.

«È ora di una nuova lezione» sussurrò Darius.

«S... Sire?».

Le sue zanne penetrarono la mia carne. Mi cedettero le gambe.

Fu un morso intenso.

Improvviso.

E molto più violento e profondo di quello della sera prima.

Mi piacque infinitamente.

Mi resse, tenendomi stretta a sé, con un braccio avvolto attorno al petto e una mano sul bacino. Fremetti a quella presa possessiva. Sentii qualcosa di rovente scorrermi nelle vene. La maggior parte dei vampiri non infondeva i morsi di endorfine. A differenza di Darius. Un gesto di cui gli fui immensamente grata.

Quando iniziò a succhiare, fui sul punto di invocare il suo nome. Bruciava in un modo così intenso da farmi stringere le cosce e serrare gli occhi.

Quello era il mio scopo. E per la prima volta, stretta tra le sue braccia, mi sembrava avesse senso.

Ero convinta che avrei avuto paura. Al contrario, fui avviluppata da una passione che non sapevo nemmeno esistesse. Gli umani non erano fatti per sentirsi così. O meglio, non ci era permesso. Ma la natura proibita del nostro abbraccio non fece che farmelo apprezzare ancora di più.

La sua mano si avventurò ancora più in basso, in un punto dove non avrei mai pensato di voler essere toccata. Fino a quel momento. Sapevo che quello era il suo posto. Sapevo di appartenergli. Ma il modo in cui tutto ciò si rifletteva nella realtà, sorpassava ogni mia aspettativa.

Infilò un dito dentro di me e con un gemito mi avvinghiai al suo braccio. Avevo bisogno di aggrapparmi a qualcosa. Cominciò a penetrarmi.

Era una sensazione così potente, così travolgente.

Non riuscivo più a pensare, non riuscivo nemmeno a ricordarmi come respirare.

L'unica cosa che ero in grado di fare era sentire.

La sua bocca.

La sua mano.

Il suo calore.

Iniziai a strusciarmi sulla sua mano, bramosa. Ne volevo di più. Ne avevo bisogno.

«Darius...» rantolai. Le gambe mi tremavano incontrollabilmente. Stavo in piedi solo grazie alla sua stretta.

Mi sentivo ingabbiata, protetta, dominata.

Diede un'altra succhiata, pericolosamente violenta. Così forte da farmi vedere le stelle. Ricambiò con un'altra infusione di piacere, sia attraverso il suo morso che le sue dita.

Non riuscivo a muovermi, impietrita da tutto ciò che stavo provando. E poi esplosi in un vortice d'estasi che mi lasciò ansimante, con gli occhi pieni di lacrime.

Dilaniata.

Priva d'ossigeno.

Rovente e tremante.

«Così, Juliet» sussurrò, con la bocca che mi sfiorava l'orecchio. «Senti».

Fremetti, abbandonata su di lui, ancora incapace di muovermi. Le mie labbra restarono aperte in un gemito senza fine.

Ebbi l'impressione che quella sensazione impetuosa ci mettesse un'eternità a scemare.

E mi ci vollero svariati minuti per rendermi conto che Darius mi aveva presa tra le braccia.

Quando tornai in me, lui era seduto sul mio letto e mi teneva in grembo.

Le sue labbra mi accarezzavano la fronte e la tempia, mormorando incessantemente una serie di rassicurazioni.

Mi sentivo stordita.

Cos'era appena successo?

Darius mi sistemò i capelli dietro le orecchie e mi posò la mano sulla guancia. «Vieni splendidamente, tesoro» sentenziò, sfiorando col polpastrello il mio labbro inferiore. «Non vedo l'ora di sentire com'è da dentro».

Il cuore iniziò a martellarmi nelle orecchie. *Adesso?*

Mi infilò il dito in bocca, facendomi provare per la prima volta un dolce, strano sapore.

Sono io.

Quella era la mano che aveva usato per darmi piacere.

Strinsi le gambe e fremetti.

Succhiai la mia estasi dal suo dito. «Sarà meraviglioso averti in ginocchio» mormorò con un tono sinistro, accarezzandomi ancora le labbra. «Ma non è ancora giunto il momento».

La sua bocca si avventò sulla mia, scuotendomi fin nelle profondità del mio essere.

I vampiri non baciano gli umani.

Ma questo vampiro lo stava senza dubbio facendo.

La lingua di Darius mi si insinuò tra le labbra, spingendomi a ricambiare. Non avevo mai provato nulla del genere, ma lo trovai molto piacevole, soprattutto il modo in cui le nostre bocche si lambivano l'un l'altra.

Cercai di emulare i suoi movimenti e capire cosa gli piacesse. Le nostre essenze si mescolarono, rendendo il bacio ancora più intenso e creando un'atmosfera inebriante.

Mi cinse il capo, tenendomi stretta a sé. Il suo bacio si fece sempre più famelico. Mi strappò un gemito soddisfatto. Nessuno mi aveva mai toccata in quel modo, come se significassi qualcosa.

Ero consapevole che quella situazione era solo il risultato della mia temporanea permanenza ai suoi servigi. Eppure, una parte di me sperava che potesse diventare la mia realtà.

Darius smise di baciarmi e premette la fronte sulla mia. I nostri respiri ansimanti riempivano l'aria. E ora? Mi avrebbe privata della mia verginità? O aveva qualcos'altro in mente?

Non sapevo più cosa aspettarmi da lui.

Aveva trasgredito al protocollo.

E si era nutrito senza farmi del male.

«Ciò che hai appena provato, è il piacere» mormorò Darius. Mi baciò di nuovo, questa volta più dolcemente, poi mi guardò negli occhi. I suoi assunsero il colore di una foresta di notte. Erano così belli e ipnotici.

«Juliet». Pronunciò il mio nome con un tono che mi fece quasi mettere sull'attenti.

«Sì, Sire?». Mi parve di ricordarmi di averlo chiamato per nome, a un certo punto. L'ennesima regola infranta.

«Dovrai offrirti a me solo quando ne avrai voglia, non per obbedire a un comando. Hai capito?».

Lo fissai esterrefatta. Avevo sentito, certo, ma il significato di ciò che aveva detto mi lasciò di sasso. Offrirgli il mio corpo e il mio sangue era il mio dovere. Perché mai i miei desideri avrebbero dovuto essere tenuti in considerazione?

Inarcò un sopracciglio, in attesa della mia risposta.

«Sì, Sire». Le parole mi sfuggirono prima ancora che potessi rendermene conto, frutto di ciò che mi era stato inculcato per anni. *Un padrone scontento è un padrone arrabbiato.*

«Bene». Mi posò un bacio sulla fronte e mi mise a sedere sul letto. «Ora vestiti e raggiungimi in corridoio. C'è una cosa che voglio mostrarti».

Darius

Era andata proprio bene.

Dannazione.

Mi passai la mano sul volto e mi appoggiai al muro, in attesa di Juliet. Le conveniva uscire dalla stanza con addosso degli stramaledetti vestiti, o sarei andato fuori di testa.

Quando mi avevano detto che era rimasta in camera tutta la sera, pensai che fosse il caso di parlarle. Avrei dovuto lasciare che se ne occupasse Ida, ma no... Ero convinto che farle fare un giro della casa l'avrebbe spinta a iniziare a fidarsi di me.

E invece me l'ero quasi portata a letto.

Cosa preferite che indossi?

Dissi la prima cosa che mi era venuta in mente, e lei prese la mia risposta letteralmente.

L'aggettivo "splendida" non era neanche lontanamente adatto per descrivere il suo corpo nudo. Le sue curve delicate e la sua pelle vellutata sembravano create apposta per compiacere l'occhio maschile.

E quelle labbra... Non stavo scherzando. Non vedevo davvero l'ora di averla in ginocchio davanti a me.

Alla faccia di fare le cose con calma.

Juliet abbassò la maniglia e la porta si aprì cigolando.

Trattenni il respiro.

Avendo la possibilità di scegliere, cosa avrebbe preferito indossare una donna istruita a portare abiti trasparenti? Avevo lasciato a Ida il compito di occuparsi del guardaroba di Juliet. Chissà cosa aveva comprato.

«Questo va bene, Sire?» mi chiese sottovoce, raggiungendomi in corridoio.

Mi era piaciuto di più quando mi aveva chiamato per nome, in camera da letto. Era stata la prima volta in cui la sua facciata deferente si era incrinata, e volevo continuare su quella strada. Magari con altri orgasmi.

Celando il sorrisetto suscitato da quell'idea, mi voltai per esaminare l'abito che aveva scelto. Era nero, aderente, senza spalline e le copriva a malapena il sedere. Fantastico. Esattamente ciò di cui avevo bisogno.

Almeno non è trasparente.

Mi schiarii la voce e annuii. «Sì, va bene». Avrei dovuto trovare una scusa per farla chinare in avanti e vedere cosa si era messa sotto il vestito. Probabilmente nulla.

E ora quel pensiero mi avrebbe torturato durante tutto il tour. Meraviglioso.

Promemoria: dire a Ida di prendere degli abiti più appropriati per Juliet.

«Andiamo?». Senza attendere una risposta, iniziai a camminare nella direzione opposta alla scalinata. Subito i suoi piedi nudi si mossero silenziosi sul pavimento di legno. Mi accorsi che le brontolava lo stomaco. O mi aveva mentito sul non avere fame, o si era resa conto solo in quel momento che aveva bisogno di cibo. Me ne sarei occupato dopo la prima tappa della nostra visita.

«Questo» le dissi, indicando la porta vicina alla sua «è l'ingresso ai miei alloggi».

Quando abbassai la maniglia, i suoi begli occhi scuri si spalancarono.

«Sei nervosa?». Non riuscii a trattenermi dal provocarla un po', mentre la conducevo nel mio salottino. Mostrarsi nuda non sembrava un problema per lei, eppure visitare le mie stanze la faceva arrossire. Interessante.

«Sì, Sire» confessò in un sussurro, fermandosi accanto a me. Fui avvolto dal suo delizioso profumo, che ancora una volta mi fece desiderare di conficcarle i denti nella carne. Il morso che le avevo dato in camera sua era per lei, non per me. Avevo bisogno di molto di più, ma prima doveva capire. Altrimenti, sarebbe andato tutto a rotoli.

Certo, quella consapevolezza non mi aveva fermato dal divertirmi un po'.

Le posai la mano sulla nuca e mi avvicinai a lei. I suoi seni mi sfiorarono il petto. Inspirò profondamente. Nel suo sguardo si mescolavano sorpresa, paura e un qualcosa di decisamente femminile.

Desiderio.

Le accostai le labbra all'orecchio. «Puoi entrare nella mia stanza ogni volta che vuoi, mia cara».

La mia bocca scese lungo il suo collo, indugiando sul punto in cui l'avevo morsa poco prima. La pelle era già guarita, grazie a me. Un giorno l'avrei marchiata e resa completamente mia. Se avesse soddisfatto le mie aspettative, ovviamente.

«Ma devo avvertirti,» aggiunsi, trascinando i denti sulla sua pelle morbida «quando verrai qui, darò per scontato che sei in cerca di piacere. E mi aspetterò che ricambi». Accarezzai con la lingua il punto dove il suo battito stava accelerando, sottolineando così le mie parole.

Juliet mi porse il collo in un invito silenzioso, strappandomi un sorriso. Non aveva idea di quello che stava facendo, ma presto l'avrebbe capito.

«Vieni, Juliet» mormorai. «Abbiamo ancora svariate tappe nel nostro tour». Le posai un lungo bacio sulla gola.

Sarebbe valsa la pena di aspettare per farla mia.

Scostai la mano dalla sua nuca e la lasciai nel bel mezzo del salottino. Riuscì a raggiungermi quando ormai ero già accanto alla scalinata. Osservai le sue guance color cremisi e cercai di non ridacchiare. L'eccitazione le donava.

«Come ti dicevo, puoi girare per il castello a tuo piacimento» le ricordai, scendendo i gradini. «Nel caso avessi bisogno di te per un'occasione sociale, ti avvertirò con un certo preavviso. E per quanto riguarda eventuali tentativi di fuga, ti sconsiglio anche solo di provarci».

La tenuta era circondata da acri e acri di terra e alberi. Al di là, vi erano piccole colonie di licantropi. Non sarebbero stati molto delicati con una vergine di sangue.

«Tentativi di fuga?» ripeté Juliet, con un tono spento. «Per andare dove?».

«Già». La condussi in cucina, dove Gladice le aveva lasciato un piatto di cibo sul bancone. Tolsi il coperchio per accertarmi che fosse ancora caldo e decisi che sarebbe andato bene. «Mangia qualcosa, poi continuiamo il nostro giro». Le porsi una sedia e inarcai un sopracciglio, sfidandola a discutere.

Si sedette, studiando il piatto con un'espressione incuriosita. Il vestito le scivolò ancora più in alto lungo le cosce e ancora una volta mi chiesi cosa indossasse sotto. Sarebbe stato facile scoprirlo, ma il dubbio rendeva tutto ancora più intrigante.

Presi delle posate da un cassetto e gliele passai. Poi mi sedetti di fronte a lei.

«Grazie» mormorò, sbocconcellando un pezzetto di pollo.

Incrociai le braccia e le posai sul ripiano di marmo. «Non devi mai ringraziarmi per nulla, Juliet». Ero sincero.

Il mondo che conosceva non somigliava a quello che ricordavo. Per tutta la vita le era stato insegnato che il suo unico scopo era di essere scopata e dissanguata. E mentre il predatore che c'era in me lo capiva, l'uomo ne era inorridito.

I vampiri e i licantropi erano le razze superiori, su quello non vi era alcun dubbio, ma con lo status veniva un senso di responsabilità che i miei fratelli sembravano aver dimenticato. Anche gli animali domestici meritavano dei diritti.

Mangiò in silenzio, ma i suoi occhi erano ricolmi di domande. Continuavo a stravolgere tutto ciò che le era stato insegnato in quel dannato palazzo, eppure non reagiva mai. Vedere una donna limitata dalle convinzioni che le erano state inculcate faceva male. Ancora di più, capire che non ne era affatto consapevole.

E non era nulla in confronto a ciò che avrei dovuto fare.

Mi rendevo conto che era un gesto quasi crudele, ma avevo bisogno di sgretolare le sue convinzioni. E conoscevo solo un modo per farlo.

Dirle la verità.

«Non so molto sulla tua istruzione, a parte quello che era indicato nella guida che mi hanno dato alla tua asta. So che parli diverse lingue, sei brava coi numeri e prediligi la biologia. Tutti aspetti che ammiro. Ma non so quanto tu sia ferrata in storia».

Finì di masticare e posò la forchetta sul piatto ancora mezzo pieno. Iniziò a guardarsi attorno, alla ricerca di qualcosa, finché i suoi occhi non si posarono sul lavello.

Capendo cosa le serviva, mi alzai e presi un bicchiere, che riempii d'acqua. Mentre glielo passavo, il suo sguardo incuriosito restò fisso nel mio. Un'altra consuetudine gettata alle ortiche. Stavo servendo la serva.

Juliet bevve un lungo sorso, poi appoggiò il bicchiere sul tavolo. «Gra...». Si morse il labbro, interrompendosi. Le avevo appena detto che non era necessario che mi ringraziasse.

«Puoi ringraziarmi,» chiarii «ma non è obbligatorio».

I suoi occhi sgranati mi suggerirono di iniziare da qui, piuttosto che dalla lezione di storia. Ventidue anni di lavaggio del cervello per mano dell'Organizzazione l'avevano plasmata nel perfetto animaletto da compagnia, secondo gli standard dei vampiri. Obbediente, sottomessa e servile. Dovevo ridefinire la sua percezione delle regole.

«Hai finito di mangiare?» le chiesi prima che potesse dire qualcosa. Aveva mangiato più o meno quanto la sera precedente, ma volevo essere sicuro che fosse realmente a posto.

«Sì, Sire».

«Perfetto». Mi alzai di nuovo. «Seguimi».

Non se lo fece ripetere due volte. «La mia istruzione prevedeva una conoscenza approfondita dell'Alleanza di sangue. Sono anche esperta di geografia, di tutto ciò che concerne le famiglie reali dei vampiri e i clan reali, e delle questioni governative in generale».

Le rivolsi un'occhiata da sopra la spalla. «Il che ti rende l'animaletto perfetto per qualcuno d'alto rango». Ed era anche il motivo per cui l'avevo scelta. «Ma nulla di tutto ciò è storia, Juliet. Nessuno ti ha mai parlato di com'era il mondo prima che i vampiri e i licantropi prendessero il potere?».

La sua fronte aggrottata fu sufficiente come risposta.

«No, certo che no» mormorai passando accanto alla sala da ballo. «È meglio tenerti all'oscuro. Credere che le cose siano sempre state così giova alla tua formazione».

«Non... non so cosa dire, Sire».

«Immaginavo». Mi fermai innanzi a una porta di vetro e mi voltai per guardarla in faccia. «Esisti per servire e compiacere i vampiri di un certo rango. Il tuo sangue è il motivo per cui sei stata destinata a questo scopo. Ma in passato la tua vita non sarebbe stata così».

Aprii la porta della biblioteca e camminai all'indietro, senza distogliere mai lo sguardo dal suo. «Prima di darti un nuovo compito, voglio chiarire alcune cose».

La sua attenzione venne subito attratta dalle scaffalature ricolme di libri, che andavano dal pavimento al soffitto, ricoprendo ogni parete della stanza. Si spostò poi sulle enormi finestre che si aprivano su uno splendido patio, che a sua volta dava sul giardino. Juliet deglutì, timorosa, riportando lo sguardo su di me. Era arrossita, si sentiva in colpa. Alzai una mano prima che potesse scusarsi per essersi distratta. La capivo perfettamente: era uno spettacolo magnifico. Per questo l'avevo progettata così.

«La paura è un ottimo metodo di insegnamento. È ciò che la mia specie instilla negli umani per assicurarsi che si comportino in un certo modo». Mi avvicinai a lei e le presi il mento tra le dita, costringendola ad alzare il viso. «Non voglio che tu abbia paura di me, Juliet. Nonostante apprezzi la tua obbedienza, cerco anche il tuo consenso».

Le sfiorai le labbra col pollice, mettendo a tacere qualsiasi risposta automatica fosse sul punto di rifilarmi.

«Le mie regole sono molto semplici. Non mi interessano le formalità e mi aspetto che tu ti prenda cura di te stessa. Sei libera di girare in tutta la tenuta, a tuo piacimento, il che include qualsiasi area all'interno dei confini della mia proprietà. Se ho bisogno di te, te lo dico. Altrimenti, puoi usufruire del tuo tempo come meglio credi. Hai capito?».

Mi studiò con uno sguardo incerto. «Penso... penso di sì, Sire». Il suo tono esitante e i suoi occhi rivelatori mi fecero dubitare che fosse davvero così.

Invece che insistere con le spiegazioni, le lasciai andare il mento e mi diressi verso una sezione della biblioteca dov'erano presenti alcuni dei miei libri preferiti. Vista la sua propensione per l'obbedienza, le avrei dato un nuovo compito. Un compito orribile.

Afferrai alcuni tra i testi più vecchi e li posai su un tavolo accanto al caminetto. Sarebbero stati sufficienti per iniziare la sua rieducazione. Quando mi voltai per spiegarle di cosa trattassero, la trovai a esaminare l'oggetto posizionato vicino al caminetto, di fronte all'enorme divano.

«È un televisore» le spiegai. «Si tratta di una tecnologia obsoleta». Il mio funzionava ancora, ma lo usavo raramente, per accontentare il mio lato nostalgico. «Da quello che so, è uno strumento ancora popolare nella comunità dei licantropi».

«Cosa fa?» mi chiese, col capo inclinato di lato.

«Serve per vedere i film, che sono una specie di libro che prende vita. Magari un giorno ne possiamo guardare uno».

«Usarla richiede il vostro permesso?». A quanto pare, finalmente avevo trovato qualcosa che suscitasse il suo interesse.

«No,» risposi «ma bisogna che ti spieghi come fare». E in quel momento non ne avevo nessuna voglia. «Prima, però, ho un compito per te».

Il suo sguardo si posò sui libri che avevo tolto dagli scaffali. «Volete che legga».

«Sì». Intrecciai le mani dietro la schiena, per evitare di toccarla. Non sarei mai riuscito a non desiderarla. «Sai come opera l'Alleanza di sangue ai giorni nostri, ma non come è nata».

Juliet afferrò il primo volume, un libro di storia. «Prima esisteva un consiglio?».

«Non solo uno, ce ne furono molti. Inclusi diversi governi umani».

«Governi umani?» ripeté, incredula, con le sopracciglia che le schizzarono fin quasi all'attaccatura dei capelli.

«Leggi» tagliai corto. «Quando hai finito, vieni a cercarmi, così potremo discuterne ulteriormente». Feci per uscire, ma, lungo il mio tragitto verso la porta, mi fermai accanto a un altro scaffale. «Dopo aver letto quelli, sfoglia anche alcuni di questi testi. Ti forniranno tutte le prove di cui avrai bisogno per credere a ciò che stai per leggere». I manoscritti contenevano molte immagini raffiguranti le varie guerre mondiali e alcune riguardanti il tentativo di epurazione delle stirpi immortali.

Quando gli umani fallirono miseramente.

«Non ho alcun viaggio in programma nelle prossime tre settimane. E non abbiamo impegni. Quindi prenditi tutto il tempo di cui hai bisogno e vieni da me quando sei pronta». Ripresi a camminare verso la porta, ma mi bloccai di nuovo. «Puoi leggere dove preferisci. Ricordati di mangiare e che puoi girare per la mia tenuta senza bisogno di un accompagnatore».

«Sì, Sire» rispose, già concentrata sul libro e non più su di me.

Che la rieducazione abbia inizio.

Darius

«La bambolina dov'è?» chiese Ivan, attraversando le porte di vetro.

Mi abbassai fino a terra, per poi rialzarmi di nuovo. «Intendi Juliet?».

«"Bambolina" mi sembra un termine più appropriato. Comunque sì, lei». Si fermò accanto a me, con le mani infilate nelle tasche dei pantaloni.

Feci un'altra serie di flessioni, poi mi alzai in piedi. L'esercizio non era necessario, ma avevo bisogno di una distrazione. «È in biblioteca. Sta leggendo».

Ivan sbuffò. «È la stessa cosa che hai detto la settimana scorsa».

«E infatti è ancora là». Allungai le braccia sopra la testa e feci roteare il collo. «Vuoi venire a fare una corsa con me?».

Il mio migliore amico mi scoccò un'occhiata sconcertata. «Perché non vai a fartela? Non è il motivo per cui è qui?».

Tipico di Ivan pensarla così. «Lo sai perché è qui».

«Sì, lo so, e parte del motivo richiede che tu te la faccia». Indicò i miei pantaloni della tuta. «Andiamo, amico, tutto questo è assurdo. Non ti piace neanche correre».

Vero, ma avevo bisogno di una distrazione fisica che mi trattenesse dal saltare addosso a Juliet.

Erano dieci giorni che praticamente non si era mossa dalla biblioteca, nemmeno per dormire. Fui costretto svariate volte a bloccarmi sulla porta, resistendo all'impulso di entrare per ricordarle di mangiare. Per fortuna, di quello aveva deciso di occuparsi Ida.

Quando le dissi che sarei stato libero per tre settimane, non pensavo davvero che ci avrebbe messo così tanto. Ero convinto che avrebbe letto solo un paio di libri e che poi sarebbe venuta da me con mille domande. E invece no. Continuava a sfogliare pagina dopo pagina senza il minimo accenno di inquietudine. Avevo voluto usare la verità per spezzare il suo condizionamento, ma a quanto pare non stava funzionando.

Il che significava che stavo digiunando senza motivo.

Avrei potuto entrare là dentro e "farmela", per usare l'eloquente scelta linguistica di Ivan, per poi costringerla a seguire i miei ordini. E l'avrei fatto, se non ci fosse stata alcuna alternativa.

Ivan incrociò le braccia con quell'atteggiamento condiscendente che tanto amava. «Hai provato a parlarle?».

«Le mie parole non sarebbero sufficienti, non con l'addestramento che ha subito». Mi passai le dita tra i capelli e sospirai. «Quelli come lei vengono spezzati fin da piccoli e l'obbedienza è radicata nella loro psiche. Un tipo di lavaggio del cervello molto difficile da superare».

«E tu pensi di poterci riuscire con un po' di libri?».

« Le daranno un'idea di come vivessero un tempo gli umani, suscitandole dei dubbi». A quel punto, avrei potuto farle cambiare idea su tutto quello che aveva sempre creduto vero e instillarle la voglia di vendicarsi. «Ma ne ha già letti almeno una quindicina e non mi ha ancora chiesto niente».

«Forse crede che sia tutto inventato» suggerì Ivan.

Ci avevo pensato anch'io. «Se così fosse, non saprei come convincerla».

I vampiri e i licantropi avevano riorganizzato completamente il mondo per nascondere ogni traccia della precedente dominazione umana. Tutti i miei libri erano considerati propaganda illegale.

«La scarterai e te ne prenderai una nuova?». Ivan voleva sembrare disinteressato, ma sotto sotto sapevo che non era così. «Ammesso che sia difettosa, ovviamente».

«Se non riuscissi a rieducarla, allora dovremo trovare un'alternativa» ammisi. Più che un rimpiazzo, il nuovo piano avrebbe richiesto un approccio più drastico. «Anche se non vorrei arrivare a quello».

«Già, tu vuoi la sua collaborazione. Sappi che continuo a pensare che sia una perdita di tempo». I suoi occhi scuri brillarono nel chiaro di luna. «Hai la possibilità di portare a termine il compito, ma ti rifiuti di fare ciò che deve essere fatto. Costringila un po' di volte a bere e fattela, Darius. A quel punto, sarà la tua erosita e potrai controllarla».

Intrecciai le dita dietro la nuca per evitare di prenderlo a pugni. Aveva ragione, ovviamente. Se avessi voluto, nel giro di qualche nottata avrei risolto il problema. Solo che desideravo fosse d'accordo. Non era necessario, visto che era mia, ma desideravo che mi aiutasse di sua spontanea volontà.

«Ti stai dedicando a inutili giochini mentali solo perché ti annoi» continuò Ivan.

«O forse perché voglio essere una persona migliore di quelle che ho intenzione di uccidere» ribattei, continuando a roteare il collo. «Okay, ho bisogno di una corsa». Qualsiasi cosa, pur di non entrare in quella dannata biblioteca e fare esattamente ciò che aveva suggerito il mio amico.

«No, hai bisogno di nutrirti» insistette Ivan alzando la voce. «Mi sono appena trastullato con una puttanella che non vedeva l'ora di farsi mordere, eppure il profumo della tua Juliet mi sta facendo impazzire».

«Oh, sei preoccupato per me. Ma che carino». Mi allontanai correndo, sicuro che mi avrebbe seguito. Lo faceva sempre.

«Sei uno stronzo» borbottò raggiungendomi. «E anche un fottuto pazzo».

«E tu dici troppe parolacce».

«Vaffanculo».

Ridacchiai. «Ecco, appunto».

«Come se fosse un problema per te...» commentò, arrotolandosi fino ai gomiti le maniche della sua felpa costosa. Un vezzo, più che una necessità. «E puoi correre quanto ti pare, amico, ma sappiamo entrambi cosa devi fare».

Strinsi i pugni. «L'incoronazione è tra sei mesi. Ho tutto il tempo di rieducarla. Andrà tutto bene».

«Tutto bene...» ripeté con poca convinzione. «Lo ammetto, Juliet è stupenda e ha un odore divino, ma non è nient'altro che un guscio vuoto. Non riuscirà mai a fare ciò di cui hai bisogno. Finirai comunque per costringerla».

Aumentai il ritmo, riversando nella corsa tutta la mia frustrazione.

Ivan non mi stava dicendo niente di nuovo. Juliet aveva tutte le risorse per fare ciò di cui avevo bisogno. Ma se non fossi stato capace di convincerla a usarle per i miei scopi, avrei dovuto costringerla. Mi era costata troppo per scartarla. In più, se avessi acquistato un rimpiazzo, avrei suscitato domande che non potevo permettermi.

Dovevo procedere col mio piano.

Il primo passo consisteva nello spezzare il suo condizionamento.

Il secondo sarebbe stato convincerla a lavorare con me.

E il terzo addestrare nuovamente tutti i suoi istinti.

In sei mesi.

Non erano molti, ma avrei potuto farcela. Ammesso che avessi scelto la donna giusta.

Raggiunsi gli alberi che costeggiavano il confine della tenuta. Mi abbassai e trovai il mio sentiero preferito, tra quelli che si inoltravano nella foresta. Sentii Ivan imprecare per le sue scarpe, ma continuò a correre.

Nessuno dei due aveva bisogno di allenarsi. Eravamo per sempre congelati nei nostri trent'anni grazie ai nostri geni di vampiro, ma amavo l'esercizio fisico. Mi aiutava a liberarmi dell'energia in eccesso e a mantenere i miei riflessi sempre acuti.

«Sono sicuro che tu sia in parte licantropo» borbottò Ivan, saltando una grossa radice che emergeva dal terreno. «Prima o poi ti trasformerai davanti ai miei occhi».

«Ti lamenti troppo. La prossima volta chiamo Trevor».

«Sì, certo, come se fosse disposto a infangarsi le scarpe per te».

Vero. Trevor mi avrebbe aspettato sul limitare della foresta, aspettando che tornassi. «Beh, almeno avrei avuto un po' di pace».

«Non è per stare in pace che mi hai chiamato qui».

E quello era il motivo per cui consideravo Ivan uno dei miei migliori amici. Mi conosceva bene. Quasi quanto un tempo mi conosceva Cam.

Corsi in silenzio per qualche minuto, poi mi decisi ad ammettere: «Voglio parlare del piano di riserva».

«Ma che sorpresa».

«Non mi sono ancora arreso con Juliet» continuai,

ignorando il suo commento sarcastico. «Ma ho trovato il capro espiatorio perfetto».

Superò con un salto un tronco caduto, atterrando sull'erba senza fatica. «Vampiro o licantropo?».

«Nessuno dei due. Un delinquente». Aggirai un grosso albero e cominciai a risalire un ripido pendio senza interrompere il ritmo. Velocità e agilità sovrumane sono tra i molti benefici dell'essere un vampiro. Oltre alla capacità di portare avanti una conversazione correndo.

«Far sì che lo credano l'atto di un criminale toglierebbe ogni sospetto da noi. E libererebbe di nuovo il trono» aggiunsi.

«Ma terrebbe il tuo nome nell'ombra» sottolineò Ivan. «Vanificando tutto».

«Non necessariamente». Saltai sopra un grosso masso e usai un pizzico della mia velocità da vampiro per spingermi avanti più rapidamente. «Prolungherebbe un po' il gioco, ma ci sono altri modi di rendermi noto alle masse».

Ivan fischiò. «Stai parlando di anni di attesa. Il nostro regale amico non ne sarebbe felice, e nemmeno gli altri».

«È un piano di riserva» ripetei di nuovo. «Da usare nel caso Juliet fallisse». Ma avrei fatto di tutto affinché ciò non accadesse. «Lei resta comunque la nostra opzione migliore».

«Ed è per questo che devi fare ciò che è necessario, così possiamo iniziare ad allenarla». Girò attorno a un albero, incontrandomi dall'altro lato. «Oppure puoi darla a me. Me ne occupo io».

Una vivida immagine di Ivan che si "occupava" di Juliet mi offuscò la vista. Non l'avrebbe rifiutato, forse le sarebbe persino piaciuto. Esattamente come le era successo quando l'avevo morsa nella sua stanza...

Ripensai a come il suo corpo si strusciava sensualmente

sul mio, mentre si arrendeva al piacere del mio tocco. Potevo ancora udire i suoi piccoli gemiti. E il modo in cui pronunciò il mio nome, in preda all'orgasmo. Il ricordo mi fece venire un'erezione, che svanì subito dopo al pensiero di lei e Ivan.

Mi sembrava quasi di averli davanti agli occhi. Lui che la prendeva, con le zanne conficcate nel suo tenero collo...

No. Assolutamente no.

Energia negativa iniziò a scorrermi nelle vene, facendomi ribollire il sangue e offuscando il mio giudizio.

Mia.

Solo io mi sarei preso l'innocenza di Juliet. Io e nessun altro.

Rifilai una gomitata a Ivan, facendolo cadere a terra.

Come aveva potuto anche solo pensare di avere il diritto...

Strinsi di nuovo i pugni, indeciso se colpirlo di nuovo, possibilmente ancora più forte. Una parte del mio bisogno di violenza era il risultato della sete di sangue e del mio inutile digiuno. Ma l'altra era tutta possessività.

«Juliet è mia, Mikhail» lo avvertii, usando di proposito il suo cognome. «Sarò io l'unico a occuparsi di lei».

«Stronzo geloso» mugugnò alzandosi in piedi. «Era un'offerta, non una richiesta».

«Beh, la rifiuto».

«Sì, questo è chiaro». Si tolse una manciata di foglie dai capelli. «Preferisci azzuffarti o continuare a correre?».

L'aria tra noi era tinta di aggressività. Ivan sapeva bene come avrei reagito alla sua "offerta". Stava mettendo alla prova la mia possessività di proposito. Ebbi l'impressione che avesse voglia di lottare. Lo sfogo mi avrebbe fatto bene, e lui avrebbe rappresentato una sfida decente.

«Entrambi» decisi. Lo avrei messo al tappeto, per poi continuare con la mia corsa.

«Fantastico. Colpiscimi, allora» mi provocò. «O almeno provaci».

Sorrisi. «L'ultima volta che mi hai sfidato, ti ho distrutto quel bel faccino».

Si strinse nelle spalle. «Poi sono guarito».

«Ti sei messo a piangere».

«Cazzate». Si mise in posa da lottatore. «Adesso voglio farti finire col culo per terra solo per darti una lezione».

«Ah sì? E quale sarebbe?».

«Che io sono ben nutrito, a differenza tua. Forse, dopo che ti avrò battuto, finalmente ti sfamerai».

Sbuffai. «Riuscirei ad avere la meglio su di te anche se fossi mezzo morto».

«Quello è Trevor» mi corresse. «Hai chiamato me perché volevi un degno avversario, oltre a un bel discorsetto».

Non potevo negarlo. «Ivan, smettila di blaterare e colpiscimi».

Sorrise. «Con piacere».

JULIET

C'erano diciassette libri sparpagliati sul pavimento della biblioteca. Descrivevano tutti un mondo in cui era il genere umano a governare.

E nessuno di loro menzionava i licantropi o i vampiri.

Tranne quello che tenevo in mano.

Era sepolto sotto altri volumi. Ad attirarmi era stato lo scarabocchio mascolino presente sulla copertina.

La formazione.

Sembrava più un quaderno che un libro vero e proprio. Mentre lo sfogliavo, trovai alcune parole che riconobbi.

Mi accomodai sulla poltrona accanto al caminetto, quella che nell'ultima settimana e mezza era diventata il mio posto preferito per dedicarmi alla lettura, e mi immersi nelle pagine scritte a mano.

Cominciava con la descrizione di una guerra mondiale tra diverse fazioni di umani, un tipo di evento che avevo già trovato almeno sei o sette volte in altri volumi. Di solito, segnava la fine del libro. In questo caso, però, ne era l'inizio. Un altro segno che avevo scovato qualcosa di nuovo.

Scorsi in fretta tutto ciò che concerneva le armi nucleari e mi ritrovai d'accordo con gli aspri commenti dell'autore; gli umani erano chiaramente intenzionati a distruggere il mondo. Poi, nel momento in cui lessi un nuovo paragrafo riguardante i licantropi, rallentai.

Fu il clan Cyrus il primo a rendere nota la nostra esistenza. Furono scoperti nel tardo Ventunesimo secolo da un gruppo paramilitare, che era alla ricerca di una donna sparita da una cittadina vicina. A quanto pare, l'Alfa si infatuò della figlia del governatore e la rapì. In pratica, tutto cambiò a causa di una donna.

Era senza dubbio un diario.

Continuai a leggere. Gli umani tentarono di fare esperimenti con e sui licantropi, ma fallirono. Non riuscirono a capirne la biologia. Alcuni governi cercarono di sfruttarne la genetica a scopo militare, ma senza successo.

Nel frattempo, licantropi e vampiri si incontrarono in segreto per discutere del futuro del genere umano. Molti membri di altri clan erano furibondi per il trattamento subito dal clan Cyrus e cercavano vendetta, offrendo una base e un pretesto a coloro che spingevano per il cambiamento. E così nacque l'Alleanza di sangue.

La voce narrante mi ricordava il modo di parlare di Darius. Considerando che il diario si trovava nella sua biblioteca, mi sembrò logico dedurre che fosse suo.

Voltai pagina, dove trovai maggiori dettagli sulla rivolta. Le razze superiori organizzarono un attacco in cui metà della popolazione umana fu uccisa, e presero il controllo dell'intero pianeta.

Gli umani furono divisi in campi per essere testati. Spirito, forza, intelligenza, bellezza e linea di sangue erano i parametri usati per determinare il destino di ogni essere inferiore. La maggior parte fu sterminata. Ne lasciarono in vita solo 300.000 per lo smistamento ufficiale.

L'Alleanza di sangue redasse delle leggi che andassero bene sia ai licantropi che ai vampiri, e divise i mortali nei campi appropriati. Tutti i loro diritti furono rimossi. Gli umani vennero declassati a proprietà, diventando oggetti da possedere e sfruttare a piacimento delle razze immortali.

Tremai leggendo l'accurata descrizione del mio scopo nel mondo. I vampiri mi vedevano come cibo e come un oggetto di cui usufruire ogni volta che ne avessero voglia.

Eppure, Darius non mi aveva trattata così. Aveva una diversa considerazione della mia specie. Mi aveva permesso di guardarlo, di parlargli. Mi aveva addirittura concesso la possibilità di provare piacere.

Ma avrebbe anche potuto strapparmi via tutto con un'unica parola.

Trascinai il polpastrello lungo la pagina, riflettendo sulla ragione di tutto questo. Mi aveva detto di leggere quei libri, aggiungendo che alla fine sarei dovuta andare da lui. Avevo obbedito alla prima parte, ma ancora non capivo perché mi avesse assegnato quel compito.

Che avesse voluto torturarmi con quelle informazioni, facendomi scoprire come gli umani furono resi dei giocattoli per vampiri e licantropi?

O forse voleva semplicemente istruirmi, in modo da migliorare la mia preparazione?

Diedi una scorsa alla sezione successiva, che descriveva i vari settori a cui erano destinati gli umani. Fattorie per la produzione di sangue, accademie, concorsi di selezione degli immortali, harem reali, tane di riproduzione dei clan, campi di procreazione umana... Poi mi soffermai sul paragrafo che mi riguardava.

Lo sviluppo più interessante è probabilmente quello di un gruppo di umani che condivide una particolare linea di sangue, capace di creare una dipendenza a volte letale. Per loro è stata introdotta una disposizione speciale, che ne permette la riproduzione a beneficio dei vampiri. In cambio, anche i licantropi hanno ottenuto una stirpe mortale da sfruttare durante i giochi della luna piena.

Ma ciò che è estremamente affascinante è che questa ascendenza viene preparata per compiacere l'élite. I maschi e le femmine crescono in luoghi separati e vengono accuratamente istruiti, a differenza degli altri umani, per mescolarsi con l'alta società.

Vengono anche formati per essere dei perfetti strumenti sessuali, anche se spesso sono usati una volta soltanto e poi scartati. I fortunati possono tornare nei palazzi dove sono stati cresciuti, diventando dei guardiani, ma la maggior parte viene sfruttata nel ciclo riproduttivo e infine mandata nelle fattorie.

Le mie labbra si schiusero leggendo l'ultima riga.

Il ciclo riproduttivo. Per creare altri come me.

La mia guardiana mi aveva sempre detto che la maggior parte di noi tornava al palazzo. Le note di Darius, invece, implicavano che non fosse così, che il mio destino sarebbe stato di fare sesso finché non fossi più stata in grado di riprodurmi.

Raggelai.

Esistevo solo per servire il mio padrone, fornendogli accesso illimitato al mio sangue e al mio corpo. Quello era il mio unico scopo. Non significavo nulla. Non ero nient'altro che un animaletto da usare a suo piacimento.

E poi sarei stata impiegata per mettere al mondo altri strumenti di piacere per vampiri.

Ma questi libri dipingevano un mondo in cui erano gli umani a governare. Non molto bene, considerando tutte le guerre, ma almeno potevano vivere. Io esistevo solo per servire.

Cercai di ricacciare indietro le lacrime. Ero confusa, tutto ciò che avevo sempre saputo era stato messo in discussione.

Perché io?

Perché doveva essere quello il mio destino?

Tutto a causa del mio sangue.

Con la maledizione di dover produrre dei discendenti che sarebbero stati educati com'ero stata educata io, al fine di servire un nuovo padrone, ripetendo questo ciclo all'infinito.

Il mio stomaco iniziò a brontolare, ricordandomi che anche oggi non avevo mangiato. Ma che importanza aveva?

Gettai il diario sul pavimento e afferrai un libro di storia con una donna in copertina. Era umana. E chiaramente una leader. Non sorrideva, ma il suo sguardo era impregnato di intelligenza e determinazione. I miei occhi non sarebbero mai stati come i suoi. Quando diedi un'occhiata alla mia immagine riflessa nello specchio, vidi una creatura priva di anima, che non sapeva niente della vita. Perché non ero nient'altro che un guscio vuoto, modellato dai vampiri.

Erano più forti, potenti e immortali. Di conseguenza, potevano controllare chiunque fosse sotto di loro e possedere qualcuno come me.

In passato, gli umani avevano dei diritti.

Perché Darius voleva che scoprissi tutto questo?

Non serviva a nulla, se non a dimostrarmi quale fosse il mio posto, togliendomi ogni speranza. Era quello lo scopo? Nel caso mi fossi fatta qualche strana idea su quello che sarebbe successo qui?

Avrei preferito di gran lunga restare nella mia beata ignoranza, convinta che l'Alleanza di sangue fosse sempre esistita. Che gli umani non avessero mai avuto alcun potere. Priva di qualsiasi speranza per il futuro.

Con i suoi testi mi aveva portato via tutto.

Perché?

Misi da parte il libro con l'umana in copertina e mi alzai in piedi, ricolma di una nuova determinazione.

Cos'avevo da perdere? Mi avrebbe comunque usata e buttata via. Tanto valeva chiedergli una spiegazione. Forse mi avrebbe uccisa. Il che sarebbe stato comunque meglio della procreazione forzata.

Uscii a grandi passi dalla biblioteca, con le mani strette a pugno. Mi aveva detto di andare nelle sue stanze solo se fossi stata in cerca di piacere. Ma mi aveva anche detto di raggiungerlo, una volta che avessi finito di leggere.

Al diavolo le regole.

Avevo bisogno di risposte.

«Juliet» mi chiamò Ida, non appena arrivai in fondo alle scale.

Di solito, le rispondevo con un sorriso pudico o un educato saluto, ma, mentre mi voltavo verso di lei, la mia bocca si rifiutò di compiere entrambi i gesti. Se notò la mia mancanza di cortesia, non lo diede a vedere.

«Se stai cercando il padrone, è fuori sul retro con il suo amico Ivan». Mi fece l'occhiolino e si allontanò, con il suo solito fare stranamente allegro.

Di certo Darius non le aveva assegnato le stesse letture, altrimenti non sarebbe stata così contenta del suo destino.

D'altro canto, lei non sarebbe stata mandata in un campo e costretta a riprodursi.

Strinsi le labbra.

Fuori.

Dovevo ancora avventurarmi all'esterno. Darius mi aveva dato il permesso di andare dove volessi, ma temevo potesse essere un test. In quel momento, però, non mi interessava più.

Qualcosa di dolciastro mi solleticò il naso mentre attraversavo la cucina, in direzione della sala da pranzo. Alcuni servitori, che stavano chiacchierando lì vicino, smisero di parlare e mi lanciarono occhiate incuriosite. Li ignorai e andai dritta verso la porta a vetri che conduceva sull'enorme patio.

Esitai. Forse era esattamente questa la reazione che

sperava di suscitare in me, e ora era là fuori ad attendermi per punirmi.

Ma mi aveva anche detto di andare da lui non appena avessi finito di leggere.

Mi venne la pelle d'oca. Stavo decidendo se infrangere l'unica regola che la mia guardiana mi aveva intimato di non infrangere mai. Esigere un'udienza con un vampiro era un'azione punita molto severamente, a volte anche con la morte.

Avrei preferito morire che essere costretta ad avere figli.

E le fattorie?

Fui scossa da un brivido. La parola aveva dipinto nella mia testa un'immagine ripugnante.

Non sarebbe stato quello il mio futuro.

Pensi di avere una scelta?

L'espressione della donna del libro mi si affacciò di nuovo alla mente. Era l'espressione di qualcuno che aveva vissuto davvero. Che aspetto avrei avuto io, se avessi affrontato Darius? Quello di una guerriera? O di un corpo senza vita, che fissava il cielo notturno senza poterlo vedere mai più?

Avrebbe avuto importanza?

Abbassai la maniglia.

Non avevo niente da perdere. Non avevo una vita degna di essere vissuta. Solo un ammasso di regole che dettavano ogni mia singola azione. Darius ne aveva già infrante parecchie, che differenza avrebbe fatto ignorarne una in più?

Uscii. Il patio di pietra era freddo sotto i miei piedi nudi. Fu solo dopo una ventina di passi che mi resi conto della gravità di ciò che avevo appena fatto.

Prima di allora, l'unica volta in cui ero uscita all'esterno era stata quando le guardie mi avevano scortata fino alla limousine di Darius. Eppure, avevo appena attraversato la porta di vetro come se nulla fosse.

Niente allarmi.

Niente guardie.

Ero confusa.

Nel palazzo dov'ero cresciuta, se anche fossi riuscita a raggiungere una porta, mi sarei ritrovata circondata dalle guardie con la mano ancora sulla maniglia. Non che avessi mai pensato di provarci. Perché scappare? Dove sarei potuta andare?

La luce della luna illuminava un sentiero verso gli alberi, quasi invitandomi a seguirlo. Da ciò che potevo scorgere dalla mia finestra, sapevo che la foresta si estendeva per almeno alcuni chilometri. Ma prima o poi avrebbe dovuto terminare. Dove mi avrebbe portata? A un destino peggiore? O migliore?

Feci un passo in avanti e mi bloccai, sentendo sotto i piedi una consistenza diversa.

Erba.

Così... strana.

Mi chinai per toccarla, ma scattai di nuovo in piedi quando udii un sussurro provenire dalla mia sinistra.

«Juliet...» il mormorio accarezzò il mio orecchio, annunciando la presenza di Darius proprio mentre si materializzava dietro di me. Premette il petto sulla mia schiena e mi avvolse un braccio attorno al ventre. Un'ondata di calore pervase il mio corpo.

«Ben trovata, mia cara». Mi posò un bacio sul collo. Nel frattempo, Ivan apparve davanti a me. Avevo a malapena considerato la possibilità di fuggire, e già due potenti vampiri mi avevano intrappolata tra di loro.

Ivan era abbastanza vicino da potermi toccare, ma non lo fece. La lussuria brillava nei suoi occhi scuri mentre mi fissava con un'arroganza che non avrei mai potuto eguagliare. Sapeva di potermi sopraffare con un semplice movimento del polso, e godeva di questa consapevolezza. Le sue labbra si incresparono in un sorriso, attirando la mia attenzione sul sangue che gli luccicava all'angolo della bocca. Donava un fascino feroce al suo bel viso.

«Contatto visivo e niente inchino,» commentò con tono divertito «nemmeno con un ospite. Direi che sta facendo progressi, Darius».

Le sue parole furono come una secchiata d'acqua ghiacciata. Non avevo intenzione di guardarlo in faccia, né tantomeno negli occhi, ma dopo tutti quei giorni trascorsi in biblioteca avevo abbandonato ogni formalità. Mi ero persa tra le nebbie della storia, scordando tutto ciò che mi avevano insegnato.

O forse decidendo di farlo.

«Già». Le labbra di Darius sfiorarono il punto in cui mi aveva morsa giorni prima. «Sei uscita per nutrirci, tesoro?».

«N... nutrirvi?» balbettai, con la bocca già secca.

Ivan si passò le dita tra i capelli d'ebano e mi esaminò attentamente. «Credo che la tua Juliet abbia in mente qualcos'altro. Peccato».

«Ha ragione? Mi stavi cercando per un altro motivo?». Darius mi scostò i capelli, mettendo bene in mostra la mia gola. Nel frattempo, io mi stavo sforzando di ricordare come respirare. «Hai finito di leggere?». Posò i denti sulla mia pelle. Mi si strinse lo stomaco.

Avevo provato la sensazione che accompagnava il suo morso, e una parte oscura di me desiderava che lo facesse di nuovo. Mi sembrava che fosse trascorso solo un giorno da quando mi aveva stretta tra le braccia in camera mia, ma sapevo che non era possibile. Forse una settimana? Ero stata...

«Juliet». Mi diede un piccolo morso di avvertimento,

riportandomi alla realtà. «Hai terminato il compito che ti avevo assegnato? È per questo che ti sei unita a noi?».

Deglutii. O almeno ci provai. Il suo calore aveva dissolto tutta la mia determinazione.

Potrebbe spezzarmi in due come un fuscello.

O spedirmi a creare altri umani...

«Ho letto...» iniziai a rispondere lentamente, con voce roca «ho letto che le vergini di sangue finiscono nel ciclo riproduttivo, per poi essere mandate nelle fattorie». Deglutii nuovamente e aggiunsi: «Quello è il mio destino». Il mio tono prese una sfumatura acida che non avevo mai udito. Ma Darius non mi diede il tempo di analizzarla.

«Hai trovato il mio diario». Mi fece fare un mezzo giro su me stessa. Il chiarore lunare gettava delle ombre inquietanti sul suo viso, mettendo al tempo stesso in risalto i suoi occhi verdi. Ardevano di una fame che potevo quasi assaporare. Notai che sulla guancia destra aveva un livido sbiadito. Mi ritrovai a provare uno strano compiacimento, senza sapere perché.

«Sembri scontenta del tuo destino, Juliet» continuò. «C'è qualche motivo in particolare?»

«Scontenta» ripetei, provando a usare quella parola. «Forse perché sarò costretta a mettere al mondo altri come me? Che a loro volta saranno venduti al miglior offerente e obbligati a fare altrettanto? E alla fine sarò mandata in una fattoria?». A ogni parola, la mia voce era sempre più alta e ferma. Passai da un sussurro a un tono che non avevo mai sentito uscirmi dalla bocca. «Dopo aver scoperto che un tempo gli umani avevano dei diritti?».

Perché voleva che sapessi tutto questo?

Stava cercando di torturarmi?

Di deridere il mio destino?

Di tormentare la povera umana con la speranza di qualcosa che non esisteva più?

«A me sembra proprio che sia scontenta» affermò Ivan, con un sorriso nella voce.

Per tutta risposta, strinsi i pugni. Una reazione violenta che non avevo mai preso in considerazione, fino a quel momento...

«In effetti, anche a me» rimarcò Darius. Un ghigno gli comparve sul viso.

Quel divertimento compiaciuto mi fece conficcare le unghie nei palmi. Quanto erano crudeli a prendersi gioco delle creature più deboli e a ridere della mia situazione. Non avevo mai avuto scelta.

Ero più che scontenta.

Nella mia mente vorticava un inferno di dettagli che offuscava il mio giudizio con una coltre scarlatta. Delle emozioni sconosciute si rincorrevano in me, facendomi ribollire il sangue.

Mi consumavano.

Presero possesso di ogni parte di me, esigendo qualcosa che non riuscivo a esprimere a parole.

Il mio petto palpitava dal bisogno di gridare.

E i miei pugni si serrarono, desiderosi di colpire.

Non ce la facevo. Non riuscivo a respirare. Non con lui così vicino.

Cercai di divincolarmi dalla sua presa, ma lui non si mosse. Iniziò invece a ridacchiare.

Spalancai gli occhi mentre un fuoco si accese nel mio cuore. Persi il controllo.

Volevo fargli del male.

Prenderlo a calci.

A pugni.

Ucciderlo.

Ucciderli tutti.

Era un'opzione che non avevo mai preso in considerazione. Ma sapere che un tempo gli umani avevano combattuto contro la sua specie incoraggiava ogni sorta di idea.

«Sì» mormorò. «Ecco l'emozione che volevo».

«Buona fortuna a controllarla adesso, amico» commentò Ivan avviandosi verso il patio. «Non ti invidio».

ÐARIUS

NEL MOMENTO in cui percepii l'odore di Juliet, tornai immediatamente nella proprietà, con Ivan alle calcagna. Usavo raramente il teletrasporto, ma non vedevo l'ora di scoprire cosa l'avesse spinta a uscire.

E non avrei potuto essere più lieto della sua espressione furibonda. Le tingeva le guance di un'adorabile tonalità di rosa e rendeva le sue labbra carnose ancora più affascinanti. Anche se a intrigarmi di più era il fuoco che divampava nei suoi occhi castani.

Questa era la donna che volevo.

«Cos'altro hai letto nel mio diario?» le chiesi. «Hai letto del legame immortale?».

Le sue narici si dilatarono. «Volete usarmi e poi mandarmi dove mi costringeranno a procreare!».

Sorrisi. «Di solito è così, ma dimmi cos'altro hai letto».

Cercò di divincolarsi di nuovo, ma la tenni ben salda. «Non voglio riprodurmi!» gridò, lasciandomi sconcertato.

«Juliet...»

Si dimenò con violenza. Il suo corpo tremava, scosso da tutte le emozioni che non riusciva più a sopprimere. Aveva gli occhi pieni di lacrime.

Okay, la rabbia mi piaceva.

Ma tutto questo no.

Volevo sgretolare il suo addestramento, non lei.

«Smettila» le ordinai, stringendo la presa.

«No» rispose con voce rotta. «Preferisco morire». Le cedettero le gambe. Me la ritrovai tra le braccia come una bambola di stracci. La alzai senza fatica e la cullai, tenendola stretta al petto, mentre piangeva in silenzio.

Quando mi accorsi che, nonostante tutto, tentava ancora di seguire le regole che le erano state insegnate, la mia determinazione vacillò. La mia specie puniva severamente gli umani che mettevano in mostra le loro emozioni, di conseguenza cercava di nascondere i suoi singhiozzi restando in silenzio.

Scossi il capo. «Non sei andata oltre la parte sulla riproduzione, vero?».

Le sue labbra si mossero, ma non ne uscì alcun suono.

Presi quel gesto come la conferma che non aveva terminato il mio diario. Probabilmente era rimasta troppo scioccata per continuare. Un peccato, considerando che la pagina successiva le avrebbe offerto quel barlume di speranza di cui aveva così disperatamente bisogno.

Al primo segno di emozione, Ivan si era defilato. Quando mi avvicinai alla casa, mi raggiunse presso la porta sul retro. Non disse una parola mentre superavo lui e lo staff, con Juliet tra le braccia.

Considerai di portarla in camera sua, ma decisi che una deviazione in biblioteca avrebbe fatto bene a entrambi.

Quando varcai la soglia della stanza dove aveva praticamente vissuto negli ultimi dieci giorni, lei non si mosse, né emise un suono.

Diedi un'occhiata a come aveva disposto i libri sul pavimento. Una foto familiare, che ritraeva una ex presidente, mi riportò a un'epoca in cui erano gli umani a governare. Juliet doveva averla trovata affascinante, visto che l'aveva lasciata sulla sedia, in bella mostra.

Reggendola con un solo braccio, mi piegai per recuperare il mio quaderno. «Non hai finito di leggerlo».

«Non mi interessa» rispose con un mormorio strozzato. «Punitemi. Uccidetemi. Non mi interessa».

Aveva un'espressione risoluta. Preferiva la morte al futuro che l'attendeva. Non potevo biasimarla. Nella sua posizione, la maggior parte della gente si sarebbe sentita allo stesso modo.

Mi sistemai sulla chaise longue con lei in grembo. «Non ho alcun desiderio di ucciderti, Juliet». Sarebbe stato uno spreco. Con la mano libera, le scostai i capelli dal suo bel viso, e con l'altra le porsi il mio diario. «Continua a leggere».

Alla vista del quaderno si ritrasse, rannicchiandosi accanto al mio petto. «No». La sua risposta era intrisa di un tono di supplica.

«No?» ripetei, colpito dal suo rifiuto.

Era come se volesse sottrarsi a me e al tempo stesso cercasse il mio conforto. Una bizzarra combinazione, conseguenza del fatto che il suo mondo era stato messo sottosopra. Non mi sarei scusato, ma sarei stato clemente con lei. Fino a un certo punto.

«Allora lo farò io». E forse le nuove informazioni avrebbero aiutato la nostra situazione.

Sfogliai le pagine, cercando il mio resoconto della procedura di smistamento.

Quel quaderno era stato il mio modo di affrontare la formazione del nostro nuovo mondo.

Un tempo, ero un professore. La mia vita consisteva di testi e ricerche. Documentare gli avvenimenti mi veniva naturale, ma smisi di scrivere circa un secolo fa, quando l'Alleanza di sangue consolidò il suo potere. Ci riuscì senza problemi, grazie ai decenni trascorsi a tramare e all'eliminazione di chiunque si opponesse ai suoi piani. Come Cam.

Voci di una possibile rivoluzione erano morte con la scomparsa di colui che mi aveva creato, lasciandomi senza nulla di nuovo da raccontare.

Almeno fino a poco tempo fa.

Trovai la sezione che mi serviva, quella che terminava con l'accenno alle fattorie. Juliet non l'aveva confermato, ma ero certo che si fosse fermata lì. Girai pagina.

«Poi ci sono quei pochi eletti a cui viene donata un'eternità di servitù. Alcuni considerano la morte un'alternativa comunque migliore, visto che un tempo la cerimonia richiedeva l'accordo di entrambe le parti, mentre ora è rovinata dalla schiavitù. La società si fa beffe di questo genere di legame, che però è ancora considerato una pratica accettabile sotto le leggi dell'Alleanza di sangue».

Mi fermai per assicurarmi di avere la sua attenzione. Stava studiando il quaderno che tenevo in mano. Le sue spalle tremavano ancora, ma almeno i singhiozzi erano cessati. Lo presi come un segnale positivo e continuai a leggere.

«Una volta che un essere umano, vergine di sangue o meno, si sottopone alla cerimonia, è considerato una proprietà di valore e ottiene dei benefici. Tra le altre cose, all'umano è permesso partecipare a eventi pubblici e privati con il suo padrone. Nonostante il rituale sia deriso dai membri dell'alta società, è in realtà inevitabilmente riverito e conferisce un certo prestigio, che ispira l'invidia di molti. Toccare l'umano di un altro vampiro, specialmente uno a cui sono stati concessi dei diritti a seguito della cerimonia, è punibile con la morte».

L'ultima parte era quella che mi interessava di più.

Perché alcuni maschi non erano in grado di resistere al proibito, soprattutto se si trattava di qualcuno del calibro di Juliet. Farla diventare la mia erosita l'avrebbe resa un premio ambito dalla maggior parte dei miei fratelli, soprattutto quelli che bramavano il potere.

Abbassai il quaderno e mi concentrai sulla splendida donna rannicchiata sulle mie gambe. Indossava un altro dei suoi abitini succinti. Cosa le aveva comprato Ida? Mi auguravo che le avesse preso anche dei pantaloni e delle magliette normali.

«Non...». Si leccò le labbra, aveva le sopracciglia aggrottate. «Non capisco cosa stiate cercando di dirmi».

O forse lo sospettava, ma non osava sperare. Posai il diario sul tavolino e le avvolsi le braccia attorno alla vita.

Il gesto rassicurante probabilmente la confuse ancora di più, ma era più per me che per lei. Amavo la sensazione di stringere una donna, soprattutto una dall'odore così... commestibile.

«Ti ho fatto leggere questi libri per offrirti una visione più accurata della storia dell'umanità». Diedi un'occhiata all'assortimento di volumi sparpagliati per terra. C'era di tutto, dalla mitologia antica all'ultima guerra mondiale. «Li hai finiti tutti?».

«Sì» sussurrò. «Ma non il quaderno».

Quello l'avevo capito. «Hai letto quanto basta da sapere che i vampiri e i licantropi non sono sempre stati al potere, e che il mondo non è sempre stato organizzato in questo modo».

Annuì. Una traccia del fuoco di prima le brillò nello sguardo.

Bene. Quella rabbia era ciò che volevo. Avrebbe fatto sì che la conversazione volgesse a mio vantaggio.

«Se pensi che il trattamento delle persone come te sia ingiusto, aspetta di vedere un Giorno del sangue». Le accarezzai le braccia nude, per cercare di mitigare il mio desiderio di possederla. Sapere che potevo fare di lei tutto ciò che volevo, certo non aiutava. Ma preferivo che acconsentisse a collaborare, piuttosto che costringerla a farlo. Sarebbe stato molto più soddisfacente.

«Quindi volevate mostrarmi che la mia vita potrebbe essere peggiore?».

Lo disse con un accenno di irritazione. Sorrisi. «No, mia cara, volevo darti un po' di contesto. Vedi, ho una proposta per te, e non potevo esportela senza una lezione di storia».

Si girò in modo da guardarmi dritto negli occhi. Le avevo ordinato di stabilire un contatto visivo quando parlavamo, ma dubitai che in quel caso l'avesse fatto per obbedirmi. Mi sembrava più forte, più sicura di sé, come se si sentisse in diritto di studiarmi. Quel gesto dimostrava una falla nel suo addestramento. Ne fui elettrizzato.

«Una proposta» ripeté, con un sopracciglio inarcato. «Sono vostra e sono tenuta a fare tutto ciò che volete, Sire. Perché dovreste volermi offrire qualcosa?».

Le misi una mano sulla nuca e accarezzai col pollice il punto in cui era più facile percepire il suo battito. Dal nostro arrivo in biblioteca, si era decisamente calmata. Aveva ancora le guance cremisi e gli occhi gonfi, ma il suo respiro era regolare.

«Mmm». Aveva delle labbra così affascinanti. Cercai di ignorarle, ma ero così vicino a lei, con il suo corpo snello stretto al mio... «Il tuo scopo è sempre stato quello di servire un padrone, giusto? Per un tempo limitato».

Mentre annuiva, il suo battito accelerò appena. Ma nei suoi occhi non c'era traccia del solito timore. *Interessante*.

«Da quello che so, ti insegnano ad aspettarti di morire». Era un modo per addestrare gli umani a non reagire all'inevitabile. Nonché una tecnica di lavaggio del cervello per far sì che ricordassero il loro posto, in fondo alla catena alimentare. La osservai con attenzione, aggiungendo: «Non voglio che i tuoi servigi siano temporanei».

Si leccò le labbra. «Vi state riferendo a... alla cerimonia? Quella di cui parlate nel diario?».

«Sì». Scesi col pollice lungo il suo collo, seguendo il movimento con gli occhi. «Ma voglio qualcosa in cambio».

«Cosa mai potreste volere da me?» mi chiese in un sussurro. «Sono già vostra».

«Vero». Mi avvolsi i suoi capelli attorno alle dita e la tirai verso di me, lasciando solo qualche centimetro tra le nostre bocche. «Ma posseggo solo il tuo corpo e il tuo sangue, mentre ciò che desidero è la tua anima».

«Volete uccidermi, Sire?». Il suo respiro mi si infranse sulle labbra.

«No, tesoro. Voglio renderti il veleno perfetto». Strusciai il naso sulle sue guance arrossate, per poi posarle un bacio sulla gola.

Era la tentazione fatta donna.

Avevo bisogno di morderla. Dieci giorni senza il suo sangue erano troppi. Ne avevo preso un po' da alcuni donatori che vivevano nella mia tenuta, ma non era servito a placare la mia fame. Anzi, la desideravo ancora di più.

«Un veleno?».

Sorrisi. «Sì. Uno letale».

«Non credo di seguirvi, Sire».

«Juliet, è quasi impossibile trattenersi dal morderti» mormorai. «Rendendoti mia attraverso il rituale, creerò un frutto proibito a cui nessuno della mia specie potrà resistere. E userò quella tentazione a mio vantaggio».

«Ma come mi userete, Sire? Cosa dovrò fare?». L'eccitazione le impastò la voce, mentre il suo corpo rispondeva istintivamente ai miei desideri inespressi. Quel tipo di addestramento non poteva essere insegnato; era legato al suo sangue e alla sua naturale risposta alla mia vicinanza. Alcuni lo ritenevano un meccanismo di accoppiamento, altri un dono del cielo. Io lo consideravo un'opportunità,

«Potrei risponderti in così tanti modi, mia cara». Ma sapevo cosa intendeva. «Se accetti di partecipare alla cerimonia, ti userò per distruggere i miei nemici. Non si renderanno nemmeno conto di cosa li ha colpiti. E sicuramente ti userò anche per soddisfare ogni mio bisogno». Perché averla lì e non godere del lusso della sua compagnia sarebbe stato uno spreco.

«Ho a malapena iniziato a mostrarti cosa posso offrirti, Juliet». Schiusi le labbra e la baciai sotto l'orecchio. Il fremito con cui accolse la mia bocca mi fece sogghignare. «E penso di averti dimostrato che la tua permanenza qui può essere piacevole anche per te, no?».

«Questo...». Si schiarì la voce. «Questo continuerebbe?».

«Il mio tentare di sedurti?».

«E tutto il resto».

«Intendi il piacere?»

«S... sì» mugolò mentre iniziai a esplorarle il collo con la lingua. Non seppi se prenderlo come una risposta, o come un invito a continuare. Forse entrambi.

«Come ho menzionato durante il tour della casa, puoi venire nelle mie stanze ogni volta che desideri provare piacere». La guardai negli occhi. «Ma stanotte, sono io a esigerlo».

Il suo petto prese ad alzarsi e abbassarsi in fretta. Era così bella. Volevo solo spogliarla per ammirare quegli splendidi seni e assaporarne ogni centimetro. Questa volta non sarebbe stato solo per lei.

«Il mio scopo è soddisfare i vostri bisogni, qualsiasi essi siano» sussurrò.

«Ma voglio che tu mi dia tutto, Juliet». Mi allontanai appena da lei e dalla tentazione suscitata dal suo sangue. «Sei stata istruita a mescolarti all'alta società, a conversare in varie lingue e a sedurre con un solo sguardo. Sono tutte caratteristiche ammirevoli, ma ciò che desidero insegnarti è infinitamente diverso».

Mi guardò con un'innocenza che progettavo di distruggere. Immagino che ciò mi rendesse il cattivo della storia, o forse il suo salvatore.

«Accetti di imparare qualcosa di nuovo?» allentai la presa sui suoi capelli, accarezzandole i riccioli morbidi. «In cambio, ti offro la cerimonia iniziale. Ti garantirà dei privilegi in società e ti marcherà come mia, proteggendoti così da qualsiasi altro destino. E bloccherà il tuo invecchiamento». Almeno temporaneamente. Lo scambio di sangue doveva essere ripetuto svariate volte prima che potessi rivendicare il suo corpo, ma anche le fasi iniziali le avrebbero conferito certi diritti e abilità.

«Bloccare il mio invecchiamento?» ripeté.

«Esatto. Il nostro legame ti concederà l'immortalità».

Sgranò gli occhi. «L'immortalità?». La meraviglia si insinuò nel suo tono. Chiaramente, non aveva colto il mio commento sulla servitù eterna presente nel diario. «E... ehm... cosa richiede questa cerimonia?».

«La tua volontà di assecondare i miei bisogni» le spiegai. «Per quanto riguarda il rituale in sé, dovrai bere il mio sangue».

«Ma... ma è proibito, Sire».

«No, lo è solo trasformare qualcuno in un vampiro. La cerimonia è legale. Non appena parteciperemo alla nostra prima serata in società, capirai».

Molti avrebbero schernito le mie azioni, ma la maggior

parte le avrebbe invidiate. Le vergini di sangue, specialmente quelle attraenti come Juliet, erano rare e ambite. Comprarla era il primo passo per attirare l'attenzione sul mio ritorno in società. Tenerla sarebbe stato il secondo. A volte, bisognava assecondare il sistema, prima di distruggerlo.

Le raccolsi i riccioli scuri e li spostai oltre una spalla, poi mi sforzai di rilassarmi sulla sedia. Ero ossessionato dal toccarla, ma avevo bisogno di concentrarmi.

«Immortalità, piacere e sicurezza. Questo è quello che ti offro. In cambio, voglio che tu acconsenta e collabori a tutto ciò che desidero. Non sarà facile, e dovrai fare cose per me che non ti piaceranno. Ma ritengo che, alla fine, i benefici supereranno gli aspetti negativi. La decisione, però, è tua».

JULIET

LA DECISIONE, però, è tua.

Falso. Niente è mai stato una *mia* decisione. Esistevo per fornire sesso e cibo a un padrone. Qualcosa che avevo sempre accettato. Non per scelta, ma perché era così che andavano le cose.

Solo che i libri sparsi attorno a noi dipingevano un mondo diverso, in cui gli umani potevano scegliere ed era loro permesso di vivere come preferivano.

Ma quel mondo non esisteva più.

In questo, non avevo nessun diritto.

Nessuna scelta.

Vivevo per compiacere Darius, finché mi avesse voluta. La mia guardiana mi aveva preparata al momento in cui sarei stata eliminata; era inevitabile. Ma non aveva mai menzionato cos'altro sarebbe potuto succedere.

Il diario chiariva tutto. Gli umani che appartenevano alla mia ascendenza non erano necessariamente uccisi dai loro padroni. Al contrario, spesso venivano mandati altrove per riprodursi.

E ad alcuni veniva offerta la cerimonia.

Darius non mi aveva spiegato cosa implicasse, ma intuii abbastanza per capirlo.

Se mi fossi rifiutata di partecipare, mi avrebbe rispedita

al palazzo in cui ero cresciuta, o in qualche posto peggiore. O forse mi avrebbe uccisa. Avrebbe potuto, e non sarebbe importato a nessuno.

Eppure, affermava che la decisione era mia.

Bugiardo.

Accettare era l'unica opzione, anche se richiedeva che gli dessi tutto. D'altro canto, lo scopo della mia esistenza era compiacerlo, a prescindere che mi offrisse o meno l'immortalità. Ciò rendeva la sua proposta un regalo, visto che non mi doveva nulla.

E vivere con lui, fino a quel momento, non era stato neanche lontanamente orribile come mi ero aspettata. Mi dava piacere, quando la maggior parte dei vampiri preferiva infliggere dolore. Anche in quel momento, i suoi occhi erano ricolmi di una fame feroce, che stava controllando con una facilità ammirevole. I vampiri che conoscevo non aspettavano, prendevano e basta. Ogni volta che volevano. Darius, al contrario, possedeva una pazienza che apprezzavo. E un tocco che agognavo.

Non avevo scelta.

Avrei accettato.

Rifiutarmi non mi avrebbe fatto guadagnare nulla, mentre dirgli di sì mi avrebbe concesso un'opportunità, anche se temporanea.

Non si sarebbe mai trattato di vero e proprio consenso, non senza un'alternativa praticabile. Ma gli umani non avevano il diritto di decidere, facevamo semplicemente ciò che ci veniva ordinato.

«Farò tutto ciò che desiderate, Sire». *È per questo che sono qui.*

Inclinò la testa di lato e si sfiorò il labbro inferiore col pollice. «Sì, lo farai, ma non è esattamente questo che volevo». Le sue pupille si dilatarono mentre studiava il mio viso. «Beh, immagino sia un inizio. Possiamo rivedere le mie richieste dopo che ti avrò insegnato di più su ciò che desidero davvero che tu faccia».

«Certo, Sire». Anche se avesse scelto di trasformarmi in un veleno, qualsiasi cosa significasse, avrei fatto tutto ciò che voleva. Perché non avevo altre opzioni, a meno che non volessi riprodurmi o essere mandata in una fattoria. Speravo di riuscire a non deluderlo.

«Poi inizieremo la cerimonia» mormorò, posandomi le mani sui fianchi.

Deglutii a fatica. «Adesso?».

«Sì». Strinse la presa. «Mettiti a cavalcioni su di me».

Una scarica elettrica mi corse lungo la schiena mentre obbedivo ai suoi ordini. Il movimento mi fece salire il vestito lungo le cosce. Si arrotolò accanto alle sue dita.

«Non dovrai bere molto da me». Mi accarezzò i fianchi, lasciando una scia bollente sotto il tessuto leggero. «Ma esigerò più sangue in cambio, dato che non mi sono nutrito a sufficienza nelle ultime due settimane».

Mi accorsi dei segni scuri sotto i suoi occhi. La maggior parte dei vampiri necessitava di nutrirsi quotidianamente, ma quelli più antichi e forti potevano sopravvivere con poco. Il fatto che non fosse venuto a cercarmi ogni giorno per un pasto la diceva lunga sul suo status. Fino a quel momento, non ci avevo pensato.

Ma se non si era nutrito molto, allora avrebbe avuto bisogno di molto più sangue da me. Il che avrebbe intensificato il suo morso. E, potenzialmente, anche il piacere che lo accompagnava. In effetti, aveva accennato che avrebbe preteso di ricevere piacere anche lui.

Rabbrividii pensando a cosa avrebbe comportato. Di sicuro voleva deflorarmi.

Mi avrebbe fatto male.

Ma forse mi sarebbe anche piaciuto.

C'è qualcosa di profondamente sbagliato in me.

Tutte quelle letture, nonché le conversazioni inattese, mi avevano distratta. Non sapevo più cosa aspettarmi, ma una cosa era certa.

«Sire, sono pronta». Compiacerlo non sarebbe stato un problema, nemmeno se mi avesse inflitto dolore. Raccolsi i capelli e li spostai di lato, in modo da esporre la gola. Era il mio modo di invitarlo a nutrirsi. Non che ne avesse bisogno.

Le sue mani scesero sulle mie cosce nude. Si rilassò sulla chaise longue e alzò lo sguardo su di me. Tutti i vampiri erano attraenti, ma mi mancò il respiro al desiderio che i suoi splendidi tratti accesero in me. Era uno degli uomini più belli che avessi mai visto.

No, non sarebbe stato un problema.

Seguì l'orlo del mio abito con le dita, alzandolo ulteriormente. Quando poi mi sfiorò il sedere, mi venne la pelle d'oca.

Sta per toccarmi di nuovo.

Piacere...

L'aria fresca accarezzò la parte più intima di me. Un brivido mi scosse dal profondo.

Sì.

«Mmm... come pensavo» mormorò, sollevandomi l'abito fino alla vita. «Non hai niente sotto il vestito». I suoi occhi indugiarono tra le mie cosce.

«Sono stata istruita a non indossare mai biancheria intima» risposi in un sussurro.

«Quella regola può restare» sentenziò, iniziando ad abbassarmi la cerniera lungo la schiena, lentamente.

Quando raggiunse la base, il cuore mi fece una capriola nel petto. Ero già stata nuda davanti a lui, ma ora era diverso. Il mio battito non stava accelerando per la paura, ma per il desiderio.

Mordimi.

Riuscii a malapena a evitare di dirlo.

Mi abbassò il vestito, mettendo in mostra il mio seno. Sentii i capezzoli inturgidirsi e non vidi l'ora di scoprire cosa sarebbe venuto dopo.

Ma Darius spostò le mani e si rilassò nella sedia. «Stupenda».

La mia pelle prese a surriscaldarsi sotto il suo sguardo. Una strana sensazione si risvegliò tra le mie gambe, implorandomi di trovare un qualche appagamento, mentre mi sforzavo di rimanere immobile.

Oh, Dea...

Avevo bisogno di strusciarmi.

Di abbandonarmi su di lui.

Di un qualche sollievo.

Di qualcosa. *Di qualsiasi cosa.*

«Sire» riuscii a dire, con una voce che suonava estranea alle mie stesse orecchie.

«Sì, Juliet?». Si allacciò le mani dietro la nuca. «Cosa desideri?».

«Desidero...». Mi leccai le labbra. «Desidero darvi piacere».

Inarcò un sopracciglio. «Davvero?».

Annuii. «Sì». Mi avrebbe offerto una distrazione da quella strana smania che provavo e mi avrebbe permesso di toccarlo, di esplorarlo. «Oh, sì. Assolutamente sì». Le parole mi sfuggirono dalle labbra senza che riuscissi a fermarle. Darius ne sembrò divertito, oltre che compiaciuto.

«Molto bene. Mettiti in ginocchio, Juliet». Il suo tono di comando mi rilassò e mi fornì la guida di cui avevo bisogno.

Scivolai sul pavimento e assunsi un posizione sottomessa, come mi aveva richiesto. Questo era il tipo di addestramento che capivo. Si mosse per posizionare i piedi ai lati del mio corpo. Mi ritrovai in mezzo alle sue cosce muscolose.

«Ci sono due modi in cui puoi darmi piacere» mormorò, slacciandosi i pantaloni. Non erano i suoi soliti pantaloni eleganti, sembravano molto più sportivi. Pensavo li togliesse, invece alzò il polso e se lo portò alla bocca. Lo morse abbastanza forte da farlo sanguinare. «Bevi».

«Per la cerimonia» esalai.

«Esatto». Abbassò il polso ferito e me lo accostò alle labbra. «Adesso, prima che si chiuda».

«Sì, Sire». Non potevo rifiutarmi, non quando usava quel tono. Gli afferrai la mano e diedi una piccola leccata.

Quando la sua dolce essenza mi sfiorò la lingua, rimasi sorpresa.

Non è orribile.

Anzi, ha un sapore gradevole.

Appoggiai la bocca alla ferita e ne succhiai di più. La sua mano si chiuse a pugno nella mia, mentre l'altra mi cinse la testa, tenendomi stretta al suo polso. Lo interpretai come un invito a continuare a bere, e così feci.

L'eco di un canto lontano mi risuonò nella mente, facendomi chiudere gli occhi e incitandomi a prenderne di più, a succhiare più forte. Risposi d'istinto, riempiendomi avidamente la bocca del suo sangue e ingoiandolo, finché Darius non mi afferrò i capelli e mi staccò dal suo polso.

Avevo il respiro affannoso e il mio corpo ne bramava di più, ma lui riuscì a trattenermi senza fatica.

«Voglio che tu faccia lo stesso al mio cazzo». Il suo tono tagliente mi riportò alla realtà e mi spinse all'azione. Mi lasciò andare per abbassarsi i pantaloni. Trasalii alla vista della sua erezione. Non tutti gli uomini erano creati uguali, e Darius avrebbe messo molti in imbarazzo.

E vuole infilarlo dentro di me...

Le mie cosce si strinsero.

«Juliet, la tua bocca. Ora».

«Sì, Sire» riuscii a rispondere con voce roca.

Posso farcela.

La mia guardiana mi aveva insegnato diverse tecniche, sia mostrandomele che facendomi fare pratica su degli oggetti dalla forma simile. Ma non avevo mai toccato un uomo in questo modo.

Lo afferrai alla base e gli diedi una carezza esitante.

Era caldo... non me lo aspettavo. Né che la pelle fosse così morbida.

Lo sentii pulsare nel palmo. Il che mi incoraggiò ad accarezzarlo di nuovo, applicando una maggiore pressione.

«Smettila di provocarmi e succhialo» ordinò.

Mi sporsi in avanti per prenderne in bocca il più possibile, nel modo che sapevo gli sarebbe piaciuto. La testa gli ricadde all'indietro con un gemito di approvazione che rieccheggiò in ogni fibra del mio essere. Me lo infilai in gola più che potei, per poi ritirarmi e ricominciare.

«Oh...» ansimò, afferrandomi la testa per guidarmi.

Un intenso desiderio mi crebbe tra le gambe, immaginando Darius entrare nel mio corpo nello stesso modo in cui aveva conquistato la mia bocca.

Oh, non avrei mai pensato di volerlo, e invece...

Strinsi ancora più forte le cosce, gemendo attorno al suo sesso.

«Fallo di nuovo» mi ordinò. «Gemi il mio nome».

Lo feci. Non per obbedirgli, ma perché ne avevo bisogno. «Darius» ansimai, poi glielo succhiai così forte da far gemere anche lui.

Mi afferrò i capelli con entrambe le mani e si spinse ancora più dentro di me, rendendomi quasi impossibile respirare. Mi aggrappai ai suoi fianchi.

Mormorò il mio nome e altre parole che non colsi, troppo impegnata a lottare per l'aria. Ogni violento

La Vergine di sangue

affondo stimolava il desiderio che pulsava dentro di me. Volevo che mi prendesse nello stesso modo. Brutale, selvaggio. Mi avrebbe fatto male, ma anche questo me lo stava facendo. E lo adoravo.

Sentii le lacrime pungermi gli occhi mentre le sue dita mi strattonavano i riccioli. I suoi movimenti cambiarono in un modo che riconobbi.

«Fa' un bel respiro, Juliet» rantolò.

Inspirai il più profondamente possibile e rilassai la gola per accogliere il suo piacere. Lo spinse così a fondo che le mie labbra arrivarono a cingergli la base. Dopo qualche istante, inondò la mia bocca del suo seme.

Mi tremavano le gambe mentre mi sforzavo di non soffocare per la sua invasione spietata. Allentò la presa quel tanto che bastava per lasciarmi ansimare e inghiottire, pur rimanendo nella mia bocca.

Finii guardandolo negli occhi, strappandogli un sorriso. «Mia cara, vali tutti i soldi che ho pagato e anche di più». Mi accarezzò i capelli, mentre lo sfilava dalla mia bocca. «Ma ho ancora bisogno di nutrirmi».

«Sì, Sire» risposi in un soffio.

«Togliti il vestito».

Me lo sfilai dalla testa, restando sempre inginocchiata davanti a lui. Darius si alzò e si risistemò i pantaloni, a pochi centimetri dal mio viso.

Mi accarezzò la guancia, abbassando lo sguardo su di me. «Eri così bella mentre me lo succhiavi. Lo faremo di nuovo, molto presto».

Ero sul punto di acconsentire ai suoi desideri, ma mi premette il pollice sulle labbra, facendomi tacere.

«Stenditi sulla chaise longue e spalanca le gambe» mormorò.

Le mie ginocchia protestarono mentre cercavo di alzarmi. Mi tese una mano per aiutarmi, la accettai ringraziandolo. Mi sedetti nella posizione che aveva richiesto.

Mi ammirò per un attimo, accarezzando con lo sguardo tutto il mio corpo nudo. «Va' un po' più indietro».

Feci come mi disse, finché non mi ritrovai con la testa appoggiata a un cuscino. Si inginocchiò davanti a me e mi strinse i polpacci, costringendomi ad aprire ancora di più le gambe.

Si sistemò tra le mie cosce, il suo viso era a pochi centimetri dal mio intimo. «Mmm... stai brillando per me. Approvo, mia cara».

Sobbalzai quando posò un bacio sulla mia parte più sensibile.

«Oh...». Affondai le unghie nei cuscini. «S... Sire...». Il mio bacino si inarcò verso la sua bocca, impegnata a succhiare il mio bocciolo pulsante. «Io...». Non riuscivo a trovare le parole.

Era...

Meraviglioso.

Gelido e rovente.

Tremavo, pur con il fuoco che mi cresceva dentro. Le sue dita mi sfiorarono le cosce, per poi unirsi alla tortura inflittami dalla sua bocca. Mi penetrò con due dita, facendomi gemere di dolore, di piacere, di sorpresa.

Non mi sarei mai aspettata nulla del genere, nemmeno nei miei sogni più proibiti.

La sua lingua... Non sapevo nemmeno che la si potesse muovere così. Giocava con me proprio dove la desideravo. Le mie gambe tremavano sotto il suo assalto e le mie vene ribollivano di un fluido inebriante.

I suoi denti sfregavano le mie più delicate terminazioni nervose. Mi sentivo come attraversata da scariche elettriche. Non poteva volermi mordere lì. Mi avrebbe fatto troppo male, e...

Mi perforò la pelle appena un po' più sopra. Un grido strozzato mi sfuggì dalle labbra. Non era una ferita abbastanza profonda da permettergli di nutrirsi, ma fu sufficiente a farmi sanguinare.

«D... Darius» mugolai, sentendomi avvolta dalle fiamme in ogni parte del mio essere. Aveva fatto qualcosa con quel piccolo morso, aveva fatto sì che fossi sopraffatta da un'estasi che faceva tremare incontrollabilmente ogni parte di me.

«Accettalo, Juliet». Le parole riverberarono nella mia carne. Fremevo, mi sentivo in preda alle convulsioni. Poi succhiò forte e venni accecata da un'esplosione di stelle.

Non mi importava più quanto forte urlassi o che fosse il suo nome a rimbombare nella biblioteca. Aveva fatto qualcosa di così incredibile, così potente, che non riuscivo nemmeno a comprendere.

La mia anima abbandonò il mio corpo, ritornò e scappò di nuovo. Mi lasciò tremante, gemente, piangente. Incapace di smettere. Fui travolta da un'ondata di euforia dopo l'altra, al punto che mi accorsi appena che Darius si era spostato dal mio sesso alla mia coscia. Il suo pollice continuava a regalarmi piacere, mentre lui beveva direttamente dalla mia arteria femorale, indebolendomi sempre più.

Ma non riuscivo a concentrarmi abbastanza da far sì che mi importasse.

Mi limitavo a sentire.

E a galleggiare.

E a godere.

«Darius» esalai. L'oscurità stava facendo svanire le stelle. Una parte di me sapeva che ci stavamo addentrando in un sentiero pericoloso. Lottai per emergere e avvertirlo, implorarlo...

«D...». La mia bocca era più secca di quanto avrebbe

dovuto. Cercai di leccarmi le labbra, ma non riuscivo a muovere la lingua.

Tutto sembrava molto più freddo di qualche istante prima.

Inerte.

Darius.

Il buio si impossessò della mia vista. Sbattei le palpebre in una notte senza stelle.

Così sola.

Mi ero sempre aspettata di morire...

Non avrei mai pensato di voler vivere.

Fino a quel giorno.

Fino a quando Darius non instillò in me la speranza.

L'ennesimo crudele scherzo da vampiro.

Avrei dovuto saperlo...

DARIUS

«DORMI» sussurrai, sistemandole sopra una coperta. Era così pallida, ma il suo cuore batteva normalmente. I segni sulla coscia erano già guariti. «La mia splendida Juliet».

Le scostai i riccioli dal viso e mi chinai per baciarla sulla fronte. Avevamo solo iniziato con la cerimonia, ma per il momento sarebbe stato sufficiente. Il mattino successivo avrei cominciato ad addestrarla. Forse dopo aver goduto di nuovo della sua bellissima bocca.

La sua verginità avrebbe dovuto aspettare. Per ora. Volevo prima metterla alla prova, per determinare fino a che punto sarebbe stata disposta a spingersi per compiacermi.

In ogni caso, l'avrei tenuta con me. Aveva già dimostrato la sua bravura in ginocchio, ma se fossi riuscito a istruirla anche al di fuori della camera da letto, il suo valore per me sarebbe stato infinito.

«Sono colpito. Non avrei mai pensato che saresti riuscito ad arrivare fino a questo punto» commentò Ivan. Si appoggiò al muro della mia stanza, incrociando le braccia. «Ma hai ancora molto da fare, amico. È una bella bambolina, ma l'aspetto non è tutto».

Le accarezzai il braccio. «Ha spirito».

«Va bene, ma basterà?».

«Solo il tempo potrà dirlo» ammisi. «Ma penso di sì, con un'adeguata motivazione».

Ivan si sfregò la mascella. «Se riesci a farcela, quel trono te lo sarai proprio guadagnato».

«Sappiamo entrambi che il potere non è ciò a cui miro».

I suoi occhi scuri si illuminarono. «Certo, ma è un ulteriore vantaggio».

«Il vantaggio ulteriore» ripetei, con lo sguardo che cadeva di nuovo sullo splendore che riposava sul mio letto «sarà poter vedere i nostri nemici cadere per mano di ciò che loro stessi hanno creato».

Sarebbe stata una dolcissima vendetta. E del tutto meritata.

«Se qualcuno può riuscirci, quello sei tu» affermò Ivan, allontanandosi dal muro. «Ti è sempre piaciuto puntare all'impossibile».

Ridacchiai. «Preferisco considerarla una sfida».

«Certo, amico». Se ne andò salutandomi con un cenno della mano, lasciandomi solo con la mia futura erosita. La povera Juliet voleva compiacermi, eppure non aveva la più pallida idea di cosa desiderassi davvero da lei.

«Te lo insegnerò» sussurrai accarezzandole la guancia. «E quando ci sarò riuscito, sarai l'arma più letale del mio arsenale».

Affascinante e mortale.

E mia da addestrare.

Al diavolo l'Alleanza di sangue.

PARTE SECONDA

LA
RIEDUCAZIONE

DARIUS

Sei settimane dopo...

«NON È PRONTA». Ivan abbassò la voce in modo che potessi sentirlo solo io.

Sorseggiai il mio bourbon, osservando i presenti. «Già, è quello il punto».

«Stai giocando con la sua vita, Darius».

«Il che è una mia prerogativa, Ivan». In più, l'avrei tenuta costantemente sotto controllo. E se si fosse trovata nei guai, l'avrei salvata. Lo scopo della serata era darle un assaggio del nostro futuro insieme, non metterla in pericolo.

Mi sistemai la cravatta mentre Ivan scuoteva la testa. «Quando inizia lo spettacolo?».

«Non appena Viktor esprimerà il suo interesse» risposi.

«Beh, considerando che le sta praticamente sbavando addosso, non credo ci vorrà molto».

Ghignai, era proprio vero.

L'abito trasparente di Juliet non lasciava nulla all'immaginazione, eppure lo portava meravigliosamente. Non tanto perché fosse sicura di sé, ma per rassegnazione. Mettere in mostra il suo corpo in una stanza piena di vampiri la turbava appena. Teneva gli occhi bassi, usando il rispetto delle regole a suo vantaggio.

E il suo sangue...

Stava eccitando tutti gli astanti. Chiunque riusciva a percepire la sua castità, nonché il motivo della sua presenza lì: intrattenere e fornire cibo.

E nessuno poteva toccarla senza il mio permesso, perché era mia.

Da scopare.

Da far godere.

Da divorare.

Da condividere.

Da sfruttare in qualsiasi modo desiderassi.

I suoi occhi scuri incontrarono per un attimo i miei. Soppressi un sorriso a quella sfacciata provocazione. Alzare lo sguardo sul proprio padrone era espressamente proibito, nonostante in privato glielo lasciassi fare. Qui, però, era un rischio per entrambi.

Forse sarebbe riuscita a sorprendermi, dopotutto.

«È interessato» borbottò Ivan accanto a me. «Bastardo libidinoso».

Celai un sorriso dietro il bicchiere. «Sei acido solo perché mi sono assunto io il compito di ucciderlo».

«No, mi dà sui nervi che tu stia rischiando la sua vita per qualcosa che potrei fare nel sonno» ribatté.

Sbuffai. Aveva ragione, naturalmente, ma se Ivan avesse assassinato un membro prestigioso dell'Alleanza di sangue, ci sarebbero state delle conseguenze. Juliet, al contrario, ci offriva un'opportunità unica.

Toccare la proprietà di un altro vampiro senza permesso comportava pene terribili. E danneggiarla rendeva il crimine ancora più grave, facendo sì che la morte fosse una conseguenza più che accettabile. Anche per i politici di alto livello.

«Guardalo» aggiunse Ivan con un tono cupo. «Riuscirebbe a sopraffarla in un attimo. Non ha alcuna possibilità».

Senza farmi notare, studiai l'uomo dai capelli biondi e alzai le spalle. «Le ho dato un coltello».

«Che sa a malapena come usare» obiettò Ivan.

Dettagli. Le avevo mostrato i movimenti chiave qualche ora prima. «Deve solo creare un po' di scompiglio, e magari anche ferirlo. Poi io mi occuperò del resto».

«Certo, quello sì che sarà facile per una donna come lei». Ivan scosse di nuovo la testa. «Continui a sopravvalutare le sue abilità».

«Al contrario, ho una conoscenza approfondita dei suoi talenti» risposi con tono allusivo, tornando ancora una volta a osservare Juliet. L'avevo lasciata ad aiutare l'altra umana a distribuire antipasti e bevande, qualcosa che speravo l'avrebbe messa a suo agio. In più, ciò le permetteva di mescolarsi liberamente agli ospiti, che potevano ammirarla da ogni angolo.

«Nessuno dei quali è utile ad assassinare un vampiro» sbottò il mio più vecchio amico. «Lascia che me ne occupi io».

«No». Il tono del mio comando era categorico. Pochi avrebbero avuto il coraggio di sfidarlo. «Non sarò in grado di distruggere del tutto il suo condizionamento finché non avrò capito come funziona. Non puoi intervenire. Ho tutto sotto controllo».

Ivan strinse le labbra quel tanto che bastava per farmelo notare. Non approvava i miei metodi, era chiaro, ma smise di insistere.

«Attento, amico,» lo provocai in un sussurro «o inizierò a pensare che ti stia affezionando a quella ragazza».

Sbuffò. «È solo una bambola gonfiabile». Il termine

che lui e Trevor amavano usare per il mio bel giocattolino. «Penso solo che tu stia sprecando un grosso investimento».

Lo era, mi era costata una piccola fortuna. Ma era quello il punto. Possederla aumentava il mio prestigio, offrendomi un vantaggio sulla scena politica. I vampiri ammiravano la ricchezza, considerandola alla pari con l'anzianità e il potere, e io avevo tutti e tre in abbondanza.

«Darius» mi salutò una voce profonda proveniente dalla mia sinistra. Non era il mio obiettivo, ma comunque un importante membro dell'alta società.

«Sebastian». Gli tesi la mano. «Ne è passato di tempo».

«Già» concordò stringendomi la mano. «Stavo iniziando a pensare che fossi andato in letargo per sempre».

Ivan ridacchiò. «No, solo per un secolo».

Finsi di essere divertito dal suo commento. «Beh, non sarebbe facile farlo, con Ivan che passa continuamente a casa mia al solo scopo di irritarmi».

«Salute!». Ivan buttò giù il resto del suo drink e appoggiò il bicchiere lì accanto. «Qualcuno deve pur assicurarsi che tu sia vivo».

«Beh, sto bene» risposi con un tono vagamente seccato. «Ho solo preferito godermi un po' di privacy, di recente».

«Quando ho sentito che eri andato all'ultima asta, ero convinto che fosse un errore». Sebastian guardò Juliet con interesse.

«Come puoi ben vedere, non lo era» replicai. «Ho ritenuto che fosse giunto il momento di fare il mio ritorno in società. E desideravo farlo con con qualcosa di raffinato al mio fianco».

«Direi che hai ottenuto ciò che volevi». Sebastian non le aveva ancora tolto gli occhi di dosso. Non potevo certo biasimarlo. Dopotutto, era quello lo scopo di Juliet.

«Già, penso proprio di sì» mormorai, compiaciuto del suo giudizio.

«È bello riaverti tra noi». Il tono di Sebastian non nascondeva nemmeno un pizzico di falsità. E nemmeno il suo sguardo, quando finalmente lo riportò su di me. «Almeno, presumo che sia questo lo scopo della tua presenza qui».

«Mi ci sto riabituando con calma». Finii il mio bourbon e posai il bicchiere su un tavolo lì vicino, accanto a quello di Ivan. «Questo evento mi sembrava un buon modo per riprendere a socializzare. Forse parteciperò anche all'incoronazione, tra qualche mese». La pura verità, visto che miravo a diventare il nuovo sovrano della regione. Non che qualcuno al di fuori della mia cerchia lo sapesse. Non ancora.

Sebastian inarcò un sopracciglio. «Vuoi entrare in politica?».

Mi concessi un piccolo sorriso. «Non esageriamo. Diciamo solo che sono interessato a riallacciare i rapporti con i miei vecchi amici». Conquistando, nel mentre, il loro appoggio. A partire da quella sera. Viktor era uno dei candidati in lizza per il trono. Volevo toglierlo di mezzo, usando Juliet come esca.

«Beh, se decidessi di entrare in campo, fammelo sapere. Penso che l'Alleanza possa beneficiare di un uomo con le tue capacità».

Questa volta, mi sforzai di non sorridere. Sebastian aveva un peso significativo nell'arena politica. Averlo dalla mia parte sarebbe stato certamente un vantaggio, ed esattamente il tipo di supporto che stavo cercando.

«Apprezzo il voto di fiducia» risposi gentilmente. «E terrò in considerazione i tuoi suggerimenti».

«Fallo» mi esortò, porgendomi il suo biglietto da visita. «Dovremmo incontrarci formalmente. Magari a cena, questa settimana?». Mentre parlava, il suo sguardo si spostò su Juliet. La richiesta implicita era chiara.

«Ma certo» mormorai compiaciuto. Juliet stava già servendo il suo scopo di aiutarmi a reclutare alleati. E tutto ciò che doveva fare era esistere. «Ti chiamo per definire i dettagli».

«Fantastico». Mi tese la mano e io gliela strinsi. «Ho sentito la tua mancanza».

«Anch'io la tua» mentii.

Ivan rimase in silenzio finché Sebastian non si fu allontanato, poi chiese: «Sono forse invisibile?».

«Solo per le persone di un certo livello» gli risposi con un ghigno.

«Anche tu lo sei, eppure non hai problemi ad accorgerti di me».

«Solo perché ti rifiuti di lasciarmi in pace». Come un moscerino irritante che mi ronzava perennemente intorno. Solo che mi piaceva sul serio.

«Stronzo» borbottò, strappandomi un sorriso. Pochi avrebbero osato chiamarmi in quel modo, ma Ivan lo faceva con un'abilità che ammiravo. Era il motivo per cui l'avevo scelto come migliore amico.

«Sembra che tu te la stia cavando bene» disse Trevor unendosi a noi. «E la tua bambolina sta causando un certo scalpore».

«Davvero?». Seguii il suo sguardo verso Juliet. Era accanto al bar e reggeva un vassoio di bevande corrette col sangue. «Non me n'ero accorto».

Trevor ridacchiò. «Bugiardo. Ce l'avrai nuda in grembo nell'attimo stesso in cui ve ne andrete da qui».

Vero. «Quel vestito le sta particolarmente bene».

«Vestito?» ripeté Ivan. «Ero convinto fosse lingerie».

«Le ricade fino a piedi» gli feci notare. «Certo, è anche trasparente e ha degli spacchi laterali che le arrivano all'anca... ma in quel modo è più facile accedere all'arteria femorale».

Schioccai le dita e lei sollevò immediatamente la testa. I suoi occhi scuri catturarono i miei per una frazione di secondo, poi si avviò verso di noi con il vassoio. Nessuno cercò di fermarla, ma molti seguirono con lo sguardo il suo tragitto attraverso la stanza.

Quando mi raggiunse, fece un piccolo inchino. «Sire».

«Tutto a posto, mia cara?» le chiesi sottovoce mentre prendevo un calice dal suo vassoio, subito imitato da Ivan e Trevor.

«Sì, Sire» sussurrò di rimando.

«Sei pronta, allora?» la incalzai, sapendo benissimo che non lo era affatto.

Ma lei annuì. «È ciò che desiderate, Sire. Quindi sì, lo sono».

Ivan alzò gli occhi al cielo, mentre Trevor ridacchiò malignamente. Non vedeva l'ora di assistere alla morte di Viktor. Incrociai lo sguardo del mio bersaglio e vi lessi la domanda che aspettavo.

«Sembra che lo sia anche lui» mormorai. Con un cenno del capo, indicai discretamente la porta vicino a me. Dietro si nascondeva un corridoio che conduceva a delle stanze private. Avevo già detto a Juliet quale usare. Viktor l'avrebbe trovata seguendo la scia del suo odore.

Le premetti un bacio sulla tempia e passai il suo vassoio a Ivan.

«Non deludermi, Juliet» le sussurrai all'orecchio. A Viktor sarebbe sembrato che le avessi appena dato un ordine, mentre per il resto della stanza stavo semplicemente conversando con il mio animaletto. Era una danza molto delicata. Se qualcuno avesse colto il sottile scambio tra me e Viktor, il mio piano sarebbe fallito.

Ecco perché Trevor e Ivan erano lì a osservare che

andasse tutto liscio. Entrambi annuirono quasi impercettibilmente, a conferma che nessuno se n'era accorto.

«S... sì, Sire»

«Ricordati il mio avvertimento. Ora vai».

«Sire». Un altro piccolo inchino, poi sparì oltre la porta.

Mi sistemai il nodo della cravatta e rivolsi un sorriso smagliante ai miei amici più cari. «Sarà divertente punirla per il suo fallimento».

Ivan fece roteare il contenuto del suo calice con un'espressione dura sul viso. «Sei solo un sadico, D».

«Volevi dire un genio» lo corresse Trevor.

«Non preoccuparti, Ivan. Mi assicurerò che si diverta anche lei». O quantomeno ci avrei provato. Dipendeva da quanto malamente avesse fallito.

Viktor si avvicinò. I suoi occhi erano due pozzi neri ricolmi di una fame feroce. Il mio sorriso sbiadì appena al pensiero di quello che stavo per scatenare contro Juliet. Avrei dovuto sforzarmi di non agire troppo presto.

«Grazie» sussurrò passandomi accanto, diretto verso l'uscita.

Mentre attraversava la porta, inarcai un sopracciglio. Anche quel gesto era parte della messinscena a beneficio dei presenti. «Le sue capacità di conversazione lasciano molto a desiderare».

«Sembra che abbia fretta di fare qualcosa» rispose Trevor, alzando la voce quel tanto che bastava per farsi udire da un paio di ospiti, ma senza che il suo fine risultasse ovvio.

«Maleducato» concordò Ivan, sorseggiando distrattamente il suo drink.

Lo imitai, fingendo una disinvoltura che non provavo. I miei sensi erano legati a quelli di Juliet, in attesa che un'oncia di panico increspasse il nostro tenue legame. La cerimonia era appena agli inizi e la nostra connessione mi permetteva soltanto di sentire le sue emozioni. Come il terrore crescente e l'insicurezza di sé che provava in quel momento.

Probabilmente avrebbe fallito miseramente.

Oh, mia cara, piccola Juliet.

Svuotai con calma il mio calice e lo posai sul tavolo. Poi mi allentai la cravatta e guardai la porta attraverso cui erano usciti Juliet e Viktor. «Se volete scusarmi, ho bisogno di un altro tipo di rinfresco».

Ivan ridacchiò. «Lo sapevo che non saresti riuscito a trascorrere tutta la serata senza un po' di preliminari».

«Puoi biasimarlo?» ribatté Trevor.

«Io no di certo» commentò un uomo lì vicino, sorridendo divertito.

«Nemmeno io» gli fece eco il suo amico. «Ha un odore fantastico».

«Beh, mi fa piacere che siate tutti d'accordo» conclusi in tono sarcastico. *Perché vi aspetta un gran bello spettacolo.*

JULIET

INSPIRA.

Espira.

Mi tremavano le mani.

Puoi farcela.

Non avevo scelta. Era un ordine di Darius. Dovevo portare a termine il compito che mi aveva assegnato. Anche se significava togliere la vita a qualcuno.

Le mie labbra si stesero in un sorriso seducente, mentre le mie viscere divennero di ghiaccio.

«Sei proprio un bocconcino invitante». La profonda voce da tenore mi fece correre un brivido lungo la schiena. Tenni lo sguardo puntato pudicamente sulle scarpe del vampiro, com'era consono per qualcuno come me.

Una vergine di sangue. Una proprietà. Un'umana priva di diritti.

«Così bella...». Il suo respiro intriso di fumo aleggiò sulle mie labbra. Mentre parlava, seguiva con un dito il bordo della profonda scollatura del mio impalpabile abito nero. L'aveva scelto Darius. Mi aveva anche ordinato di tenere i capelli raccolti, in modo che il collo fosse ben esposto. Sotto il vestito non indossavo nulla, un particolare molto apprezzato dal vampiro che mi stava toccando ovunque.

«Il tuo padrone è stato molto generoso a condividerti con me» continuò, strizzandomi forte un capezzolo. Mi morsi la lingua per evitare di gridare.

Il coltello legato al mio interno coscia mi implorò di agire, ma l'istinto mi trattenne.

Non ancora, intimai mentalmente a me stessa.

Codarda, rispose la mia coscienza. *Non sei pronta.*

«Mettiti a cavalcioni su di me» ordinò il vampiro.

Il mio corpo si mosse senza che potessi far nulla per fermarlo, come se fossi una marionetta di cui lui reggeva i fili. Nel frattempo, il mio cervello tentava di ribellarsi, sfidandomi ad avere la meglio su ciò che mi avevano inculcato per anni. Ma mi sentivo soggiogata dal comando del vampiro.

Gli umani obbediscono.

E allora obbedisci alle istruzioni del tuo padrone.

I miei occhi minacciavano di chiudersi. Nella mia mente e nel mio cuore infuriava la lotta.

Ferire un vampiro era assolutamente proibito. Ma anche disobbedire al proprio padrone. In qualsiasi caso, avrei trasgredito a una regola basilare.

I palmi del vampiro risalirono lungo i miei fianchi, mentre mi mettevo come mi aveva richiesto. La sua erezione si sistemò tra le mie cosce, in un sensuale invito che non avevo alcun desiderio di accettare. Ma se mi avesse presa, avrei dovuto assecondarlo.

Era stato Darius a pormi lì.

Per sfidare il vampiro sotto di me.

Non per dargli piacere.

Era un test.

Un test che avrei fallito, se non avessi infilato le dita sotto il vestito, trovato il coltello e pugnalato quel dannato vampiro.

Oh, Dea... Com'era possibile che ora fosse quella la mia

vita? L'asta sembrava lontana anni luce. Avrei dovuto soddisfare i bisogni del mio nuovo padrone, non diventare complice di un omicidio.

Mi si rivoltò lo stomaco quando il vampiro prese a trascinare le zanne sulla mia clavicola e lungo la mia gola. Era sbagliato. Solo il mio padrone poteva toccarmi lì. Ma mi aveva data a questo maschio biondo senza nome, con l'ordine di fare una scenata.

Usa il coltello.

Mi venne la pelle d'oca.

No. È solo per proteggermi.

Sentii un alito caldo sul collo. Il vampiro si stava preparando a mordermi. Darius mi aveva detto di non lasciarglielo fare, di difendermi...

Prendi il coltello.

Oh, Darius si sarebbe arrabbiato così tanto se avessi fallito. Dovevo ancora guadagnarmi la sua ira, ma sarebbe sicuramente successo, se non avessi estratto immediatamente l'arma.

E se l'avessi mancato?

Se non fossi stata abbastanza veloce?

Se qualcuno mi avesse vista?

Caldo e freddo si fusero nel mio sangue, paralizzandomi. Poi le zanne del vampiro mi trapassarono la pelle, e caddi vittima della pulsione a obbedire.

Ventidue anni trascorsi al palazzo avevano soffocato i due mesi di allenamento con Darius. La memoria muscolare era uno strumento potente.

Soccombi.

Permetti.

Arrenditi.

Il vampiro intensificò il suo bacio letale e un dolore lancinante guizzò nella mia mente annebbiata. Darius era stato l'unico ad aver assaggiato il mio sangue e lo infondeva sempre di estasi... Ma questo non era Darius.

Le mie labbra si schiusero in un grido che mi costrinsi a reprimere. Mostrare la propria sofferenza non faceva che incoraggiarli. L'avevo visto durante le mie tante lezioni.

Delle mani brutali si avventarono sul mio vestito, strappandolo dal petto fino alla vita. La sua bocca le seguì, avvinghiandosi al mio seno in un morso crudele, che mi arroventò le viscere.

Non vi era alcun piacere.

Solo un dolore atroce.

Esattamente ciò che preferiva la maggior parte dei vampiri.

Ma non Darius...

Tentai di afferrare il coltello, solo che il vampiro aveva bevuto troppo e troppo in fretta. Le mie membra erano diventate fredde in pochi secondi, lasciandomi inerme nel suo grembo.

E molto, molto sola.

Avevo ricevuto un unico ordine.

Rifiutare il morso del vampiro gridando o lottando. Facendo qualcosa, qualsiasi cosa, per attirare l'attenzione. Ma non ne ero stata in grado.

Avevo fallito.

Non ero neanche stata capace di estrarre il coltello dal fodero.

E quello sarebbe stato il mio castigo. Subire il destino che avevo sempre temuto, la morte inflitta da un vampiro troppo avido. Il mio sangue era inebriante. Considerando il modo frenetico in cui mi stava prosciugando, l'uomo biondo era caduto sotto il suo incantesimo.

Non sarebbe importato a nessuno.

Nemmeno a Darius.

Ero una proprietà. Un giocattolo rotto che il mio

padrone non era riuscito ad addestrare. Certo, mi aveva gettata in pasto ai lupi senza alcuna esperienza, ma avrei dovuto fare di meglio. Mi avrebbe sicuramente lasciata soccombere.

Mi sentii dilaniata. Forse per il rimorso del fallimento, o a causa del vampiro. Non riuscivo a capirlo.

Ogni parte di me era in preda al dolore.

Un liquido caldo mi bagnò la pelle, inzuppandomi nella vita che mi stava venendo così crudelmente succhiata via.

Una botta alla testa mi fece vedere le stelle. Il vampiro stava cercando di riportarmi in me, probabilmente per ammirare la sua opera.

O per deflorarmi.

Perché Darius non l'aveva ancora fatto, e ora l'avevo deluso.

Avrebbe iniziato di nuovo con un'altra.

Sarebbe andato a un'asta e mi avrebbe rimpiazzata.

Non avevo mai significato niente per lui.

Non starci male, mi rimproverai. *Sai bene come stanno le cose.*

Ma era un padrone gentile, decisamente migliore di quanto mi fossi aspettata, nonostante la sua intenzione di trasformarmi nel suo personale veleno.

«Juliet». La voce di Darius era come una calda carezza che quasi mi strappò alle mie fantasticherie.

Mi avrebbe perseguitata anche dopo la morte.

«Juliet». Il secondo richiamo fu più severo e subito seguito da uno strattone che confuse i miei sensi. Mi sentivo pesante. Ero coperta da una sostanza calda e fangosa che mi schiacciava il petto. Mi faceva male respirare.

«Direi che è stato giustificato» affermò una voce maschile. Piatta. Sconosciuta.

Cosa è stato giustificato?

«Mi sembra ovvio» sbottò Darius. «Come se potessero esserci dubbi».

«Beh, spero non l'abbia rovinata troppo. Sarebbe un peccato» disse la voce piatta di prima.

Cercai di aprire le palpebre, ma inutilmente.

«Se così fosse, mi vendicherò sulla sua intera discendenza» ruggì Darius.

«Mi sembra giusto». Sentii un fruscio di tessuto, forse dei pantaloni, mentre la voce si affievoliva. «Riferirò il mio resoconto degli eventi all'Alleanza. Non sarai ritenuto responsabile».

«Farò lo stesso anch'io» dichiarò un'altra voce maschile. Mi ricordò quella di Trevor...

«E anch'io». Quello era Ivan.

Dove sono?

«Grazie a tutti» rispose Darius, la sua rabbia sembrava placata. «Ora, se non vi dispiace, vorrei occuparmi della mia futura *erosita*».

Erosita? Avevo capito bene? Di cosa stava parlando?

«Ma certo» disse la voce piatta. «Se hai bisogno di qualcosa, sai dove trovarci».

«Grazie» mormorò il mio padrone. Le sue dita erano avvolte attorno al mio collo.

Tutto sembrò mutare intorno a me. Cibi saporiti e liquori si sciolsero nell'aria frizzante della sera. Poi la pelle. Nuova o appena pulita.

Mi girava la testa.

Qualcosa di caldo toccò le mie labbra.

Ricco.

Liquido.

Inebriante.

Andato.

Il mio mondo continuava a cambiare, fluttuando in una nebbia di sensazioni e profumi sconosciuti, finché il silenzio non prese il sopravvento sul ronzio che mi risuonava nelle orecchie.

«Ah, Juliet» sussurrò Darius. «Speravo te la saresti cavata meglio, ma almeno so da dove iniziare». Le sue labbra sfiorarono le mie. «Ora svegliati». Il suo comando riecheggiò in tutte le mie terminazioni nervose, costringendo i miei occhi ad aprirsi.

Anche nella luce soffusa della limousine, potevo distinguere le linee severe del suo bel viso. Zigomi alti. Ciglia lunghe e scure. Capelli corvini. Mascella quadrata e mascolina. Ardenti occhi verdi.

«Che diavolo è successo, Juliet?».

Deglutii. «Io...». Mi sembrava che la mia bocca fosse ricoperta di carta vetrata. Non per via del mio incontro ravvicinato con la morte, ma a causa della sua espressione. «Non ho potuto ucciderlo».

«Il che significa che hai disobbedito ai miei ordini» rispose lui, afferrandomi il mento e costringendomi a guardarlo negli occhi. «E cosa succede quando una vergine di sangue disobbedisce al suo padrone?».

«Viene punita» sussurrai.

«Più forte, tesoro. Voglio assicurarmi che ti siano ben chiare le conseguenze dei tuoi atti».

Mi si serrò la gola, ma mi sforzai di ripetere: «Viene punita». La mia voce era ancora roca.

Avvolse la mano attorno alla mia gola e la strinse abbastanza da risultare minaccioso. «Cosa devo fare con te?».

Solo allora mi resi conto che mi aveva fatto sedere sulle sue ginocchia. Le mie gambe penzolavano da un lato, mentre lui mi teneva salda con un braccio attorno alla schiena. Normalmente, non mi sarebbe dispiaciuto stargli così vicino, ma nei suoi muscoli tesi percepivo un oscuro pericolo.

«Tutto ciò che desiderate, Sire» risposi in un mormorio. Ed ero sincera. Lui mi possedeva. La mia mente, il mio corpo, la mia anima. Il mio unico scopo era soddisfare i suoi bisogni, e avevo fallito. Meritavo di essere punita.

«Già». Seguì col pollice la linea della mia mascella. La sua voce era vellutata e minacciosa. «Ti ha morsa, Juliet. Sai come ciò mi fa sentire?».

Fu come se un macigno mi cadesse sul petto. Avevo infranto la regola numero uno, quindi era senza dubbio... «Arrabbiato».

«Possessivo» mi corresse. «Ha toccato ciò che è mio. E perché? Perché non hai fatto ciò che ti avevo ordinato».

Mi leccai le labbra improvvisamente secche. «Mi... mi dispiace, Sire».

«Davvero?» mi domandò con lo stesso tono vellutato. La sua mano si posò sul mio seno esposto. Mi prese un capezzolo tra le dita. Il mio battito accelerò immediatamente. «Aveva la sua bocca proprio qui. Stava bevendo il sangue che appartiene a me».

Trattenni un gemito di dolore quando Darius strinse con violenza la mia pelle delicata. Di solito, il suo tocco suscitava in me ondate di piacere. Ma non era quello il fine di ciò che stava facendo. Non del tutto, almeno.

«Darius» esalai mentre lui continuava a torcermi il capezzolo.

«Sai che effetto fa a un vampiro vedere la sua proprietà accarezzata da un altro?». Le sue parole furono sottolineate dall'ennesima dolorosa strizzata. Come facevano il suo indice e il suo pollice a infliggermi così tanta agonia? «E tutto perché tu l'hai permesso. Perché, Juliet? Ti avevo avvertita di cosa sarebbe successo se ti fossi lasciata mordere da un altro, ricordi?».

Annuii. Mi schiaffeggiò il seno così forte da farmi ansimare.

«Parla, Juliet».

«Sì!» gemetti tremando, sia per il suo tono che per la strana sensazione suscitata dal suo tocco. Agonia... mescolata all'eccitazione?

Cosa c'è che non va nel mio corpo?

«Continua!» mi incalzò, dedicandosi ora a torcere l'altro capezzolo. «Perché gliel'hai permesso?».

«Abitudine» ammisi. «Sono... sono stata istruita... Sottomissione».

«E la ragione non è sufficiente a spezzare il tuo legame con quel dannato palazzo?».

Troppo... Faceva troppo male... «Non è così facile» dissi. Avevo le lacrime agli occhi. «Io non... Le regole... Non posso».

Tutto il mio corpo fremeva sotto il suo tocco. Ardeva tra le mie gambe e mi surriscaldava la pelle nuda, nonostante il torpore che mi formicolava lungo il petto.

«Darius, ti prego...» lo implorai, pur non sapendo cosa volessi da lui. Che smettesse? Che continuasse? «Mi dispiace averti deluso!». L'angoscia si riversò nella mia voce, in risposta a quella tortura sensuale unita alla sua evidente irritazione.

Non avevo mai lottato contro nessuno, né avevo mai desiderato farlo.

Pur sapendo che vampiri e licantropi avevano distrutto il genere umano, relegandoci a compiti precisi, togliendoci ogni diritto, ed essenzialmente creando la mia linea di sangue per il divertimento dei vampiri...

«Non sono una combattente, Darius» sussurrai chiudendo gli occhi. «Non posso farlo».

Darius

«È qui che ti sbagli, Juliet». Sapevo che sotto la sua pelle si celava una guerriera. Dovevo solo convincerla a uscire a giocare.

Il test di quella sera era stato solo il primo passo.

Punirla sarebbe stato il secondo.

Lasciai andare il seno di Juliet. Quando lei iniziò a dimenarsi sul mio grembo, soppressi un sorriso. Anche nel dolore, cercava comunque di compiacermi.

Perfetta.

Stupenda.

Mia.

Eppure, nonostante tutti i miei avvertimenti, aveva permesso a un altro di morderla. Se non avessi aspettato che Viktor perdesse il controllo, sarebbe morta.

Ero riuscito a cogliere il momento esatto in cui il suo indottrinamento aveva preso il sopravvento, costringendola a soccombere ai bisogni di Viktor. Avrei potuto fermare tutto allora, ma avevo bisogno che lui la aggredisse, per mettere in scena l'omicidio in modo appropriato. Il che non sarebbe stato necessario, se lei avesse semplicemente reagito come le avevo detto di fare.

Uccidere un vampiro senza un buon motivo avrebbe causato un'inutile montagna di scartoffie. Che Juliet fosse quasi morta dissanguata era un'ottima giustificazione. Ammazzai Viktor in fretta, staccandogli la testa di netto, mentre ancora continuava a nutrirsi. Una scena cruenta, certo, ma efficace.

Ma nemmeno assassinare Viktor aveva placato il fuoco che sentivo bruciare dentro di me da quando l'avevo visto succhiare il sangue di Juliet. Per non parlare del fatto che lei aveva semplicemente accettato il suo destino.

Mi strinsi l'attaccatura del naso.

Quella bellissima donna era stata creata e modellata per diventare la tentatrice perfetta. Poteva parlare diverse lingue, tenere una conversazione brillante su svariati argomenti, camminare nuda in una stanza piena di uomini senza scomporsi... e aveva la bocca di una dea.

Ed era sottomessa. In ogni senso.

Con uno schiocco di dita, si sarebbe messa in ginocchio e me l'avrebbe succhiato. Avrebbe anche soddisfatto chiunque le avessi dato, incluso un completo estraneo, a causa di quel dannato senso del dovere che per ventidue anni era stato inculcato nella sua bella testolina.

Era un aspetto di lei che odiavo e amavo al tempo stesso.

Un tale controsenso. Volevo che pensasse da sola, eppure il mio lato più oscuro godeva di tutti i modi in cui il suo corpo poteva soddisfare il mio.

La mia erezione pulsava sotto di lei, implorando di essere liberata. Ma non era il momento. La vita di Juliet dipendeva dalla sua abilità di seguire i miei ordini.

Se non poteva lottare, fuori dalla camera da letto per me era completamente inutile.

Mi avvolsi i suoi capelli scuri attorno al pugno. Poi diedi uno strattone per costringerla ancora una volta a guardarmi negli occhi.

«Ti ho dato il mio sangue, Juliet. È l'unico motivo per

cui sei viva». La mia immortalità l'aveva guarita rapidamente, vanificando però lo scopo stesso dell'esercizio. «Saresti morta volentieri sotto le sue zanne. Eri felice di compiacere un altro vampiro. Che comportamento sleale».

«No!». I suoi occhi castani si infiammarono quando incontrarono i miei. Una piccola scintilla di sfida ardeva in profondità.

Quando non aggiunse altro, inarcai un sopracciglio. «No?».

«Siete stato voi a darmi a lui». L'affanno e il tono nervoso suggerivano che la sua determinazione stava quantomeno vacillando, ma le parole erano chiare.

«Per lottare. Non per lasciarti scopare e dissanguare». Si era ritrovata mezza nuda in grembo a un altro vampiro, con i seni esposti per la sua bocca, e non gli aveva nemmeno gridato di smetterla.

Perché se lo aspettava. Lo accettava.

Quel dannato palazzo...

Era stato un miracolo che Viktor non si fosse accorto del coltello. Fu il primo oggetto che afferrai, prima di ucciderlo. L'intera scena era stata un incubo.

«Sono una vergine di sangue» sussurrò a fatica. «È il nostro scopo».

«Non il tuo, Juliet». Allentai appena la presa. «Ma se tutto ciò che desideri è compiacermi, allora mettiti in ginocchio».

Si irrigidì. «Adesso?».

«Sì». Almeno mi sarei divertito un po', mentre le impartivo una lezione. La lasciai andare del tutto e la guardai. «Hai intenzione di farmi aspettare?».

«No, Sire». Scese dal mio grembo e si sistemò sul pavimento. Poi posò i palmi tremanti sulle mie cosce.

Averla così, tra le gambe, aiutava a domare un po' della

furia che mi tormentava. Dicevo sul serio riguardo agli istinti possessivi. Lei apparteneva a me. E quel vampiro l'aveva toccata in posti destinati solo alle mie mani e alle mie labbra.

Ma ora avremmo rimediato.

«Fa' il tuo lavoro, Juliet». Parole crudeli, ma efficaci.

«Sì, Sire». Il suo petto ricoperto di sangue si alzò e riabbassò in un respiro profondo. Fece scorrere le dita fino alla mia cintura. La fibbia si slacciò sotto il suo tocco esperto, seguita rapidamente dal bottone e dalla cerniera. Quando liberò la mia erezione, mi sforzai di rimanere impassibile. La lezione non doveva essere piacevole.

Si inumidì le labbra e iniziò ad accarezzarmelo dalla punta alla base, per poi prenderlo in bocca. Mi rilassai sul sedile di pelle senza darle la soddisfazione di una reazione, a parte quella che teneva in mano. Se voleva che quello fosse il suo unico scopo, l'avrei accontentata. La mancanza di illuminazione nella limousine mi era d'aiuto. Non sarebbe stata in grado di vedermi così bene come io potevo vedere lei.

«Più a fondo, Juliet». Dopo settimane di sesso orale, ormai sapeva cosa mi piaceva. Dovevo ancora prenderla completamente. Volevo un genuino consenso, non la remissiva accettazione instillatale dall'Organizzazione.

Succhiò più forte, al punto che quasi riuscì a strapparmi un gemito. Ma mi trattenni. Quella donna possedeva la bocca più abile che avessi mai incontrato. Nessun riflesso faringeo. Nessuna esitazione. Solo la pura e semplice comprensione di ciò che desideravo.

Mi ci volle uno sforzo considerevole per rimanere rilassato e imperturbabile.

Così perfetta.

Così sexy.

Così dannatamente meravigliosa.

L'elettricità mi scorreva nelle vene, accresciuta dal suo costante contatto visivo. Il desiderio illuminava il suo sguardo, donandole un fascino da dea. Quella donna era bellissima anche quando era coperta dal sangue di un altro uomo.

Cercai a ogni costo di rimanere indifferente. Forse il posto di Juliet era davvero in ginocchio a servirmi.

Le mie dita morivano dalla voglia di stringerle i capelli, costringendola a prendermi ancora più in fondo, con forza, ancora e ancora. Sarei venuto nella sua bella gola, e lei avrebbe ingoiato tutto, fino all'ultima goccia, proprio come faceva sempre.

Mia.

Era stata creata per il mio piacere.

Addestrata in tutte le arti del sesso, comprese le pulsioni più oscure.

Non vedevo l'ora di esplorarle tutte. Col tempo. Presto.

Adesso.

Cedetti a uno dei miei impulsi. Le afferrai i capelli e mi spinsi più in profondità nella sua gola, senza preavviso. I suoi occhi si spalancarono appena, ma non si oppose. Aspettò solo che la lasciassi respirare di nuovo.

Sottomessa fino al midollo.

Fiduciosa.

Gli occhi lucidi di lacrime erano l'unico segno che aveva bisogno di aria.

Ma ancora nessun'altra reazione, nemmeno una supplica. Così eccitante, eppure così esasperante. Come potevo spezzare qualcuno che era già così palesemente rotto?

Rimettendo insieme i pezzi in un nuovo schema.

Uno che si addicesse a una guerriera.

Mi concessi un'altra spinta, poi la staccai violentemente

da me. Me lo strinsi con l'altra mano, sostituendola alla sua bocca. Ero sul punto di venire.

«Sei mia» ruggii. «Nessun altro può toccarti».

«Sì, Sire». Con un ultimo movimento del polso, le coprii il petto del mio piacere. Con l'altra mano la tenevo per i capelli, in modo che fosse costretta a guardare.

Il suo nome mi accarezzò la lingua, ma non uscì mai dalla mia bocca. Non avevo nessuna intenzione di darle soddisfazione, non quando mi sentivo così maledettamente insoddisfatto.

«Spalmatelo sulla pelle» le ordinai. Volevo che cancellasse ogni traccia della presenza dell'altro vampiro. Volevo marcarla come mia proprietà nel modo più degradante possibile.

Ma non si mosse, né disse nulla.

Le diedi uno strattone ai capelli. Non abbastanza da farle male, ma sufficiente a catturare la sua attenzione. «Adesso, Juliet».

Si posò le mani sul seno e iniziò a massaggiarlo, spalmandosi la mia estasi su ogni centimetro di pelle. Seguii con lo sguardo ogni suo movimento.

«Non fermarti». Il comando mi uscì tagliente e un po' brusco. Le sue dita si mossero più velocemente, indugiando sui capezzoli. Evidentemente aveva capito il mio desiderio, dato che quello era il punto in cui Viktor l'aveva morsa. Ogni tocco del suo pollice riaffermava la mia autorità.

Proprio una brava piccola vergine di sangue.

Tirai Juliet in avanti e la sua bocca si aprì senza che dicessi nulla. La sua lingua guizzò fuori per leccare il liquido che mi copriva la punta. Mugolò in approvazione, prima di prendermi in profondità nella sua bocca e succhiare fino all'ultima goccia.

La mia presa non si allentò. Semmai si rafforzò, mentre

lei mi divorava in un modo che pochi altri avrebbero potuto capire.

Nel frattempo continuava a massaggiarsi i seni, ma a un certo punto prese un ritmo più lento, più intenso, più erotico. Un ritmo che la rendeva sempre più eccitata.

Inalai profondamente, godendo del suo profumo inebriante.

Mmm... così buono.

Un umido calore irradiava da lei, gocciolando senza dubbio tra le sue cosce.

Tutto questo le piaceva. Che possedessi il suo corpo. Che la dominassi.

E ora la mia piccola Juliet voleva venire.

Perfetto.

La lasciai continuare, godendo malignamente della leggera contrazione dei suoi fianchi, un movimento che tradiva la ricerca di un qualche sollievo. I suoi capezzoli erano turgidi e imploravano il mio tocco. Le sue pupille così dilatate da oscurarle le iridi.

«Ti è piaciuto» mormorai.

«Sì, Sire». Pronunciò quelle parole attorno alla mia erezione. Le sue attenzioni avevano solo smorzato appena la tensione. Desideravo molto di più da lei, ma non finché non avesse imparato la lezione.

«Alzami la cerniera, Juliet». Avevamo raggiunto il castello da qualche minuto, ma avevo lasciato che il nostro momento si prolungasse per il tempo necessario ad assicurarmi che fosse eccitata. Non avevo dubbi che, se avesse aperto le gambe, l'avrei trovata bagnata e pronta per me.

Non ancora.

Le sue dita erano ferme mentre mi risistemava l'erezione nei pantaloni. Di quella mi sarei occupato più tardi.

Nemmeno un attimo dopo, come se il mio autista avesse intuito la mia prossima mossa, la portiera dell'auto si aprì. Scesi e tesi la mano a Juliet. Lei la afferrò, ma un'espressione confusa le si dipinse sul viso. Ogni volta che ci concedevamo questo tipo di attività, io ricambiavo.

Ma non stanotte.

A meno che non me lo chiedesse.

La presi sottobraccio. Probabilmente i suoi piedi nudi non apprezzavano i ciottoli, ma era proprio quello il punto. La volevo arrapata, infastidita e a disagio.

Iniziò a camminare al mio fianco senza fare una piega. Mi seguì in casa e poi al piano superiore. Essere vestita solo di sangue e sperma non sembrava essere un problema. Almeno la fiducia in se stessa era intatta.

Aprii la porta delle sue stanze e le sue narici si dilatarono, mentre l'aria fu immediatamente intrisa di eccitazione. Pensava che l'avrei divorata sul letto. Poverina. No. Non stanotte.

La condussi in bagno e aprii l'acqua della doccia.

«Hai il permesso di lavarti, Juliet. Ti suggerisco di sfruttare questa opportunità per darti una bella ripulita». Lasciai che l'insinuazione aleggiasse per un attimo tra di noi. «Poi, riposati un po'. Domani ci aspetta una giornata impegnativa».

«S... sì, Sire». Le sue labbra si incurvarono verso il basso.

«A meno che tu non abbia bisogno di qualcos'altro» suggerii, inarcando un sopracciglio.

Sbatté le palpebre. Poi aggrottò la fronte. Alla fine, scosse la testa. «N... no, Sire. Mi laverò e andrò a dormire».

Peccato. «Bene» dissi invece. «A domani».

Mi voltai e me ne andai senza guardarla, ignorando anche il suo respiro affannoso.

Le regole erano chiare. Juliet poteva raggiungermi nelle mie stanze ogni volta che avesse voluto provare piacere. Dato il modo in cui la sua eccitazione mi solleticava le narici, sapevo che mi desiderava. E molto. Ma dipendeva tutto da lei.

La lezione principale della serata era molto semplice: vivere.

Un dono che pochi umani ricevevano, ma che io le avevo concesso volentieri. Sfortunatamente, non potevo costringerla ad accettarlo.

Ventidue anni di addestramento a rassegnarsi al proprio destino, a prescindere dalla soddisfazione personale, le avevano modellato una mentalità difficile da cambiare.

Avevo bisogno che la combattente nascosta sotto la superficie venisse a galla. Solo a quel punto avremmo potuto iniziare la rieducazione.

Fino ad allora, avrei avuto solo un guscio di donna con cui lavorare, e desideravo molto di più.

«Unisciti a me, Juliet» sussurrai nel corridoio deserto. «Ti prego».

JULIET

Il mio corpo era in fiamme.

Non letteralmente, ma mi sentivo ardere al punto di non riuscire a dormire sotto le coperte. E il ventilatore posto sul soffitto era del tutto inutile.

Sentivo ancora Darius su di me, anche dopo essermi lavata. La sua essenza mi si era impressa nell'anima.

Mi possedeva totalmente. Lo sapevo già dall'inizio, ma sentirlo in questo modo era inebriante. Irresistibile. Fastidiosamente eccitante.

Scalciai via dal letto anche le lenzuola e sbuffai, irritata.

Com'ero passata dall'aspettarmi di essere usata fino alla morte, al pregustare le piacevoli attenzioni di Darius?

Ero qui per i suoi bisogni, non per i miei. Eppure, lui aveva sempre restituito il favore.

Tranne quella notte.

E perché, poi? Perché l'avevo deluso. Era la sua versione di un castigo?

Scattai a sedere. Crescendo, mi avevano istruita su svariati metodi punitivi. Tutti risultavano in qualche tipo di dolore atroce, o addirittura nella morte. Ma lì non stava succedendo niente del genere.

Un test, allora?

«Ma di che tipo?» sussurrai tra me e me. «Cosa vuoi?».

Mi concentrai per esaminare il nostro legame cerimoniale, curiosa di vedere se sarei riuscita a percepire qualcosa.

Ed eccola, una connessione psichica avvolta nell'oscurità. Come se fossimo stati sul punto di collegare i nostri pensieri, ma non del tutto.

Darius aveva detto che la cerimonia non era ancora completa, che avremmo dovuto scambiarci il sangue ancora un po' di volte. Forse era questo che intendeva?

Eppure, sapevo che era sveglio. Lo sapevo come se fosse già parte di me. Ma le sue emozioni mi erano del tutto precluse.

Sta aspettando.

Aggrottai la fronte a quel pensiero. Era una supposizione, o l'istinto?

Importa?

Aveva detto che potevo andare in camera sua a mio piacimento.

Ma aveva anche precisato che avrebbe dato per scontato che fossi in cerca di piacere.

Tremai al vivido ricordo dei suoi denti sul collo, mentre pronunciava quell'avvertimento. Una promessa e una minaccia al tempo stesso.

Il mio sesso pulsava di desiderio, spingendomi ad accettare l'offerta. Se l'intensa smania che mi ardeva tra le cosce doveva essere una punizione, mi avrebbe rimandata nella mia stanza insoddisfatta? O mi avrebbe ricompensata per avergli chiesto di prendersi cura dei miei bisogni?

Mi morsi le labbra, riflettendo. C'era solo un modo per scoprirlo.

Sei pazza, sussurrò una vocina nella mia testa. *Può ucciderti con un semplice gesto. O peggio.*

Vero.

Eppure, nei quasi due mesi trascorsi insieme, non mi aveva mai fatto veramente male. La sua versione del dolore si mescolava sempre al piacere. Il ricordo della limousine mi fece stringere il cuore. In parte mi aveva ferita, ma aveva anche appiccato in me un incendio che ancora bruciava.

Gemetti quando i miei capezzoli si indurirono sotto la sottile camicia da notte. In quel momento, persino la seta sembrava troppo pesante. Non mi ero nemmeno messa gli slip. C'era un intero cassetto di biancheria intima intatta che avevo scelto di non usare, probabilmente perché al palazzo era proibita. Gli unici indumenti che avevo indossato, qualche volta, erano quelli più sexy. Quelli che sarebbero piaciuti a Darius.

Le mie sopracciglia si sollevarono.

Se fossi andata nei suoi alloggi con addosso uno di quei completini, forse sarebbe stato più propenso ad accontentarmi.

Forse.

Scesi dal letto e mi misi a cercare la lingerie più seducente presente nel cassetto. Darius sembrava preferire i colori scuri. Un négligé nero, fatto di un materiale impalpabile, attirò la mia attenzione. Lo sostituii subito alla mia camicia da notte di seta e tremai quando il tessuto mi solleticò le cosce.

Indossai anche degli slip coordinati, ma ebbi l'impressione che soffocassero il mio intimo eccitato. Li strappai via, ansimando al temporaneo sollievo concessomi da quell'azione.

Ero sopraffatta dal desiderio. Le mie gambe presero a tremare. Mi venne la pelle d'oca, nonostante il sangue mi ribollisse nelle vene. Un gemito mi sfuggì dalle labbra.

Avrei potuto occuparmene da sola, o almeno provarci, ma bramavo l'abilità di Darius. Solo lui sarebbe stato in grado di liberarmi davvero. Il suo tocco era una droga a cui il mio corpo anelava. Senza di lui, avrei continuato ad ardere.

Completai la mia mise con dei tacchi alti e una vestaglia di seta, che mi sarei tolta non appena avessi varcato la soglia della sua stanza. Ammesso che mi avesse lasciata entrare.

Dopo essermi fatta forza con un respiro profondo, mi avviai lungo il corridoio. Il ricordo delle sue parole durante il tour della casa rendevano i miei passi più decisi.

Forse sarebbe stato ancora risentito per ciò che era accaduto nel corso della serata, ma non mi aveva detto di restare in camera.

Solo di lavarmi e dormire.

Il che forse era un ordine...

Smettila.

Raggiunta la sua porta, esitai con la mano a mezz'aria.

Bussa.

Scappa.

Colpisci delicatamente il legno col pugno.

Torna in camera tua.

Ti sei già comportata da codarda stasera. Non farlo di nuovo.

Scegli la sanità mentale.

Scegli il piacere.

Le mie nocche picchiettarono timidamente sul legno mentre le mie cosce si serravano. Avevo bisogno di questo... di lui. Sentii aumentare la mia determinazione, e con essa la forza con cui bussai di nuovo.

«Vieni». La sua voce attraversò la porta e accarezzò ogni fibra del mio essere.

Abbassai la maniglia ed entrai. Era seduto sul letto a petto nudo, con la schiena appoggiata ai cuscini e alla testiera. In grembo aveva un quaderno.

«Juliet» mormorò, appoggiando la penna sul materasso. «Cosa posso fare per te?».

Chiusi delicatamente la porta e mi spostai sotto la luce soffusa che si irradiava dall'alto soffitto. «Non riesco a dormire» ammisi, lasciando cadere la vestaglia. «Sono... Ho *bisogno*».

I suoi occhi verdi accarezzarono le mie curve, assorbendone ogni centimetro, per poi specchiarsi nei miei. «Di cosa, mia cara? Dimmelo».

«Di piacere» esalai.

Inarcò un sopracciglio con aria di sfida. «Più forte, tesoro».

«Di piacere» ripetei. Avevo la bocca secca e mi tremavano le gambe. «Vi prego, Sire, sono così eccitata che mi fa male».

«Sei bagnata per me?».

«Sì». La mia risposta uscì in un gemito. Ancora un po' e sarei sicuramente collassata.

«Mostramelo». La sua voce profonda, unita alla richiesta, scatenarono un vulcano di sensazioni dentro di me. Era tutto così intenso che non riuscivo a respirare. A muovermi. A pensare.

Appoggiò il quaderno sul comodino, poi si risistemò sulla schiena.

«Sto aspettando, Juliet» mormorò. Aveva le mani intrecciate dietro la nuca. Somigliava a un angelo oscuro, dallo sguardo subdolo e le labbra invitanti.

Il significato del suo comando mi colpì allo stomaco, costringendo i miei piedi a muoversi prima che le parole raggiungessero il cervello. A quel punto, era già troppo tardi.

Mi inginocchiai sul letto, accanto a lui, e sollevai il négligé.

«Più vicino, tesoro». Il suo tono era un'erotica carezza

che provocava ogni mia terminazione nervosa. Il mio corpo si piegò a ogni suo desiderio, facendo esattamente ciò che mi ordinava, senza fare domande.

I cuscini sotto la sua testa si abbassarono quando vi premetti le ginocchia, posizionando la parte più bollente di me direttamente sul suo viso. Le sue mani scivolarono sotto la lingerie trasparente e mi afferrarono i fianchi. Mi aggrappai alla testiera del letto per tenermi in equilibrio.

«Mmm... sei così eccitata da essere gonfia». Le sue parole si infransero sulla mia carne umida, evocando dalla mia gola un gemito che suonò estraneo alle mie stesse orecchie.

«Per favore, Sire» lo implorai. «Vi prego».

«Solo perché me l'hai chiesto così dolcemente». Strinse la presa e guidò il mio sesso verso la sua bocca. La prima carezza della sua lingua mi strappò un grido gutturale che somigliava al suo nome.

Il mio corpo iniziò a tremare incontrollabilmente.

Avevo bisogno di lui. Lo desideravo con tutta me stessa. *Oh, Dea...*

La sua bocca era magia pura.

«Darius» ansimai. Sentii cedere le gambe.

La testiera del letto scricchiolava sotto i miei palmi. Era quasi troppo intenso, ma non potevo fermare quel meraviglioso assalto. Non quando mi consumava così completamente.

Il fuoco si agitava nel mio ventre, scintille volteggiavano nelle mie membra. La mia posizione scandalosa, sopra il suo viso, non faceva che aumentare quelle sensazioni. Mi dava un falso senso di potere, una parvenza di controllo mai sperimentata prima. Le sue mani mi ancoravano, le sue labbra mi possedevano, eppure mi sentivo come una regina.

La *sua* regina.

Un calore impetuoso si raccolse tra le mie gambe, creando un ciclone di energia concentrato in un unico punto.

«Oh!» gemetti. Il mio corpo implorava uno sfogo. Qualcosa di affilato, i denti di Darius, sfiorò il centro del mio piacere. Mi trafisse appena e mi trascinò in un oceano di oscura beatitudine.

Il suo nome squarciò l'aria in qualcosa di simile a un ringhio. Il mio corpo esplose in un vortice di sensazioni, disintegrandosi in un'estasi così estrema che non riuscii più a capire nulla.

La mia fronte colpì qualcosa di duro.

Le mie mani erano strette all'inverosimile.

Spasmi selvaggi continuavano a scuotermi, senza accennare a smettere.

«Darius» riuscii a rantolare. Il mio cervello era in frantumi, il mio cuore a brandelli e la mia anima annientata.

Com'era possibile che qualcosa di così straordinario potesse fare tanto male?

«Ssh» mormorò, attirandomi di nuovo da lui, nella realtà.

Ero ancora a cavalcioni sul suo viso, con le spalle contorte in un piacere straziante e la testa premuta sulla fredda testiera del letto. La luce cominciò a filtrare lentamente nel mio campo visivo. Registrai la sensazione del calore delle sue mani sulle cosce, della sua bocca sulla parte più intima di me.

«Che splendore». La sua voce intrisa di ammirazione mi fece correre un brivido lungo la schiena. Mi accarezzò le gambe fino alle caviglie, dove mi tolse in un attimo i tacchi. Iniziò a massaggiarmi la pianta dei piedi. Un piacevole formicolio mi lambì fino ai polpacci.

È così bello...

«Cosa ti avevo detto sul venire qui?» mi chiese dolcemente.

Cercai di deglutire. «Che devo ricambiare» risposi con voce roca.

«Brava». Sorrise. I suoi occhi assunsero il colore della foresta di notte. «Scivola in basso. Voglio sentire la tua eccitazione sulla mia».

Mi ci volle fin troppo per obbedire al suo comando, ma lui non mi fece alcuna pressione. Le sue mani mi guidarono nella discesa lungo il suo petto e ancora più in basso.

Non è solo senza camicia. Non ha assolutamente niente addosso.

Dovevo ancora vedere Darius nudo. Anche quando gli davo piacere, restava sempre vestito. Appoggiai le mani sul suo addome per bilanciarmi, ma anche per toccarlo. Muscoloso. Splendido. Elegante. Un predatore racchiuso in una pelle calda e olivastra.

Tutti i vampiri erano belli, ma Darius ridefiniva il significato stesso della parola. Il suo corpo pareva l'opera di un artista, era meravigliosamente proporzionato. E anche la sua erezione non era da meno. Si modellava perfettamente al mio sesso, come se fossimo stati creati l'uno per l'altra.

«Oh, Juliet» sussurrò, inarcando appena la schiena. «Cavalcami. Voglio che impregni ogni centimetro di me».

Non avevamo ancora fatto nulla di simile. Mi sembrava un gesto intimo, giusto e vagamente terrificante. Il suo membro non mi avrebbe soltanto riempita. Avrebbe squarciato la mia verginità, provocandomi dolore.

Dovevo essere pronta per lui, specialmente se aveva finalmente intenzione di prendermi. Il mio corpo gli apparteneva, per farne tutto ciò che desiderava, e io glielo avrei permesso.

Iniziai a muovere il bacino, bagnando la sua pelle col

mio piacere come mi aveva ordinato, inumidendo la sua calda eccitazione. Ogni volta che la sua punta sfiorava il mio intimo, trasalivo. Mi aveva lasciata troppo sensibile, troppo usata, ma dovevo dargli ciò che voleva. Le sue dita danzarono sui miei fianchi, sotto la mia vestaglia, e vagarono verso i miei seni.

«Sei perfetta». Una nota di riverenza tingeva la sua voce, regalandomi un'immensa soddisfazione. Il suo bacino si muoveva a ritmo col mio, lo sfregamento sempre più intenso a ogni spinta. Mi aspettavo che me lo infilasse dentro con forza, ma sembrava perso nei nostri movimenti.

La mia lingerie scomparve col suono di uno strappo. Mi ritrovai i capelli avvolti nel suo pugno. Mi strattonò con forza verso il basso, cercando la mia bocca con la sua. Preda del suo assalto, mi scordai come respirare. Mentre mi faceva rotolare sulla schiena, persi ogni contatto con la realtà.

È arrivato il momento, pensai, eccitata e terrorizzata.

Mi baciò con violenza. Il suo sesso continuava a strusciarsi sul mio, con spinte sempre più brutali. Il mio clitoride pulsava, ma non trasalii più. No. Ricominciai a sentirmi ardere.

Mi contorsi quando le sue zanne mi trafissero il collo.

Non mi ero nemmeno accorta che si fosse mosso. Aveva agito in un istante. Il suo bacio oscuro reclamava la mia essenza.

«Darius» sussurrai, avvinghiandomi ai suoi capelli.

«Mia» ruggì lui abbassandosi verso il mio seno. Mi morse nello stesso punto dove l'aveva fatto l'altro vampiro, qualche ora prima. Mi resi conto che aveva fatto lo stesso con la mia gola.

Mi sta marcando di nuovo.

Solo che questo morso non era per nulla doloroso.

L'elettricità corse lungo la mia spina dorsale,

concentrandosi nel punto in cui i nostri sessi si congiungevano, aumentando il piacere che già provavo.

Poi il suo membro scomparve e i suoi fianchi si sollevarono leggermente. Mi afferrò il polso e costrinse la mia mano ad abbassarsi. «Toccami, Juliet. Voglio venire tra le tue gambe».

Avvolsi le dita attorno alla sua spessa erezione. Era ancora bagnata dagli effetti del mio orgasmo, proprio come desiderava, permettendomi di accarezzarlo più facilmente. Mossi la mano su e giù, applicando più pressione dove sapevo che gli piaceva.

«Di più» mi ordinò, sfiorandomi il capezzolo coi denti. Fremetti al suo nuovo morso. Iniziò a bere il mio sangue mentre continuavo a massaggiarlo intimamente.

Era vicino. Lo sentivo dal modo in cui pulsava e diventava se possibile ancora più grosso. La tentazione di infilarlo dentro di me mi tormentava, costringendomi ad avvicinarlo al mio sesso umido.

Sarebbe stato così facile.

Un'unica spinta.

Ma non era ciò che aveva richiesto.

Continuai a fare ciò che voleva, con movimenti a cui sapevo non avrebbe potuto resistere. Lo sentii gemere sul mio seno, e sorrisi. Caldi spruzzi di piacere si infransero sulla mia carne, marchiandomi come sua.

Il mio bacino si alzò per incontrare il suo, come animato di vita propria, desiderando di più, volendolo dentro. La sua essenza ardente si mescolò con la mia, suscitando a entrambi spasmi di piacere. Rubai fino all'ultima goccia della sua estasi, stringendolo forte nella mano, assaporando quella sensazione.

Darius si alzò, appoggiandosi sulle ginocchia. Guardò tra le mie cosce spalancate. Mi accarezzò col pollice lungo il sesso, fino al clitoride. «Hai un aspetto stupendo così, coperta dal mio seme».

Tremavo, per il suo tocco e per la vista del suo corpo nudo accovacciato accanto al mio. Una strana forza irradiava da lui, così come un'aura di pericolo. Darius era un vampiro molto antico.

Spalmò la sua essenza sul mio intimo, risvegliando in me una fame che credevo placata. Poi infilò le dita dentro di me, unendo il suo piacere al mio e facendoli accoppiare nella danza più antica del mondo.

«Presto» mormorò sinistramente. «Ma non ora».

Perché?, volevo chiedergli, ma dalla mia bocca uscì soltanto un gemito. Applicò la giusta quantità di pressione sul mio punto più sensibile, impregnando la mia carne con la nostra estasi.

Sentii un calore sempre più intenso crescermi nel ventre a ogni movimento del suo pollice. Darius giocava abilmente con il mio corpo. Il suo sguardo era sempre attento, concentrato sulle mie reazioni. Mi pizzicava, mi massaggiava e stuzzicava le mie terminazioni nervose. Tremavo, completamente abbandonata a lui.

Un'unica mano.

Non aveva usato nient'altro.

E io stavo già crollando.

Quando si chinò per catturare il mio capezzolo tra le labbra, mi inarcai verso di lui. Il mio respiro si fermò. Il mondo intero si dissolse. Esisteva solo Darius.

«Ora il mio seme ti possiede» sussurrò. «E presto lo farà anche il mio cazzo».

A quelle parole, mi sembrò che nelle profondità del mio essere un vulcano minacciasse di eruttare. Tremavo per la potenza di tutto ciò, la mia mente stava perdendo la presa sulla realtà.

«Ci sei così vicino». Mi mordicchiò il seno. «Lo sento

ribollire sotto la superficie, in attesa del mio comando. Il tuo corpo è stato addestrato alla perfezione». Mi coprì il petto di baci, per poi risalire lungo la mascella.

Mi sentivo imprigionata, congelata nel tempo, schiava dei desideri del mio padrone.

«Vi prego» esalai, sopraffatta dalla violenza di ciò che provavo. «Sire, vi imploro».

Lo sentii sorridere con le labbra posate sulla mia gola. La sua lingua lambiva il punto dove il mio battito pulsava. «Quando mi supplichi sei proprio adorabile, mia cara».

Mi conficcai le unghie nei palmi, travolta da ondate di un bisogno straziante. Gemevo il suo nome, mi contorcevo sotto le sue dita, agonizzando per lo sfogo che ancora non mi aveva concesso.

Le sue labbra mi sfiorarono l'orecchio, il suo respiro era pesante e inebriante. «Vieni per me».

Tormento e gratificazione esplosero in me, annientando la mia capacità di muovermi e pensare.

Lampi di luce.

La mia consapevolezza in frantumi.

Un mondo di sconforto ed euforia.

La gola mi bruciava per tutte le urla, mentre le mie membra si scioglievano in una pozza di appagamento.

«Gloriosa, dannata perfezione» mormorò Darius sulle mie labbra.

Mi aggrappai alle sue braccia forti mentre mi baciava. Aveva un sapore dolce, leggermente intriso di sesso. La sua lingua esplorava la mia bocca quasi con tenerezza.

«Dormi, Juliet. Domani riprenderemo con il tuo addestramento».

JULIET

Mi stiracchiai, allungando le braccia sopra la testa. Sospirai, soddisfatta del calore che mi scorreva nelle vene. Era una sensazione strana, di cui volevo godere ancora qualche minuto.

Prima, le mie notti erano così fredde che mi svegliavo credendo di essere sul punto di congelare. Se non altro, mi ritrovavo intorpidita ancora prima che iniziasse la giornata, e riuscivo a sopportare meglio qualsiasi prova avessi dovuto affrontare.

Svegliarsi con Darius era diverso.

Nuovo.

Elettrizzante.

Le sue labbra erano posate sul mio collo, il suo petto nudo premuto sulla mia schiena. Mossi un po' i fianchi, adorando la sensazione della sua calda erezione che mi sfiorava il sedere.

«Attenta» mormorò. «Potrei anche accettare l'invito, tesoro».

Non mi dispiacerebbe, pensai. Ma smisi di strusciarmi su di lui per il bene del mio corpo dolorante.

La notte prima, Darius mi aveva consumata completamente. Mi sentivo esausta, nonostante la bella dormita. Quando mi avrebbe presa per la prima volta, non sarebbe stato delicato. Nessun vampiro lo è, e Darius aveva già dimostrato più volte di amare sesso violento. Ero sicura che mi avrebbe fatto male. E tanto.

Mi accarezzò il mento e mi fece voltare verso di lui, per incontrare le sue labbra.

Mmm. La sua lingua giocava dolcemente con la mia, con dei movimenti lenti e fluidi.

Sarei potuta diventare dipendente da quel trattamento. Così gentile, premuroso, quasi riverente.

«Buongiorno» sussurrò quando finimmo. «O forse dovrei dire "buonasera", visto che è già passata da un pezzo la mezzanotte».

Tipici orari da vampiro. La luce del sole non li disturbava, semplicemente preferivano la notte. I licantropi, invece, amavano il giorno. O così mi era stato detto. Non ne avevo ancora incontrato uno.

«Buongiorno» riuscii a rispondere, nonostante il mal di gola.

Mi fece stendere sulla schiena, sotto di lui, e mi sorrise. «Sono orgoglioso di te, Juliet».

Lo fissai. «Di me? Perché?».

La sua bocca sfiorò la mia. «Perché la scorsa notte sei venuta da me e mi hai detto di cosa avevi bisogno. Voglio che accada più spesso».

Quindi, alla fine, *era* un test.

O meglio, un qualche tipo di lezione.

Qualsiasi cosa facesse, aveva sempre un fine ultimo.

Mi baciò di nuovo, questa volta con un po' più di vigore. La sua erezione pulsava tra le mie cosce. Mi bagnai automaticamente. Probabilmente avevo passato la maggior parte della notte in quello stato, solo per puro istinto.

«Mmm... aspetta un attimo». Appoggiò le mani sul

cuscino, ai lati della mia testa, e si sollevò per guardarmi negli occhi. «Dobbiamo parlare del tuo commento sul non essere una guerriera».

Mi sentii raggelare. «Non lo sono».

«Sono d'accordo, non lo sei» rispose. «Non ancora». Scese dal letto e mi tese una mano. «Vieni con me».

Il suo tono non ammetteva repliche. Afferrai la sua mano e scesi anch'io dal letto. Invece di condurmi in corridoio, si diresse verso il grande bagno di marmo e aprì la doccia. Rimasi sotto l'acqua già calda, in attesa delle sue istruzioni.

«Hanno annientato il tuo istinto di sopravvivenza» affermò mentre mi faceva scorrere le dita tra i capelli umidi. «Ti aiuterò a ritrovare il tuo spirito e la tua determinazione». Scelse un flacone e si versò un po' di liquido sulla mano.

«Vampiri e licantropi sono esseri superiori» continuò, massaggiandomi i capelli con lo shampoo. «Su quello non c'è dubbio. Ma ciò non significa che tutti gli umani siano deboli. Con il giusto addestramento e la giusta mentalità, potrai diventare la mia letale compagna. L'Organizzazione ti ha insegnato a tentare. Io ti insegnerò a combattere».

Darius mi spinse sotto l'acqua. Le sue mani corsero sulle mie ciocche bagnate finché anche l'ultima delle bolle non finì nello scarico. Poi ripeté tutto di nuovo con il balsamo.

«L'incoronazione è tra quattro mesi». La sua voce si abbassò. «Ho bisogno che mi aiuti a eliminare la competizione».

Sgranai gli occhi, sia per quello che mi aveva detto, sia per il fatto che me l'avesse detto. Si fidava di me. Non aveva mai specificato perché avesse bisogno del mio aiuto. «Volete candidarvi». Lo capii solo in quel momento.

«No, ho intenzione di vincere». Sfiorò una ciocca di capelli che mi era scivolata sul seno. «Il modo migliore per distruggere il nemico è diventare il nemico».

«State parlando dell'Alleanza?». Abbassai anch'io la voce, incerta.

«Sì». Mi mise di nuovo sotto l'acqua e mi sciacquò i capelli. Poi ci fece scambiare di posto, in modo da ritrovarsi sotto il getto. «Il vampiro che mi hai aiutato ad assassinare la notte scorsa era Viktor Armintrov». Iniziò a lavarsi, io rimasi di sasso.

«Era un aristocratico». La frase mi uscii in un mormorio scioccato che Darius ovviamente udì.

«Già, nonché un bastardo che meritava di fare quella fine». Fece un passo in avanti. «Il suo passatempo preferito era andare nei bordelli. Sono sicuro che al palazzo ti abbiano spiegato di cosa si tratti».

Sì. Li usavano per minacciarci, nel caso ci fossimo comportate male. «Si tratta di un luogo dove vengono mandati gli umani il cui sangue ha poco valore» recitai a memoria, citando uno dei miei libri di testo. «L'aspettativa di vita, là, è venticinque anni».

«Per colpa di uomini come Viktor» sottolineò Darius, spalmandosi lo shampoo sui capelli. «Fidati, meritava un destino ben peggiore della decapitazione».

Ci pensai sopra, mentre si sciacquava e si metteva il balsamo. «Perché volete unirvi all'Alleanza?» riflettei ad alta voce. «Non mi sembrate animato da ambizioni politiche». Forse mi sbagliavo, ma da ciò che avevo imparato, e per come lo conoscevo, Darius non mi sembrava proprio il tipo.

Le sue labbra si incresparono in un sorriso pericoloso. «Voglio distruggerla e reintegrare il nostro legittimo capo».

Mi mancò il fiato. Li aveva definiti nemici, certo, ma questo...

L'Alleanza era il collante che teneva insieme la società. Senza di essa, ci sarebbero state continue guerre tra licantropi e vampiri, con gli umani come danni collaterali.

Sarebbe crollato tutto.

Darius mi premette una saponetta sul seno e iniziò a massaggiarlo, disegnando piccoli cerchi.

«Dimmi, Juliet, sei felice?» mi chiese dolcemente. «Di questa vita, intendo. Sei felice di essere una schiava? Di essere una fonte di cibo e piacere per quelli della mia specie?».

Aprii la bocca, ma poi la richiusi. Non avevo idea di come rispondere, perché erano domande che non mi ero mai posta. Il mio scopo era già stato definito alla nascita. Non avevo mai avuto scelta. In che altro modo avrebbe potuto essere felice una vergine di sangue?

«Un tempo, gli esseri umani avevano un posto più alto in società». La sua mano si mosse verso il basso, continuando a insaponarmi. «Quando sei arrivata, ti ho mostrato quei libri di storia perché tu capissi. Non è qualcosa che viene insegnato nel palazzo dove sei cresciuta. Sono considerate informazioni irrilevanti. Un modo elaborato di classificarle come illegali».

Mi fece voltare e mi gettò i capelli oltre la spalla, in modo da avere un migliore accesso alla mia schiena. Nel frattempo, continuò a parlare.

«C'è chi non è d'accordo con il modo in cui funziona il nostro governo, perché favorisce la vecchia aristocrazia e svilisce quelli di stirpe inferiore. Ivan e Trevor ne sono un esempio. Non possono avere una posizione giuridica solo perché, quando erano umani, appartenevano a una classe inferiore. Sono esclusi anche da certe carriere, da eventi come l'asta delle vergini, e non possono nemmeno partecipare ad alcune serate in società senza un garante».

Darius si inginocchiò dietro di me, mentre con la mano scendeva lungo la mia coscia.

«Come avrai senza dubbio notato, il sangue è estremamente importante nella gerarchia dei vampiri. Ed è il fondamento dell'Alleanza. Girati».

Obbedii, posizionando la mia parte più sensibile davanti ai suoi occhi. Mi posò un bacio sull'inguine, per poi iniziare a lavare delicatamente l'area a cui si era dedicato la notte precedente.

«Quanto sai sui licantropi?» chiese alzando lo sguardo e cercando i miei occhi.

«Le linee di sangue sono importanti anche per loro» risposi prontamente. «Nei loro branchi, hanno delle case reali e delle gerarchie».

«Una visione sommaria, ma vera» concordò. «Nei loro territori, i maschi alfa controllano tutto, comprese le femmine. Oggetti di proprietà possono essere scambiati con una donna a scelta, e credono molto nella riproduzione forzata. Considerando che questo è il modo in cui trattano i loro simili, puoi immaginare cosa riservino agli umani».

Rabbrividii. I licantropi non erano mai stati i predatori di cui avrei dovuto preoccuparmi, quindi non avevo passato molto tempo a studiarli, ma sapevo che la loro specie era violenta. C'erano voci su ciò che accadeva agli umani scelti per la luna piena. Nessuno di loro sopravviveva.

«Ciò che sto cercando di dire, è che il sistema è difettoso e ci sono alcuni, me incluso, che non concordano col modo in cui vengono gestite le cose. E vogliamo fare qualcosa al riguardo». Si alzò. «Sciacquati».

Tornai di nuovo sotto il getto d'acqua, mentre Darius si insaponava. Poi ci scambiammo posizione, quando anche lui fu pronto a lavare via la schiuma. Si raccolse ai nostri piedi, creando un vortice prima di sparire nello scarico. Lo fissai senza nemmeno vederlo.

Di tutti i padroni, ero stata scelta proprio da quello che desiderava un cambiamento.

Un mondo senza l'Alleanza. Non riuscivo nemmeno a immaginare come potesse essere.

Darius mi alzò il mento, catturando il mio sguardo. «Sono di stirpe aristocratica, il che mi rende un candidato perfetto per il trono».

«Cos'è accaduto al sovrano precedente? Adrian Loughton?». Il nome era un'ipotesi basata sul suo commento su Viktor. Ricordavo dai miei studi che risiedeva nella regione governata da Adrian.

«Sono colpito» mi lodò Darius. «E per rispondere alla tua domanda, il signor Loughton ha incontrato una spiacevole fine per mano di alcuni licantropi traviati. Una tragedia».

Non suonava per nulla turbato. «L'avete organizzata voi». Un'altra congettura. Seppi subito che era corretta da come gli si illuminarono gli occhi.

«Come dicevo, una tragedia». Chiuse l'acqua e prese un ampio asciugamano. Il cotone mi avvolse dalle spalle alle ginocchia. «Ci sono molti, in questa regione, qualificati per sostituirlo, e io sono uno di loro. Ma ho evitato la politica per quasi un secolo, scegliendo invece di vivere in solitudine».

«Perché?» gli chiesi, incuriosita.

Mi sorrise, ma era un sorriso triste. «Te lo racconterò un'altra volta, mia cara. Ora abbiamo altre attività che richiedono la nostra attenzione, tra cui una cena con Ivan e Trevor».

«Una cena?» ripetei.

«Esatto». Si avvolse un asciugamano attorno al busto. «Servirà per fare pratica per ciò che accadrà in settimana».

«Cos'è che accadrà?». Le parole uscirono prima che potessi fermarle, segno di un'incrinatura nel mio condizionamento. Non era consentito fare questo tipo di domande a un padrone, ma Darius non vi diede alcuna importanza. Semmai, sembrava divertito.

«Abbiamo un impegno con Sebastian Cromwell».

Spalancai gli occhi. «Il reggente?». Era il secondo in comando di un sovrano, nonché notoriamente potente. Non poteva certo riferirsi a lui...

«Esatto» rispose. «L'ha richiesto lui».

«Perché?». A quanto pare, non ero più in grado di smettere di parlare a sproposito.

Parte del suo divertimento si dissipò quando si avvicinò a me, costringendomi a indietreggiare contro la parete. Mise le mani sul marmo ai lati della mia testa, ingabbiandomi tra le sue braccia muscolose.

«Una cerimonia è rara, Juliet. Così rara che l'ultima risale a più di cinquant'anni fa. E nonostante la nostra non sia ancora completa, le fasi iniziali sono cominciate, il che ha suscitato una certa curiosità tra i miei fratelli».

«Il che significa che viene per me» conclusi.

«Sì». Lasciò che quella risposta aleggiasse tra di noi. Aveva un'espressione paziente, come se si aspettasse un'ulteriore domanda, ma era finalmente riuscito a mettermi a tacere. «Sai qual è la funzione di una vergine di sangue con cui si è creato un legame rituale, alle cene?».

Ripensai ai miei studi, ma non mi venne in mente nulla. La cerimonia non era menzionata in nessuno dei miei testi, né tantomeno il protocollo che la regolava. «No, Sire».

«La condivisione» mormorò.

Aggrottai le sopracciglia, non riuscivo a capire. «La condivisione di cosa?».

«Di te, tesoro. Sebastian desidera che ti condivida con lui. E considerando come ho reagito con Viktor, ho bisogno di fare pratica. Devo allenarmi a essere paziente. Inizieremo con Ivan e Trevor. Oggi».

DARIUS

«LE HAI RIVELATO TUTTO IL PIANO?». Nonostante il suo abito elegante e la cravatta, Ivan sembrava pronto per picchiare qualcuno. Nello specifico, me.

«Sì». Non aggiunsi altro. Sarebbe stato inutile.

Condividere con Juliet i miei desideri era la cosa giusta da fare, in quel momento. Il fatto che capisse quali fossero i miei obiettivi era cruciale per il suo addestramento.

«Sì» ripeté Ivan, camminando avanti e indietro. «Tutto qui?».

«Sì». Lo dissi solo per provocarlo, e funzionò. Il mio vecchio amico mi fronteggiò, il suo naso era a pochi centimetri dal mio.

«Potrebbe andare dalla stramaledetta Alleanza e farti ammazzare. Te ne rendi conto, vero?». La sua rabbia era frutto della sua apprensione per me. Quello era l'unico motivo per cui non reagii al suo comportamento, se non a parole. «Dov'è quel dannato reale quando ho bisogno di lui? Sarebbe l'unica persona in grado di riuscire a farti ragionare».

Mi sfiorai la cravatta e ressi il suo sguardo senza fare una piega. «Nessuno crederebbe mai ai deliri di una vergine di sangue su un vampiro del mio status. E in ogni caso, non riuscirebbe mai ad avere accesso a qualcuno dell'aristocrazia. Ma soprattutto è mia e non ne parlerà con nessuno». Per quanto riguardava il suo commento sul "reale", sapevo che avrebbe capito. Era il mio più vecchio amico e alleato. E dopotutto, era una sua idea. *Per Cam.*

Le sopracciglia di Ivan schizzarono in alto. «Ti fidi di lei?».

«La posseggo» chiarii. «Quando si tratta di proprietà, la fiducia è irrilevante». Un'affermazione dura, ma vera.

«Non mi piace».

«Non hai bisogno che ti piaccia, per accettarlo».

Afferrò il suo bicchiere di bourbon e lo svuotò in un fiato, per poi sbatterlo con forza sulla mia scrivania. «Va bene. Ma se finisce per metterti in pericolo, non aspettarti nessuna compassione da parte mia».

Ridacchiai. «Ne prendo nota. Dov'è Trevor?».

«Probabilmente si sta ingozzando con una qualche rossa» borbottò.

«Nonostante gli abbia offerto la mia vergine di sangue?».

«Proprio perché gliel'hai offerta».

Sorrisi. Trevor non voleva rischiare di perdere il controllo. Ma non sarebbe stato un problema, perché avevo intenzione di occuparmi di ogni dettaglio. Nessuno avrebbe fatto del male alla mia Juliet.

«È terrorizzata?» chiese poi Ivan.

«Sì». Avevo percepito la sua paura quando le avevo detto che l'avrei condivisa, e di nuovo quando l'avevo mandata a prepararsi per la cena. Il vestito che le avevo chiesto di indossare non aiutava certo le cose. Invece del solito nero, avevo optato per un rosso scuro. Sarebbe stato benissimo con la sua carnagione pallida.

«Allora non le hai spiegato come sarebbe andata».

Ridacchiai. «Certo che no. Dove sarebbe il divertimento?».

«Vedo che sei sempre il solito stronzo».

«Perché mai dovrei cambiare?» gli chiesi con un sorrisetto. «Ora cosa ne dici di andare a divertirci un po'?».

«Sei un uomo malvagio, Darius».

«Un'altra cosa che non cambierà mai». Mi avviai verso l'atrio. L'odore di Juliet si era fatto più forte, segno che aveva lasciato la sua stanza, e volevo osservare le sue reazioni mentre scendeva lo scalone. Il suo abito scintillante catturava la luce del lampadario, illuminandole ogni curva. Si bloccò per un attimo in cima.

«Dannazione. Ti odio» mormorò Ivan a denti stretti.

«Sappiamo entrambi che non è vero» ribattei in un sussurro. Juliet iniziò a scendere verso di noi. I suoi tacchi a spillo rieccheggiavano nell'atrio. Non vacillò nemmeno una volta, nonostante fosse chiaramente nervosa per ciò che l'aspettava.

I suoi seni ondeggiavano a ogni passo. Ero compiaciuto di aver scelto proprio quel vestito. Due sottili catenelle d'oro le facevano da spalline, e la scollatura raggiungeva l'ombelico. La schiena era scoperta, gli spacchi della gonna arrivavano a metà coscia e, come tutto ciò che indossava, era trasparente.

«Juliet» la salutai non appena si unì a noi, posandole un bacio sulla guancia. «Per fare pratica, fingeremo che sia un vero e proprio evento in società. Quindi ho bisogno che tu ti inchini come faresti di solito, mentre ti presento ufficialmente Ivan».

Si erano già incontrati in alcune occasioni, ma quella sera dovevamo prepararci per la nostra cena con Sebastian. E per farlo, dovevamo fingere un po'.

I suoi occhi scuri si allontanarono dai miei, la sua sottomissione prese subito il sopravvento. «Sì, Sire».

Le sollevai il mento, volevo guardarla negli occhi

ancora per un istante. «Sarò qui per tutto il tempo, tesoro. E ti darò istruzioni, okay?».

Lei deglutì. «Sì, Sire»

Le presi il viso tra le mani e la baciai sulla bocca. «Non lascerò che ti accada nulla che non sia piacevole anche per te» le sussurrai sulle labbra. «Vedrai».

«Va bene». Non sembrava molto convinta, ma entro la fine della cena si sarebbe ricreduta.

La lasciai andare e feci un passo indietro. «Per quanto mi dispiaccia dirlo, inchinati a Ivan». Una consuetudine ridicola, ma gli umani erano considerati i membri più bassi della società. Erano allo stesso livello del bestiame.

Juliet si accovacciò sul pavimento con la disinvoltura donatale dalla pratica, il suo sguardo fisso sulle nostre scarpe. Non si sarebbe alzata finché non le avessi dato il permesso di farlo.

«Quando arriverà Sebastian, voglio che tu scenda le scale con la stessa sicurezza e che ti inchini non appena raggiungi l'atrio».

«Sì, Sire». La sua voce non aveva nessuna traccia di paura. Per lei, questo tipo di formalità era assolutamente normale.

«Ivan» lo sollecitai.

Mi scoccò un'occhiata irritata, poi il suo sguardo si abbassò su Juliet. Con le mani in tasca, iniziò a girarle attorno, ammirando ogni dettaglio del suo corpo esposto. La sfiorava di proposito, mentre si muoveva. Lei restò immobile, la sua postura perfetta per tutta la durata dell'esame.

«È adorabile, Darius». Si fermò dietro di lei. «Posso?».

Tutti i miei istinti si ribellarono quando risposi: «Ma certo».

Potevo farcela.

Dovevo.

«Mettiti in ginocchio per Ivan» le ordinai.

Juliet si sedette sui talloni, con le mani posate sulle cosce e il capo ancora rispettosamente chinato. A vederla in quella posizione ormai familiare, sentii il principio di un'erezione tendermi i pantaloni. Era davvero una donna stupenda.

Ivan le passò le nocche sulla guancia, per poi fargliele scorrere lungo il collo, fino alle catenelle d'oro che le abbellivano le spalle. Controllai la sua frequenza cardiaca mentre lui continuava a esplorarla. Ne ammirai il ritmo costante, che rimase tale anche quando lui le premette le gambe sulla schiena nuda.

Ivan poi le afferrò il mento, costringendola ad abbassare la testa all'indietro. La guardò con una delle sue occhiate ardenti e sorrise in modo seducente. «Ciao, bambolina».

«Benvenuto, mio signore» lo salutò.

Un talento naturale. Non tremò, né si nascose. Solo una docilità assoluta in una situazione pericolosa. L'Organizzazione aveva fatto proprio un bel lavoro. Peccato che avrei dovuto distruggerlo.

Oh, in superficie sarebbe rimasta la stessa, ma non nell'animo. Juliet mi aveva apertamente fatto delle domande senza provare alcun timore. Che se ne fosse resa conto o meno, era un enorme passo avanti.

Ivan le accarezzò le labbra col pollice, lentamente. «Hai proprio una bella bocca. Forse più tardi il tuo Sire me la lascerà provare».

Ingoiai la risposta che avrei voluto dargli e mantenni un'aria indifferente. Un netto miglioramento, rispetto a ciò che era accaduto con Viktor.

«Oh, mi sono perso le presentazioni». La voce di Trevor rimbombò nell'atrio. Era entrato senza bussare, un chiaro segno della nostra amicizia. Pochi avrebbero potuto farlo senza rischiare la vita.

«Sei arrivato giusto in tempo» rispose Ivan. La sua mano era sulla guancia di Juliet. «Vieni a conoscere l'animaletto di Darius».

Trevor si unì a noi. Indossava un elegante abito nero. Si fermò davanti a Juliet, mentre Ivan continuava ad accarezzarle il viso. Lo sguardo di Trevor scivolò lungo la sua scollatura, scese sulle cosce leggermente divaricate, poi tornò su di nuovo.

«È deliziosa, Darius» si complimentò Trevor, già entrato nel personaggio.

«Vuoi toccarla?» gli offrii.

«Mmm... sì, mi piacerebbe molto. Col tuo permesso». I suoi occhi verde acqua cercarono i miei in un'educata richiesta.

«È scontato». Pronunciandole, le parole avevano un sapore aspro, ma mi sembrò che suonassero abbastanza normali. Forse sarei riuscito ad arrivare in fondo alla serata senza uccidere uno dei miei migliori amici. Certo, quella era ancora la parte più facile.

Trevor le sfiorò la spalla, poi seguì con le dita la scollatura del vestito, scendendo tra le curve dei suoi seni e risalendo lungo la gola. «Così morbida...» osservò. La sua attenzione venne poi catturata dai capezzoli di Juliet, che si erano inturgiditi. «E reattiva».

Il suo corpo che rispondeva al tocco di un vampiro. L'ennesimo impulso impresso in lei da anni di condizionamento. Era questo il motivo per cui si era sottomessa a me così facilmente? O era qualcos'altro?

Importa?

Sì.

«Ci spostiamo in sala da pranzo?». Il mio tono pacato non rispecchiava minimamente il mio stato d'animo.

«Volentieri, sono molto affamato». Ivan lasciò andare Juliet, ma rimase accanto a lei. «Il tuo animaletto sembra squisito».

Nel frattempo, Trevor procedeva con la sua esplorazione, passando dal petto di Juliet al suo viso. «Posso accompagnarla?» mi chiese, spostando di nuovo lo sguardo su di me.

Mi costrinsi a sorridere. «Assolutamente».

«Eccellente». Le tese una mano, col palmo rivolto verso l'alto. «Bellezza?».

Le sopracciglia di lei si sollevarono appena, sorpresa dal termine colloquiale con cui l'aveva chiamata. Ivan, invece, sorrise per il palese errore, che denotava l'appartenenza dell'amico a una classe sociale inferiore. Non che a Trevor importasse. Era più che contento di essere snobbato dall'aristocrazia.

Juliet accettò il suo aiuto per alzarsi e, quando lui le offrì il braccio, lei lo accolse con grazia. «È un piacere, piccola».

«Grazie, mio signore».

Trevor ridacchiò. «Oh, adoro sentire parole del genere uscire dalla bocca di una donna, soprattutto da una splendida come la tua».

«Dubito che Sebastian sarà così gentile» commentò Ivan, seguendo i due lungo il corridoio. Io rimasi qualche passo indietro, per mostrare loro fiducia e rispetto.

Trevor sbuffò. «Sicuramente no. Quell'uomo è un palo in culo».

«Dubito anche che userà questo genere di linguaggio» aggiunse Ivan con un sospiro.

Trevor ci fece strada verso la sala da pranzo, con un sorriso smagliante stampato in faccia per tutto il tragitto. Scossi la testa.

«Te l'avevo detto che non sarebbe durato più di cinque

minuti» disse Ivan. «Pensi che sia per via dei capelli biondi? Che li abbia decolorati troppo, nei suoi giorni da surfista?».

«Seriamente, una battuta sui biondi?» ribatté Trevor. «Beh, immagino di non dovermi aspettare troppo da un britannico».

«Oh, il povero Mister America non riesce a cogliere il nostro fine umorismo, D» mormorò Ivan. «Credi sia stata colpa del sistema politico in vigore nel suo Paese, che non dava alcun valore all'istruzione?».

«Oh, assolutamente» concordai, nonostante non fossi cresciuto nella loro stessa epoca. Entrambi i miei amici erano nati molto, molto tempo dopo di me.

«Cosa significano quei soprannomi?» si intromise Juliet. Il suo sguardo incontrò inaspettatamente il mio.

Tutti smisero di sorridere, nella sala da pranzo calò un gelo polare. Juliet spalancò gli occhi, rendendosi conto di ciò che aveva fatto. Il suo labbro inferiore iniziò a tremare.

Se Sebastian fosse stato lì, sarei stato costretto a punirla severamente. Ma visto che Trevor aveva già mandato all'aria ogni formalità, potevo lasciar correre.

In più, quello era esattamente il tipo di comportamento che desideravo. Una frattura nel suo condizionamento, che avrei potuto sfruttare per la sua rieducazione.

Mi avvicinai a lei e Trevor si allontanò. Juliet cadde immediatamente in un inchino formale. Mi morsi la lingua per evitare di rimproverarla. Pensava che ci stessimo ancora esercitando, e attendeva il suo castigo. Ma non l'avrei fatto. Non avevo alcuna intenzione di punirla per la sua curiosità.

Sia Ivan che Trevor rimasero a bocca aperta quando mi inginocchiai davanti a lei. Le presi il mento tra le dita e la guardai negli occhi. «"America" era il nome di uno Stato, che copriva proprio il territorio in cui ci troviamo.

"Britannico" era chiamato colui che viveva in Gran Bretagna. Anche quella non esiste più. Sparirono entrambi con la caduta del genere umano. Ora è tutto diviso in regioni».

I suoi occhi castani mi fissarono con solennità. «Ho letto di quegli Stati nei libri di storia. Ci sono state così tante guerre».

Nascosi un sorriso. «Sì, combatterono molto. Ma la maggior parte dei popoli umani lo fece, nel corso dei secoli. Ricordami di farti leggere qualcosa sulle Crociate, prima o poi». Un periodo devastante, in cui non mi piacque affatto vivere.

«Siete britannico?» mi chiese in un sussurro.

«A dire il vero, no». Sorrisi e mi alzai, per poi tenderle una mano. «Nacqui nella Gallia, in Europa occidentale. Dopo te la mostro su una mappa. Ma la mia stirpe è di origine romana. Mi trasferii poi nella provincia che all'epoca era nota come Britannia, e che secoli dopo sarebbe diventata la Gran Bretagna».

«Quello che sta cercando di dire è che è un vecchio decrepito» tradusse Trevor.

Lo ignorai, concentrandomi ancora una volta su Juliet. «Per essere precisi, ho quasi tremila anni».

Non sembrava minimamente scioccata da quell'informazione. O l'aveva già capito, o gli esseri eterni ormai la lasciavano indifferente. Probabilmente entrambe le cose. «Li portate bene» rispose, scioccandomi ancora una volta.

«Era...?». La voce di Ivan sfumò in un silenzio altrettanto sorpreso.

«Una battuta» completò Trevor. «Oh, lo sapevo che mi sarebbe piaciuta».

«Continui a darle della bambola gonfiabile».

«Perché lo è, ma è una sveglia».

«Basta» sbottai, stanco di quell'inutile scambio che aveva interrotto il momento.

Juliet trasalì, abbassando lo sguardo. «Perdonatemi, Sire. Era un complimento».

«Lo so» sussurrai. Non era possibile che avesse improvvisamente sviluppato un senso dell'umorismo. «Grazie». La baciai sulla fronte e la abbracciai. Ivan e Trevor mi fissarono sconcertati, come se mi fosse appena spuntata una seconda testa.

«Cosa?! Hai mandato in malora tutto l'esercizio già nell'atrio, Trevor. Tra poco ricominciamo». Non che a loro importasse del protocollo. In casa mia, non l'avevamo mai seguito.

Baciai Juliet sulla bocca per dimostrarle quanto fossi compiaciuto nel vederla spezzare le catene del suo addestramento. Così meravigliosamente disobbediente. Volevo vederne di più, ma solo nei confini della nostra casa.

«Non puoi agire così in pubblico». La guardai negli occhi, per assicurarmi che cogliesse l'importanza delle mie parole. «Solo qui».

«Sì, Sire». Aggrottò la fronte. «Non volevo parlare a sproposito. Non sono nemmeno sicura del perché l'abbia fatto».

«Perché stai imparando a vivere» le suggerii dolcemente. «Ora prendi posto nella sedia centrale. Ivan e Trevor si siederanno ai tuoi lati, io di fronte».

Non avevamo neanche lontanamente finito.

Dovevo ancora condividerla.

Fisicamente e sessualmente.

JULIET

«APRI» ordinò Trevor.

Schiusi le labbra tenendo gli occhi chiusi, come mi avevano detto di fare. Qualcosa di caldo e gustoso si posò sulla mia lingua. Mi sforzai di non gemere.

Mi avevano intimato di non emettere alcun suono, poi avevano iniziato a mettermi alla prova dandomi dei dessert. Infrangere le regole avrebbe comportato una punizione, e quei tre volevano chiaramente che disobbedissi.

«Penso che le piaccia» notò Ivan. «Dalle un altro morso».

Oh, sospirai mentalmente. Ero già piena. Dopo anni passati a mangiare cibi scelti unicamente per il loro valore nutrizionale, era difficile godermi un pasto come facevano Darius e i suoi amici. Il mio stomaco non riusciva a tollerare quei piatti elaborati.

«Solo un altro, poi basta» intimò Darius.

«Guastafeste» borbottò Trevor.

«Ecco qui, tesoro, apri» mormorò Ivan, mentre il bordo di un cucchiaio già mi sfiorava la bocca.

Obbedii. Un'altra dolce fetta di paradiso torturò le mie papille gustative poco sviluppate. Mi costrinsi a masticare e deglutire.

«Stupenda» mi elogiò Trevor, mentre qualcuno spalmò una sostanza appiccicosa lungo la mia clavicola. Stavo quasi per sbirciare, ma ricordai che mi avevano ordinato di tenere gli occhi chiusi.

Qualcosa di umido, una lingua, ripulì la mia pelle da qualsiasi cosa ci avessero versato sopra. L'avevano già fatto un po' di volte durante la cena. Le loro mani e le loro bocche trovavano sempre una ragione per toccarmi. Ma mai sotto il vestito, e sempre con il permesso di Darius.

«Mmm... ho voglia di qualcos'altro per dessert». Le parole di Ivan fluirono oltre e attraverso di me, l'insinuazione nella sua voce scandita dalla mano che mi risaliva la coscia. «Darius?».

«Sì». Il suono di una sedia trascinata sul legno, poi dei passi.

Il mio cuore mancò un battito.

Le carezze e le leccate durante la cena non mi avevano turbata troppo, perché Darius era seduto lì accanto. In più, erano impegnati a mangiare e persi nelle loro conversazioni di politica. Il mio corpo era solo un divertimento secondario.

Ma ora ero sotto i riflettori.

Percepivo i loro sguardi famelici con ogni fibra del mio essere.

Oh, Dea.

Mi sentivo come la prima sera a casa di Darius, quando pensavo che mi avrebbero divorata. Solo che stavolta sapevo che era esattamente quello il piano.

La condivisione.

Tre uomini.

Sarei riuscita a farcela?

Riuscivo a malapena a reggere Darius...

Un palmo caldo si insinuò sotto i miei capelli, avvolgendomi la nuca. Fui sopraffatta dal profumo familiare di Darius. «Sei stata così brava, tesoro. Ma ora è giunto il momento del test vero e proprio». Mi accarezzò il collo. «Alzati».

Farlo senza vedere nulla non fu semplice, ma ci riuscii. La sedia sparì, mentre Darius premette il petto sulla mia schiena.

Mi posò le mani sui fianchi. «Apri gli occhi».

Obbedii e mi accorsi che non era cambiato nulla. Ivan e Trevor erano ancora seduti negli stessi posti, con un'espressione da predatori.

«Signori, vi siete assicurati di saziare l'appetito di Juliet. Volete che ricambi il favore?» chiese Darius. Il suo tono era sinistro e sensuale.

Il mio cuore iniziò a battere all'impazzata. *Ricambi il favore...*

Ivan si alzò e si passò la mano sulla cravatta. Le sue iridi color caramello erano una linea sottile. Sembrava affamato. Molto, molto affamato. «Mi piacerebbe molto».

«Anche a me» aggiunse Trevor, scattando in piedi.

«Ottimo». Darius mi baciò sul collo, un segno di possesso, e allargò le dita sui miei fianchi. «Ci spostiamo nella sala grande?».

Lo sguardo ardente di Ivan danzò sulle mie curve. Le sue labbra si incurvarono. «Perché no, così staremo più comodi».

Trevor sorrise e si voltò per fare strada, Ivan gli andò dietro.

«Seguili» sussurrò Darius, quando i miei piedi si rifiutarono di muoversi.

Deglutii, avevo la bocca secca. «Sì, Sire».

Ci volle qualche istante perché le mie gambe funzionassero, le mie membra erano congelate dall'angoscia. L'Organizzazione mi aveva preparata per quello che sarebbe successo. Anche se non l'avevo mai vissuto in prima persona, durante il mio addestramento, avevo assistito a diversi rapporti a tre e a quattro. Così tanto sangue, e non tutti i mortali erano sopravvissuti.

A Darius servo viva. O almeno era quello che aveva detto. Sperai che sia lui che i suoi amici se ne ricordassero.

Ivan e Trevor si fermarono ai lati di un'enorme chaise longue nel salotto della villa. Avevano scelto quel posto con cura. Poltrone e divani lussuosi decoravano l'immensa stanza, offrendo svariate superfici su cui accomodarsi. E su cui gustare il loro dessert, me.

Mi trattenni dall'impulso di asciugarmi i palmi sudati sul vestito e rimasi in piedi, con gli occhi bassi, in attesa delle istruzioni di Darius. Le sue dita mi accarezzarono delicatamente le braccia, facendomi venire la pelle d'oca, e salirono fino a posarsi sulle mie spalle.

Trevor si tolse la giacca e la appoggiò sullo schienale di una poltrona. «Come si chiamava il vino che abbiamo bevuto a cena?» chiese, arrotolandosi le maniche della camicia.

«Era un vecchio vino francese che non viene più prodotto da tempo». I pollici di Darius mi sfiorarono la clavicola, mentre le sue dita giocavano con le catenelle d'oro del mio vestito.

Ivan emulò i movimenti di Trevor e mormorò: «Peccato».

«Già». Darius trascinò lentamente il metallo sulla mia spalla, le sue labbra erano vicino al mio collo. «Volete che vi mostri il dessert?».

Il mio cuore batteva a un ritmo caotico. Potevano già vedere attraverso il vestito, e ciò minimizzava la mia imminente nudità. Eppure, l'idea che Darius rimuovesse l'unica barriera tra me e loro...

«Sì». Non ci fu nessuna esitazione da parte di Ivan. Non che me l'aspettassi.

«Assolutamente» aggiunse Trevor. Il suo tono era simile a un ringhio.

Ridacchiando cupamente, Darius mi fece scendere le spalline lungo le braccia, esponendo il mio seno centimetro dopo centimetro. I miei capezzoli si inturgidirono subito, sia in reazione all'aria fresca, che alla tensione sessuale che si stava accendendo in tutta la stanza.

Il tessuto raggiunse il mio ventre. «Che meraviglia» mormorò Ivan. Potevo sentire i loro sguardi su di me, che memorizzavano la mia carne. O, più probabilmente, che decidevano dove mordermi.

Il mio sangue era ghiaccio e lava, il mio corpo non sapeva come reagire. Il bacio vampirico di Darius era sempre stato piacevole, ma sapevo che non era così che la maggior parte dei suoi simili si nutriva. Come sarebbe stato quello di Ivan? E quello di Trevor? Mi avrebbero fatto male? Mi sarebbe piaciuto?

Le dita di Darius scesero lungo i miei fianchi, e così fece anche l'abito, ricadendo ai miei piedi.

«Lasciale i tacchi» chiese Ivan. Il suo tono era intriso di desiderio. «Per favore».

«Ma certo. Prima, però, devo fare una cosa». Darius mi fece voltare nella sua presa così velocemente che, se non mi avesse retta con un braccio attorno alla schiena, sarei caduta. Con l'altra mano mi afferrò i capelli, stringendoli nel pugno. Mi costrinse con uno strattone a guardarlo negli occhi. Erano due pozze ardenti verde scuro.

La sua bocca si sigillò sulla mia in un bacio punitivo di cui non compresi la ragione. Era a causa della pelle d'oca? Del mio battito impazzito? Al palazzo, cercavano di privarci di quel tipo di reazione istintiva. Ahimè, non ero mai riuscita a padroneggiare l'arte di nascondere le risposte del mio corpo. Così come non ero in grado di sopprimere il calore che Darius mi stava provocando in quel momento, con le carezze dominanti della sua lingua sulla mia.

Afferrai la sua giacca per tenermi in equilibrio, mentre lui rendeva sempre più intensa la sua rivendicazione. Mi doleva il capo per la violenza con cui mi stringeva i capelli, ma i miei capezzoli turgidi godevano di come la sua giacca di lana pregiata sfregava sulla mia pelle nuda. Darius evocava in me al tempo stesso lussuria e agonia, lasciandomi stordita. Non sapevo se urlare o gemere, e quella convoluta miscela di emozioni peggiorò nel momento in cui del sangue iniziò a riempire le nostre bocche.

Ansimai, incerta di ciò che stesse accadendo. L'essenza vischiosa mi coprì la lingua e la gola, provocandomi dei conati. Darius non sembrò farci caso, anzi, se possibile ciò lo spronò ancora di più. La sua presa attorno alla vita divenne più stretta, mentre le dita avvolte tra i miei capelli scesero ad accarezzarmi il viso.

«Fa' un respiro profondo» mi ordinò.

Perché?, mi chiesi, pur obbedendo. Poi mi strinse il naso e si avventò di nuovo sulla mia bocca.

Spalancai gli occhi.

Non riuscivo a respirare.

Altro sangue mi riempì la bocca e fui costretta a deglutirlo. Mi sembrava di annegare, sentivo i polmoni bruciare per il bisogno d'aria.

Le lacrime mi annebbiarono la vista. Il mio corpo doleva, il mio cuore minacciava di esplodere.

Perché? Cos'ho fatto di sbagliato?

Gli conficcai le unghie nella giacca, deglutendo la sua essenza. Non avevo il coraggio di inspirare, ma sarei stata costretta a farlo, se non mi avesse liberata al più presto.

Dominazione.

Darius mi possedeva. Ogni sferzata della sua lingua

sulla mia confermava il suo potere, e l'erezione che premeva sul mio ventre rivelava quanto godesse di quel dominio. Ero sua e poteva fare di me ciò che voleva. Scopare, soffocare, uccidere. Quella nozione di controllo completo e assoluto mi tranquillizzò, nonostante l'inferno che mi trafiggeva i polmoni.

Lascerà che respiri.

Quel pensiero penetrò la mia confusione e mi fece fremere. Avrei dovuto urlare e lottare, invece mi rilassai. Il mio corpo si arrendeva ai suoi desideri, e si fidava di lui anche per ciò che vi era di più cruciale.

Sono rotta. Spezzata. Sua. Proprio come l'Organizzazione mi ha addestrata a essere. Un giocattolo.

Le labbra di Darius si staccarono dalle mie. La sua mano tornò sui miei capelli, ma la presa fu molto più delicata della precedente.

L'inaspettato sollievo mi inondò di calore. Inspirai profondamente, completamente. Il mio corpo tremava in maniera incontrollabile per lo spavento e per un bisogno letale di qualcosa di più. Il fuoco mi scorreva nelle vene, incendiando la mia pelle con messaggi contrastanti, mentre i miei polmoni piangevano di gioia.

Darius mi scrutò con attenzione. L'eccitazione gli tinse gli occhi di un pericoloso verde foresta. «Ti è piaciuto».

Fremetti. Il mio corpo era in fiamme per il suo tocco e il suo bacio. *Cosa mi ha appena fatto?*

Mi sfiorò la bocca con la sua e sorrise. «Sì, ti è proprio piaciuto».

Mi leccai via il sangue dalle labbra e tremai di nuovo mentre deglutivo. *Così dolce. Così inebriante. Come vita in forma liquida.*

Le mie sopracciglia si abbassarono a quei pensieri erranti, poi scattarono verso l'alto quando capii.

Non è il mio sangue.

Darius mi aveva costretta a ingoiare la sua essenza, non la mia. «Perché?» mormorai. Avrebbe favorito il legame cerimoniale? In effetti, dopo la prima volta che l'avevamo fatto, aveva accennato che avremmo dovuto nutrirci di nuovo l'uno dell'altra.

«Protezione» sussurrò, accarezzandomi la guancia. «Ora vai su quella chaise longue e spalanca le gambe».

DARIUS

JULIET SEMBRAVA UNA DEA, con i suoi capelli scuri sparsi a ventaglio sui cuscini della chaise longue. Il suo seno perfetto si alzava e si abbassava a ogni respiro. Il suo battito era come un tamburo nelle mie orecchie.

Si era comportata così bene, così docilmente. Le sue lunghe gambe erano aperte proprio come le avevo ordinato, rivelando ai nostri occhi la parte più intima di lei. La fame irradiava da Ivan e Trevor, entrambi avevano una postura da predatori. Un unico segnale da parte mia e sarebbero scattati, ma non un attimo prima. Ero io a controllare quel momento, quella stanza, quella donna.

Il mio sangue cantò mentre la mia essenza si depositava dentro di lei, rivestendola di un altro strato di immortalità che rafforzava il nostro legame. Avrei potuto chiederle di nutrirsi dal mio polso, ma mi sembrava troppo casto. L'uomo possessivo che è in me esigeva uno spettacolo, una dichiarazione ai presenti che era mia. Che indipendentemente da quello che sarebbe successo di lì a poco, Juliet era *mia*.

Mi tolsi la giacca e la misi sopra quelle dei miei amici. «Questo ti farà male, Juliet». Un avvertimento di cui probabilmente non aveva bisogno. Anche lo sguardo che Ivan mi lanciò diceva che andava contro il protocollo. Così come il mio bacio, d'altro canto. Ma non mi importava. C'era un motivo, se quella era una prova.

«Sì, Sire». I suoi battiti non corrispondevano al suo tono pacato.

Mi accovacciai accanto a lei e le baciai la tempia. «La tua paura è inebriante, tesoro». Le accarezzai con le labbra il viso, il collo, per poi mordicchiarle il punto in cui la sua gola pulsava. *Mmm... divina tentazione.* Guardai i miei amici. «Ivan, Trevor, volete unirvi a me?».

Va' al diavolo, sembrò dire Ivan con la sua occhiata. «Pensavo non ce l'avresti mai chiesto».

Oh, è un'opzione che ho valutato, pensai con un piccolo ghigno. «Accomodatevi».

Con un'arrogante alzata di sopracciglia, si abbassò sulla chaise e si sistemò tra le gambe di Juliet. Troppo vicino per i miei gusti, ma avevamo già concordato che avrebbe potuto nutrirsi dalla sua arteria femorale.

Trevor rimase in piedi, concentrato a osservare i seni di Juliet. Quando trascinò un dito tra loro, lei trasalì. «È tesa» mormorò.

«Qualcosa su cui lavorare prima della visita di Sebastian». Ivan le afferrò le cosce, ma venne distratto dal suo intimo depilato. «Anche se la sua eccitazione gli piacerà». Le posò un bacio sull'anca, poi più in basso, e sorrise quando lei reagì con un fremito. «Oh, sì, senza dubbio».

Resistetti all'impulso di prendere a pugni il mio migliore amico e mi concentrai invece sul respiro di Juliet, sul suo battito cardiaco, sulle sue pupille dilatate. Inspirò bruscamente quando Trevor le toccò il seno, poi espirò lentamente. Lui le pizzicò il capezzolo, abbastanza forte, o almeno così mi sembrò. Lei non mostrò alcuna reazione.

«Così va meglio, splendore» la elogiò, sistemandosi accanto a lei. I suoi occhi verde acqua incontrarono i miei, cercando il permesso di esplorarla ulteriormente. Era il suo modo di rimettersi al volere di chi gli era superiore, nonché un segno di rispetto per la mia anzianità.

Se avessi detto loro di andarsene, non avrebbero esitato. Certo, Ivan me l'avrebbe fatta pagare, ma il mio dominio in quella stanza era assoluto.

Avevamo discusso a fondo le regole di base, preparandoci per quell'esercizio, e sapevo che non avrebbero oltrepassato i limiti che avevo stabilito. Ecco perché erano qui. Non avrei affidato Juliet a nessun altro. Non ancora. Forse mai.

Avvolsi la mano attorno al collo di Juliet, col pollice sulla giugulare, e strinsi. «Guardami».

Obbedì immediatamente, i suoi grandi occhi castani si specchiarono nei miei con un'espressione sollevata. Aveva desiderato il mio sguardo per tutto questo tempo? Alla sola idea, un senso di orgoglio sbocciò dentro di me. Un'altra crepa nel suo condizionamento.

«Sire» ansimò. Le sue guance si tinsero di cremisi.

Sollevai l'altra mano e passai le dita tra i suoi folti capelli. Il battito sotto il mio pollice rallentò, il suo corpo si arrese alla mia volontà. Stavamo sviluppando un legame di fiducia, una componente importante per i nostri piani futuri. Trattenni il suo sguardo ancora per un istante, poi spostai la mia attenzione su Ivan e Trevor.

«Potete procedere» dissi a bassa voce.

Quando entrambi si avventarono con le mani e la bocca sulla sua pelle esposta, Juliet non si irrigidì, né emise un suono. Trevor si dedicò al suo seno, Ivan la baciò vicino all'arteria femorale.

Continuai a guardarla negli occhi e strinsi un po' la presa sul collo, per tenerla ancorata alla realtà. I miei amici non sarebbero stati gentili. Era l'unico modo per farle capire le aspettative dei miei futuri ospiti. O nemici. Non potevo permettermi che reagisse negativamente a Sebastian o a chiunque altro.

Le sue labbra si schiusero e la sua espressione si annebbiò in un miscuglio di piacere e dolore. Controllai di nuovo il suo battito, poi abbassai lo sguardo sul suo corpo nudo e sui miei amici che vi banchettavano. Trevor aveva un capezzolo in bocca, con le zanne saldamente conficcate nella sua pelle. Un rossore profondo le si fece strada sul petto, risalendo verso il collo e le guance. Alla mia Juliet piaceva un po' di brutalità in camera da letto. Non avrei mai saputo se fosse veramente ciò che preferiva o il risultato della sua educazione.

Ansimò quando i denti di Ivan le trafissero l'arteria femorale, strattonandole la carne con violenza. Un tipico bacio vampirico, il cui unico scopo è procurare piacere al predatore, non alla vittima. La mia specie amava la crudeltà, godeva dell'agonia degli altri. La paura era inebriante, spesso più della visione di qualcuno che si contorceva nell'estasi dell'orgasmo.

Le lacrime scintillavano negli occhi di Juliet, ma il suo corpo rimaneva rilassato, il suo respiro regolare. Aveva una straordinaria tolleranza al dolore.

A un certo punto, però, mi accorsi che le tremavano le labbra. Le catturai quello inferiore con i denti, nascondendo la sua reazione ai miei amici.

Juliet non poteva mostrare alcuna debolezza di fronte ai miei simili. Gli umani di proprietà erano abituati a giochi massacranti e sanguinosi, sesso violento e dominazione. Essere turbata da un semplice morso avrebbe sollevato delle domande sulla nostra relazione. Domande che non potevamo permetterci.

Parte dell'esercizio era insegnarmi ad aiutarla a sopravvivere nel mio mondo. Le vergini di sangue che si sottoponevano alla cerimonia erano rare per una ragione, e io intendevo mantenere la mia in vita.

Intrecciai la mia lingua con la sua, le asciugai la lacrima che le rigava una guancia e strinsi la presa attorno alla sua gola. Non era una punizione, ma un ricordo della mia presenza, un modo per tenerla lì con me e confortarla. Nonostante i due vampiri che si nutrivano dal suo seno e dalla sua coscia, ero io a controllare il suo destino. E speravo che ormai avesse capito che non avevo nessuna intenzione di perderla.

Juliet ricambiò il mio bacio, e il suo corpo si sciolse sotto il mio comando.

Molto bene, tesoro, la lodai mentalmente. Mi accorsi che il suo battito accelerava di nuovo, ma per una ragione completamente diversa. Il suo sangue cantava una canzone seducente che mi suggerì un'idea. Sorrisi sulle sue labbra, più compiaciuto di quanto le parole potessero esprimere, e seguii con la bocca la linea della sua mascella, fino a raggiungere il suo orecchio.

«Bambolina vogliosa». Le mordicchiai il tenero lobo in un finto rimprovero. Fremette in risposta, la sua gola pulsava sotto la mia mano. «Mmm... riesco a percepire la tua eccitazione, Juliet». Addolciva l'aria, tormentando i miei sensi di carnivoro. «Birichina» sussurrai, poi scesi di nuovo lungo il suo collo, fermandomi sul seno più vicino a me.

Trevor si era spostato sull'altro capezzolo, con le zanne conficcate in profondità nella pelle. Due fori spiccavano sul suo picco roseo, entrambi grondanti sangue, grazie al morso maldestro del mio amico. Ma la mancanza di cura per gli esseri umani era un tratto tipico della mia specie.

Mi tagliai la lingua sull'incisivo, proprio come avevo fatto prima di baciare Juliet e farle bere il mio sangue. Poi le leccai le ferite per aiutarla a guarire più velocemente. I suoi occhi catturarono i miei, le sue pupille erano due pozzi neri colmi di desiderio. Sorrisi e la leccai di nuovo. Nel mentre, la mia mano abbandonò il suo collo e scese ad accarezzarle il sesso.

Mia, le dissi con un'occhiata che la fece arrossire. Non stava più pensando a Ivan o Trevor. Solo a me. Volevo ricompensarla per essersi lasciata andare, per la sua meravigliosa sottomissione.

Le infilai dentro un dito, baciandole al tempo stesso la gola. Rimase perfettamente immobile sotto il mio tocco, ma il calore che irradiava dalla sua pelle confermava il suo desiderio.

Al diavolo il test. La mia anzianità e il mio status mi permettevano di fare tutto ciò che volevo, in qualsiasi modo decidessi di farlo. E avevo *bisogno* che lei venisse.

Le mie zanne la colpirono in profondità. Succhiai la sua essenza inebriante e me ne riempii la bocca. Era più gustosa di qualsiasi altro cibo. Era il sangue più delizioso al mondo ed era tutto mio. L'arte di condividere era una pratica del vecchio mondo, che solidificava le relazioni e suggellava gli accordi commerciali. Bene. Potevo gestirlo, ma sarebbe stato alle mie condizioni.

Il suo gemito fu musica per le mie orecchie. Giocare con lei e seguire i miei impulsi a mio piacimento infrangeva le regole. Non appena Juliet inarcò la schiena, udii chiaramente il sospiro frustrato di Ivan. Lo ignorai. Le mie dita scivolarono nel suo calore, mentre col pollice le accarezzavo il clitoride. Mi strinse coi suoi muscoli interni, provocandomi un'enorme erezione.

Presto, giurai.

Succhiai forte dal suo collo, continuando a penetrarla con le dita. I miei movimenti erano superficiali; volevo mantenere intatta la sua innocenza, almeno per il momento. Tre vampiri che si nutrivano del suo corpo delicato le avrebbero rubato rapidamente la coscienza, ma volevo regalarle un po' di estasi per ispirare i suoi sogni. Perché quello era l'unico posto dove era al sicuro da me, da questo mondo e dagli incubi che lo popolavano. Era il minimo che potessi fare, un ringraziamento che meritava.

I suoi muscoli si tesero ancora di più, i suoi gemiti diventarono sempre più lunghi. Un'occhiata verso il basso mi rivelò subito il motivo. Trevor e Ivan si erano uniti al gioco. Non la stavano toccando al di fuori delle loro aree designate, ma avevano scelto di instillare i loro morsi di euforia.

Il sudore luccicava sulla pelle di Juliet, il suo corpo tremava nel tentativo di controllarsi. Si prese il labbro inferiore tra i denti e lo morse così forte da far uscire una goccia di sangue. Lasciai la sua gola e gliela leccai via, poi le accarezzai la guancia arrossata.

«Sei bellissima così, in attesa del mio ordine». Sapeva di non potersi abbandonare del tutto all'estasi senza il mio permesso. Non avevo neanche avuto il bisogno di dirglielo, l'aveva già capito.

Così dannatamente perfetta.

I suoi occhi scuri ribollivano di desiderio. Ero certo che avrebbe gridato, se glielo avessi concesso. Premetti il pollice sul suo clitoride, vidi che si morse ancora il labbro. La sua espressione era uno splendido ritratto di agonia e piacere, incorniciati da un'ardente bramosia.

«Vieni per noi, Juliet» le ordinai, smanioso di unirmi a lei. «E non trattenerti».

Andò completamente in frantumi. E mentre lo fece, il mio nome lasciò le sue labbra in un grido che sentii fino in fondo all'anima.

Così. Dannatamente. Sexy. Dubitavo che mi sarei mai stancato di quell'espressione beata o del modo in cui si contorceva.

Onde di elettricità si propagavano attraverso il nostro legame. Il suo corpo si aggrappava alla mia immortalità per sopravvivere. Ivan e Trevor avevano iniziato a bere avidamente, attingendo alle sue riserve, mentre lei si agitava in preda a un orgasmo che sembrava infinito.

La accarezzai per tutto il tempo, alternando movimenti delicati ad altri più decisi. Le sensazioni impetuose che la scuotevano le resero le palpebre pesanti. Le sue guance non erano più arrossate; il sangue stava fluendo altrove, nelle bocche ingorde degli uomini che si stavano nutrendo della sua irresistibile essenza.

Poi le sue labbra assunsero una sfumatura di blu, nonostante continuasse a fremere, rapita in quell'assalto incredibilmente erotico. All'ultimo momento, le sue pupille si dilatarono, forse il suo cervello aveva innescato un qualche meccanismo di sopravvivenza, ma era troppo tardi. Una lacrima scese dall'angolo dei suoi bellissimi occhi. Le catturai con la lingua e posai un bacio sulle palpebre che si chiudevano.

Alcune scintille persistenti si accesero tra di noi, mentre la magia del mio essere la investì, avvolgendola in un manto protettivo.

Il suo respiro si affievolì, il suo cuore rallentò.

La mia fronte cadde sulla sua. Un dolore angosciante mi si agitava nel petto. Estraneo nella sua intensità, indesiderato nella sua presenza.

Odio tutto questo. Queste regole, queste pratiche, questo lato mostruoso delle nostre inclinazioni. Non è esattamente questo atto che volevo fermare?

Sospirai. Cambiare il sistema richiedeva molto tempo, qualcosa che avevo in un ciclo infinito. Sarebbe stato un gioco lungo, duro, e ci sarebbero stati dei sacrifici spiacevoli da entrambe le parti.

Ma lei non ha mai avuto scelta, mi rimproverò la mia coscienza.

E nemmeno io, ricordai a me stesso.

«Basta» dissi ad alta voce, incapace di sopportare i rantoli che uscivano dalle sue labbra violacee mentre cercava di respirare.

L'avevano quasi prosciugata, il che era esattamente parte del piano. Un umano che non avesse partecipato alla cerimonia sarebbe morto. Ma il mio sangue antico fioriva dentro Juliet, mentre la sua agonia mi lacerava il cuore.

Potevo *sentire* la sua paura, il suo dolore, la sua confusione. Pensava che volessi ucciderla e non capiva perché. Poi un pizzico di autostima scacciò quel dubbio, ricordandole che avevo bisogno di lei viva.

Vedere dentro la sua anima, dentro i suoi pensieri, faceva parte della nostra connessione. Sarebbe aumentata man mano che avessi reso sempre più profondo il nostro eterno legame, fino al punto in cui saremmo stati in grado di percepire ogni cosa l'uno dell'altra. La mia determinazione, il mio desiderio di vendetta, la mia frustrazione per lo stato attuale delle cose, tutto le sarebbe diventato evidente. Era quello il motivo per cui avevo già iniziato a confidarmi con lei. Alla fine l'avrebbe saputo comunque. Dirglielo in anticipo non faceva altro che consolidare la nostra collaborazione, incoraggiare un rapporto di fiducia e far sì, o almeno così speravo, che desiderasse realmente aiutare la causa.

«Hai rovinato tutto» disse Ivan. La sua voce era bassa e roca, simile a un ringhio. «Ma lo sai già, e non ti interessa».

Osservai ogni dettaglio del corpo immobile di Juliet, compresa la mancanza di segni di morsi. I miei amici l'avevano già guarita. Bene. Instillai il mio sangue nelle incisioni sul collo, poi la baciai sulla guancia. Ora aveva solo bisogno di riposo.

«Prendi quella coperta dietro di te, Trevor». Indicai il divano con un gesto del mento.

La afferrò. L'eccitazione gli ribolliva ancora nello sguardo. «Sei completamente fottuto».

«Grazie» risposi, sia per aver sottolineato l'ovvio, che per avermi passato ciò di cui avevo bisogno. La avvolsi attorno a Juliet, poi la presi tra le braccia. «Unitevi a me per un sigaro». Non era una richiesta, ma un ordine. Non mi voltai nemmeno per vedere se mi stessero seguendo attraverso il castello, verso il patio esterno. Sapevo già che l'avrebbero fatto.

Diverse sedie eleganti erano disposte attorno a un fuoco che stava già scoppiettando. I miei servitori ci conoscevano troppo bene. Avevano anche lasciato un pacchetto di sigari sul tavolo, con accanto una bottiglia di bourbon invecchiato. Trevor la sollevò e se ne versò un bicchiere, poi crollò al suo solito posto. Ivan scelse invece un sigaro e si unì a lui. Le fiamme danzanti si specchiavano nei suoi occhi color caramello. Mi accomodai anch'io, tenendo Juliet in grembo. Non volevo lasciarla sola, non finché la sua pelle non avesse ripreso il suo colore.

«Viene splendidamente, Darius» osservò Ivan, prima di prendere una boccata. Esalò il fumo lentamente, con un'espressione pensosa. «Posso capirne il fascino, ma altri non lo faranno. Soprattutto non il reggente».

Considerai le sue parole mentre accarezzavo la guancia di Juliet. La spiacevole sensazione di gelo sotto le dita mi colpì direttamente al cuore. «Forse no» ammisi. «Ma forse non mi interessa».

«Quello è chiaro». Trevor buttò giù il bourbon tutto d'un fiato. «Ma sono abbastanza sicuro che ciò non ti aiuterà a ottenere il trono».

«O forse sì». Ivan si sfregò il mento. «È tutta una dimostrazione di arroganza e prestigio, no? Violando il decoro, Darius li scioccherà e farà parlare di sé. È un modo di assicurarsi che il suo nome divenga noto tra le masse».

«Disse l'ex politico» borbottò Trevor.

«Ero un consulente politico» lo corresse Ivan con un tono irritato. «Sicuramente più utile di un dannato surfista».

«Rieccoci. Una di queste decadi, forse diventerai più creativo».

«E forse a te spunterà un cervello. Sognare non costa nulla».

«Basta» li interruppi. Non avevo bisogno di assistere a un altro dei loro battibecchi. A volte mi chiedevo perché li avessi scelti come migliori amici. «Escogiterò una strategia per la visita del reggente. Molti dei nostri fratelli amano sedurre le loro vittime. Potrei giocarmela in quel modo».

«Dicendogli che ti piace strapparle orgasmi?» chiese Ivan con uno sguardo astuto. «Potrebbe funzionare».

«Oppure, potresti dirgli la verità». Trevor si strinse nelle spalle. «Non tutti preferiamo dei partner che fanno resistenza».

«No, solo quelli più vecchi» risposi, sospirando al pensiero del perché avessi scelto proprio loro.

Secoli prima, i più antichi tra i miei simili avevano ceduto al loro io più selvaggio, decidendo di abbracciare le parti più oscure della nostra natura e prosperare in cima alla catena alimentare. Trevor e Ivan ricordavano ancora com'era essere umani. Preferivano il sesso consensuale. Non che esistesse ancora. Uno dei tanti aspetti di questo mondo che desideravo cambiare.

Sfiorai con il pollice le labbra fredde di Juliet. Mettere alla prova la mia determinazione era il motivo principale per cui avevo organizzato quella serata. Juliet si era comportata in modo ammirevole. Io no, almeno non secondo le regole che governano l'alta società. Ma ero più vecchio della maggior parte degli altri, un discendente diretto della linea di sangue reale, di conseguenza avrei sempre e comunque avuto un certo prestigio.

«In questo momento, il reggente ha una carica più alta della mia. Ma se avrò il trono, dovrà inchinarsi a me». Pronunciai quelle parole a voce alta, nonostante fossero principalmente per me. «Perché dovrei piegarmi al suo volere?».

«Molti, tra i sovrani e i reali, si fidano di lui. Ottenere il suo appoggio ti assicurerà la vittoria». Ivan, la voce politica della ragione. «E, a essere onesti, c'è anche la questione dei tuoi legami con Cam».

Mi si raggelò il sangue. «Legami che non esistono più» lo corressi con voce piatta. «E ho anche il supporto di altri reali». Incluso quello che desiderava fossi il suo nuovo sovrano.

«Vero. Ma i tuoi rivali faranno notare la discendenza diretta, il che significa che non puoi permetterti che qualcuno metta in discussione il tuo trattamento di Juliet. Non se vuoi che credano a questa farsa».

«Ci sono altre ovvietà di cui hai voglia di discutere, Ivan?» gli chiesi annoiato.

Ne avevamo parlato un milione di volte. Cam incontrò la sua erosita per caso e se ne innamorò. Io, al contrario, avevo comprato la mia futura erosita attraverso i canali appropriati e in pubblico la trattavo come tutti si aspettavano. Due approcci molto diversi.

«Ho fatto di tutto per dimostrare che voglio giocare secondo le loro regole, incluso il denunciare il mio legame di sangue con Cam» aggiunsi amareggiato. «Nonostante sia la sua unica progenie, non hanno motivo di sospettare che simpatizzi con la sua causa».

«Esatto, perché un secolo fa hai risolto il problema negandogli il trono reale» si intromise Trevor, gesticolando teatralmente. «Su questo sono d'accordo con Darius, amico. Ora piantala, burattinaio. Voglio godermi il mio trip da sangue».

Ivan incenerì il biondo con lo sguardo. «Genio della politica».

Le labbra di Trevor si contrassero. «Certo».

«Sto lavorando con dei bambini» borbottai, spostando la mia attenzione sulla splendida donna che mi giaceva in grembo. Il cuore di Juliet batteva sotto il mio palmo con un ritmo regolare, unico segno della vita che fluiva in lei. Le sfiorai il petto. Così bella e così delicata. E troppo fragile per ciò che l'aspettava.

Meno di quattro mesi all'incoronazione...

Ivan si schiarì la voce. «Finora hai fatto tutto bene, hai acquistato una schiava docile e obbediente. Si è comportata in modo ammirevole all'evento del fine settimana, almeno secondo i loro standard. Ma questo ci porta alla questione della condivisione, in particolare con il reggente. Non credo che dovrai farlo, o almeno non ancora».

Per una volta, qualcosa che volevo sentire. «Continua».

«È ancora vergine. Usalo a tuo vantaggio. Mostra un controllo che pochi possiedono...».

«Io l'avrei già scopata» si intromise Trevor, fissando la donna tra le mie braccia. «Probabilmente l'avrei anche già uccisa per sbaglio».

Ivan ridacchiò. «Crudelmente accurato, ma penso che avrei fatto lo stesso anch'io. Comunque, di' al reggente che la vuoi gustare con calma, magari offriti di versargli tu stesso un drink, o dagli un polso. Lei non ha paura di ballare nuda, quindi puoi regalargli un piccolo spettacolo. L'importante è che tu tenga le sue zanne lontano da lei.

Penso che ciò lo incoraggerà a tornare di nuovo per averne di più, dandoti così l'opportunità di sviluppare la vostra relazione».

«Un piano brillante» mormorai, riflettendoci sopra. «Mi concederà anche il tempo di sondare le sue inclinazioni e i suoi interessi». Una cosa che avevo fatto con tutti quelli che conoscevo, perché il desiderio di cambiamento si estendeva ben oltre Trevor, Ivan e me. Si dava semplicemente il caso che io fossi la prima pedina a muoversi, dopo decenni di preparazione. E avremmo avuto bisogno di almeno dieci o vent'anni per spostare anche gli altri nelle loro rispettive posizioni, se non di più.

«Beh, almeno questa serata non è stata una totale perdita di tempo». Trevor sbadigliò e rilassò i muscoli, chiudendo gli occhi. «Non mi pento di aver assaggiato la tua deliziosa bambolina. Per nulla».

Ivan ridacchiò. «Di solito non sono d'accordo con l'idiota, ma in questo caso sì».

«Siete proprio due stronzi». Non riuscii a evitare che le parole mi uscissero in un ringhio. Ma se lo meritavano entrambi.

«E tu sei troppo protettivo con la tua roba» ribatté Ivan. «Dovresti lavorarci sopra, amico».

«Perché andrà sempre peggio» aggiunse Trevor sottovoce. Aveva gli occhi chiusi e un'espressione serena, merito del pasto di poco prima. «Soprattutto dopo che avrete completato la cerimonia».

Ammirai la splendida donna tra le mie braccia. «Sì. Lo so».

Ivan inarcò un sopracciglio, scoccandomi un'occhiata indagatrice. «Non ha tutti i torti. Penso che ora ciò che ti serve sia una bella scopata».

Simulai una noia che non provavo, non con quel piacevole peso sulle gambe. «Avete altri commenti o domande sull'esercitazione?» chiesi, desideroso di cambiare argomento.

«Sì». Ivan diede un tiro al suo sigaro e si rilassò con un sospiro. «Il sangue di Juliet è il paradiso, amico».

«Mmm». Trevor sembrava già mezzo addormentato. Il bicchiere di bourbon minacciava di cadergli di mano. «Sto iniziando a capire perché costino così tanto».

«Vero?» Ivan ridacchiò, poi alzò lo sguardo sulla notte stellata. «Potremmo doverci fermare qui, D».

«Ci sono già delle stanze pronte per voi». Il mio staff le aveva preparate nel corso della serata, sapendo che avrebbero avuto bisogno di un posto dove dormire durante il giorno.

Il sangue di Juliet era un afrodisiaco ma anche una droga, soprattutto per i vampiri più giovani. Ivan e Trevor avevano solo qualche secolo. Il loro gusto e la loro tolleranza si stavano ancora affinando. Il che era evidente dal modo in cui Trevor ridacchiava di qualsiasi cosa stesse danzando dietro le sue palpebre chiuse. Ivan si unì a lui, facendoli somigliare a una coppia di squilibrati ubriachi che non mi avrebbero più offerto alcuna conversazione significativa.

Non era un problema. Dopotutto, non c'era più niente di importante da discutere, per il momento.

«Vi lascio alle vostre... personali fascinazioni». Mi alzai, stringendo Juliet al petto.

«Così puoi andare a goderti la tua?» chiese Ivan senza nemmeno aprire gli occhi.

«Bambola gonfiabile» aggiunse Trevor con un sorrisetto. «Va' a fartela».

Non mi preoccupai di far notare loro che era ancora mezza morta. «Buonanotte, bambini».

«Va' al diavolo, vegliardo» ricambiò il saluto Ivan.

Trevor rise. «Così dannatamente vecchio».

Scossi la testa. «Siete strafatti».

«E felici di esserlo» replicò Trevor. «Forse la prossima volta potrò giocare di più con la bambola gonfiabile. Le sue tette sono fantastiche».

«Per non parlare di quello che ha tra le gambe». Ivan sembrava quasi nostalgico. Mi allontanai mentre iniziava a descrivere in dettaglio tutte le cose che voleva fare a Juliet. Se fossi rimasto, probabilmente sarebbe morto.

Perché nessuno l'avrebbe mai più toccata. Nessuno tranne me.

«Mia» sussurrai mentre la tenevo ancora più stretta al petto. Il suo corpo cercava il mio calore. «Non ti condividerò mai più, Juliet».

Una promessa proibita. Eppure, mentre mi lasciava le labbra, ebbi l'impressione di non aver mai detto nulla di così giusto.

Obblighi sociali. Quelle parole si insinuarono nei miei pensieri, lasciando nella mia mente una scia di dubbio. La respinsi, rifiutando di riconoscerne la minaccia.

«Dormi bene, tesoro» le dissi sistemandola sul mio letto. «Domani inizieremo il tuo condizionamento fisico, e non sarò gentile con te».

JULIET

«Ancora». La voce di Darius rimbombò dentro di me come in un incubo.

Lo odiavo.

O meglio, il mio corpo lo odiava.

Eppure, le mie gambe doloranti si mossero al suo comando e i miei piedi sfrecciarono sul terreno, mentre mi costringevo a completare un altro giro attorno al cortile.

Ogni sera della settimana era iniziata con una colazione leggera e un po' di stretching, seguiti da una folle serie di esercizi che Darius chiamava "condizionamento". Andava avanti per ore, fino a cena. Ci fermavamo solo quando avevo bisogno di acqua o di cibo. Tre giorni di allenamento e ne avevo già avuto abbastanza. Soprattutto della corsa.

Il sudore mi imperlava la pelle, il mio respiro era affannoso. Ero sempre stata convinta che l'Organizzazione fosse stata dura con me. Darius mi stava facendo cambiare idea.

«Venti flessioni» disse mentre completavo il circuito. «Ora».

Mi lasciai cadere a terra, considerando l'opzione di rimanerci. Cos'avrebbe potuto fare? Mordermi? Sentii il sangue ribollire al solo pensiero. Era dalla cena con Ivan e

Trevor che non mi toccava. Mi ero svegliata da sola nel suo letto, con accanto un biglietto che diceva di prepararmi e incontrarlo in sala da pranzo. Poi per due giorni avevo dormito nella mia stanza, mentre lui riposava altrove. Nonostante avessimo passato la maggior parte delle precedenti nottate insieme ad allenarci, mi mancava.

«Venti flessioni, Juliet».

Alzai gli occhi su di lui. Un rifiuto mi solleticava le labbra, ma il suo sguardo minaccioso mi spinse a muovermi. I vampiri amavano i castighi, e Darius non era diverso. Anche se di solito mi piaceva il modo in cui mi puniva.

Come avrebbe reagito se mi fossi rifiutata? Non poteva costringermi a correre. Beh, non era del tutto vero. Poteva farlo. E forse sarebbe stato più doloroso che farlo con i miei tempi. Ma sarebbe stato comunque divertente provare a dirgli di no.

Ma ti ascolti?!, mi rimproverò la parte più logica di me. *Devi essere completamente impazzita, se pensi che sfidare un vampiro sia una buona idea.*

Non un vampiro, ma Darius...

«Cosa stai facendo?» mi chiese vagamente irritato.

«Ehm...». Ricominciai con le flessioni. «Scusatemi, Sire».

«Venti in più» sbottò.

Fissai per un attimo il terreno, poi mi misi in ginocchio e alzai lo sguardo su di lui. «Perché? Qual è lo scopo di tutto questo?».

Le sue sopracciglia si inarcarono. «Stai mettendo in discussione un mio ordine?»

«No, vi sto chiedendo una spiegazione». Potevo sentire la versione obbediente di me urlare da qualche parte nella mia testa, ma la ignorai. «Voglio sapere perché devo fare questi esercizi».

Si accucciò davanti a me, con i gomiti posati sulle ginocchia. «Mi stai sfidando».

«Io...». Deglutii, incapace di proseguire, sia per la sua vicinanza che per lo sguardo ardente negli occhi verde smeraldo. «No, Sire. Io...».

Mi afferrò per i capelli, che aveva insistito legassi in una coda, e mi strattonò verso di lui. «Mi. Stai. Sfidando».

Tremai alla letalità in agguato nel suo tono. *Oh, Dea.* Ero riuscita a farlo arrabbiare, e proprio la sera della visita del reggente. A cosa stavo pensando? «Mi... mi dispiace... Non...».

Le sue labbra sfiorarono dolcemente le mie, mettendomi a tacere. «Molto bene, Juliet. Stai imparando».

Sbattei le palpebre, confusa. «S... Sire?».

Mi baciò di nuovo. La sua lingua mi schiuse le labbra, mentre il suo corpo mi spingeva indietro sull'erba. Le mie cosce, avvolte in un paio di shorts, si aprirono automaticamente per accoglierlo, nonostante non stessi capendo nulla. Era la mia punizione per essermi comportata male? Perché mi sembrava più una ricompensa.

«Mi piaci quando fai la ribelle». Catturò il mio labbro inferiore con la bocca e lo succhiò appena, per poi reclamarmi con la sua lingua. Mi premette la sua erezione tra le gambe, nel posto destinato soltanto a lui, strappandomi un gemito. «Mi piaci proprio».

La sua bocca tracciò un sentiero infuocato lungo le mie guance, il mio collo, il mio petto. Mi morse il capezzolo attraverso il tessuto del reggiseno sportivo. Mi inarcai verso di lui, col cuore che batteva forte. «D... Darius?»

«Sì, piccola?».

«Sono confusa» ammisi, avvinghiandomi alle sue spalle nude. «Sono nei guai?»

La sua cupa risatina si infranse sul mio seno. «No, tesoro. Stai imparando».

Deglutii. «Non sono sicura di capire».

Le sue zanne mi perforarono il petto così inaspettatamente che gridai. Diede una profonda succhiata e gemette. Adrenalina e beatitudine si rincorsero nelle mie vene, frutto del suo morso e della sensazione del suo corpo sul mio.

«Darius» sussurrai, accarezzandogli la schiena nuda. I suoi muscoli si flettevano e si muovevano sotto il mio tocco, suscitando in me delle pulsioni ancestrali.

Quand'è che l'attrazione che provo per lui è diventata così profonda? Solo pochi istanti prima, avevo fantasticato di ucciderlo costringendolo a correre fino alla morte. In quel momento, però, volevo che mi desse piacere con la sua lingua, il suo corpo, le sue mani.

Si avventò sulla mia bocca con una ferocia che mi lasciò senza fiato. I miei seni si alzavano e si abbassavano rapidamente. Dei rivoli di sangue caldo colavano sulla mia pelle dal morso che aveva lasciato aperto, e una piccola parte di me sperava che ciò significasse che aveva intenzione di continuare. Invece la sua essenza si riversò nella mia gola, facendomi tossire e sputacchiare. Mi stava costringendo a bere da lui, come aveva fatto qualche giorno prima.

Mi aggrappai alle sue spalle, accettando il suo dono immortale con sorsate inebrianti. Mi riscaldò dall'interno, facendomi formicolare fino alla punta delle dita. Il suo dominio si riversò su di me, unito al suo bisogno di tenermi al sicuro. Mi voleva più forte, più atletica... una combattente. Quei pensieri mi travolsero, spiegando contemporaneamente il suo comportamento dell'ultima settimana.

Darius mi stava addestrando per essere la sua partner.

Il suo sangue mi rafforzava, mi rendeva più veloce, meno fragile, più difficile da uccidere. Ma non era tutto legato al suo bisogno che lo aiutassi a conquistare il trono.

Colsi il lampo di qualcos'altro, un'emozione che teneva sepolta. Cercai di raggiungerla. Avevo bisogno di saperne di più.

La connessione si interruppe bruscamente, lasciandomi con le lacrime agli occhi.

Cos'era appena successo? Com'era anche solo lontanamente possibile?

L'avevo sentito dentro di me, collegato in un modo che non riuscivo a spiegare. Come se lo conoscessi meglio di me stessa. Le sue intenzioni, i suoi desideri, i suoi sentimenti... era tutto chiaro. E poi sparirono di colpo, con uno strappo che mi spezzò il cuore.

«Dannazione». Darius si mise di nuovo in ginocchio, il suo respiro era più affannoso del solito, il suo sguardo rovente. Non riuscivo a capire se volesse divorarmi o farmi male. Forse entrambi.

«Sire» sussurrai, incerta. Voleva che mi scusassi? Avevo fatto qualcosa di sbagliato?

Si passò la mano sul viso ed espirò lentamente. «Penso che per ora sia abbastanza. Dobbiamo prepararci per la visita del reggente».

«O... okay... ehm... c'è qualcosa di specifico che dovrei fare?». Non avevamo ancora parlato della serata di prova con Ivan e Trevor. Di conseguenza, non sapevo se mi fossi comportata bene o meno. Se avessi fatto qualcosa di sbagliato me l'avrebbero detto, no?

«Fa' tutto come al solito, Juliet. Io mi occuperò del resto». Si alzò e si girò verso la casa. «Il tuo vestito è sul letto».

Mi misi a sedere, e la mia bocca si aprì prima che riuscissi a impedirlo. «Darius?».

Si fermò, ma senza girarsi verso di me. «Sì?».

«Dovrò...». Mi schiarii la voce. «Mi condividerete con lui? Come con i vostri amici?». Il ricordo di quella notte mi fece rabbrividire. Non ero sicura di voler ripetere l'esperienza.

Il piacere era stato intenso, quasi doloroso. Fluttuavo in una nuvola di estasi, mentre la vita mi scivolava tra le dita. I suoi occhi furono l'ultima immagine che vidi, prima che tutto diventasse nero. Non sapevo se sarei sopravvissuta, e negli ultimi secondi, prima che la morte mi travolgesse, quella paura mi aveva quasi soffocata. Poi mi ero svegliata nel letto di Darius, rigenerata e di nuovo piena di vita.

Quante volte si può sopravvivere a un'esperienza del genere?

Mi lanciò un'occhiata da sopra la spalla. «Vuoi che ti condivida con il reggente?».

Lo fissai. Era un altro test? Il suo modo di valutare la mia sottomissione, dopo come mi ero comportata poco prima?

Il mio addestramento prese il sopravvento. Dissi automaticamente: «Se è questo che desiderate, sì».

La sua espressione si rabbuiò. Capii che era la risposta sbagliata. «Allora è ciò che desidero, Juliet». Le sue parole suonarono crudeli, e lo era anche il suo sguardo. «Cerca di non deludermi di nuovo».

Di nuovo? «S... sì, Sire».

Girò sui tacchi e sparì nel castello, lasciandomi ancora più confusa.

«Quand'è stata la prima volta che ti ho deluso?» sussurrai. Mi tremavano le labbra. Abbassai lo sguardo e mi accorsi del sangue che continuava a colarmi sul reggiseno sportivo.

Darius non aveva chiuso la ferita.

Un altro vestito trasparente. Questo era blu reale e su entrambe le gambe aveva uno spacco che arrivava fino a metà coscia. Il tessuto era retto da catenelle d'argento che mi cingevano le spalle, mentre la profonda scollatura rivelava i miei seni fino al capezzolo.

Il morso di Darius mi fissava dallo specchio, come se mi stesse provocando, per ricordarmi di comportarmi bene. Ancora non capivo in che modo l'avessi contrariato, ma quella sera avrei fatto tutto il possibile per rimediare.

Ida bussò alla porta mentre già entrava nella mia stanza, con il suo sorriso materno stampato sul viso. «Il padrone mi ha chiesto di portarti un paio di scarpe». Teneva in mano dei tacchi argentati che si intonavano agli ornamenti dell'abito.

Mi gettai i capelli oltre una spalla e la raggiunsi per prenderli. «Grazie».

Si accigliò. «Stai bene, tesoro?».

«Sì». Mi infilai le scarpe. «No. Ho fatto qualcosa che ha infastidito il padrone». Mi coprii la bocca con la mano, sbigottita per la mia impudenza. Sapevo bene che non erano cose da ammettere ad alta voce.

Cosa mi prende? Mi sentivo smarrita, vagamente fuori controllo, come se non potessi più fare affidamento sulle regole.

«Oh, Dea» mormorai da sotto la mano. «Scusatemi, Ida. Io...». Non sapevo cos'altro dire. Ed eccomi lì a parlare a sproposito proprio quando ero sul punto di incontrare il reggente.

Stanotte morirò. E in modo estremamente doloroso.

«Cara ragazza, non hai nulla di cui scusarti». Prese un pettine e si mise a sistemarmi i capelli. Il suo sguardo era fin troppo gentile. «Se hai fatto arrabbiare il padrone, probabilmente è stata colpa sua. È un vecchio vampiro testardo, ma sotto sotto è un brav'uomo. Penso tu abbia già visto quel lato di lui».

«Io... sì. Sì, certo che l'ho visto. Ma prima devo aver fatto qualcosa di male. Ha detto che l'ho deluso».

«Ah...» mormorò, spazzolandomi delicatamente i capelli. «Beh, sono certa che ti perdonerà, tesoro. Sembra molto affezionato a te». Mentre lo diceva, le brillavano gli occhi.

«Ma non mi ha detto perché l'ho deluso» sussurrai, confidandomi con lei.

«E allora chiediglielo» rispose, facendo sembrare così facile sfidare il proprio padrone esigendo delle spiegazioni.

Ma non era esattamente ciò che avevo fatto durante l'allenamento? Quando gli avevo domandato perché avrei dovuto fare altre venti flessioni?

E mi aveva ricompensata con un bacio, dicendo che gli piaceva che mi ribellassi. Poi, quando mi aveva chiesto cosa ne pensassi di essere condivisa con il reggente, mi ero limitata a dirgli che avrei fatto ciò che desiderava.

A Darius era piaciuto che lo sfidassi.

Ma non che sul tema della condivisione mi fossi rimessa alla sua decisione.

Voleva sapere come mi sentivo al riguardo.

Restai di sasso. Perché gli importava? O forse "importare" non era la parola giusta. Voleva che esprimessi la mia opinione. Che prendessi una decisione e facessi domande. Che mi ribellassi.

«Capisco...» dissi, accigliandomi. «Capisco». Non sapevo perché avessi sentito il bisogno di ripeterlo due volte. Non sapevo nulla, in realtà, ma in un certo senso capivo. Darius bramava la mia disobbedienza. Non per potermi punire, ma perché voleva infrangere il mio guscio di deferenza. Ciò mi avrebbe portata un passo più vicino a diventare il suo veleno: sottomessa all'esterno, ribelle all'interno.

Bene, ma che ne era dei miei desideri? Dei miei bisogni? Delle mie aspirazioni? Non gliene importava nulla? E se non avessi voluto essere usata per attirare i suoi nemici in trappola?

Mi bloccai sulla porta della mia stanza, spalancando gli occhi. Da quando avevo anche solo considerato di pormi quel genere di domande? Non avevo mai avuto nessuna aspirazione. La sopravvivenza era tutto ciò a cui avevo sempre agognato.

Oh, Darius, cos'hai risvegliato dentro di me?

Uno strano dolore mi accarezzò il cuore. Mi fece mancare il fiato e diventare gli occhi lucidi. Cos'è questa follia? Come posso fermarla?

«Juliet?» mi sollecitò Ida.

Mi schiarii la voce e sbattei più volte le palpebre per scacciare le lacrime. «Scusatemi. Per un attimo mi sono sentita smarrita». *L'eufemismo del secolo.* Soffocai i rimasugli delle mie emozioni, cercando di ricacciarle nei confini del mio petto, rinchiudendole là dentro per l'eternità. O così mi auguravo. «Il reggente è qui?»

«Sì, lui e il padrone ti stanno aspettando nell'atrio».

Annuii. Lo immaginavo. «Va bene. Grazie, Ida».

È ora di incontrare il mio destino.

ᴅgARIUS

Lᴇ ᴇᴍᴏᴢᴏᴍᴛ contrastanti di Juliet continuavano a pervadere il nostro legame, mentre ascoltavo le chiacchiere di Sebastian Cromwell sull'ultimo scandalo reale.

Dolore e confusione fluivano nella nostra connessione, e i pensieri di Juliet mi vorticavano nella mente. Non ero stato giusto con lei, quando avevo permesso alla mia insoddisfazione di avere la meglio, ma il suo lavaggio del cervello era così dannatamente frustrante.

Eravamo finalmente riusciti a fare un passo avanti, quando aveva messo in discussione la mia autorità, chiedendomi perché le stessi facendo fare tutti quegli esercizi. Le avevo automaticamente concesso un bacio intriso di sangue come ricompensa. Solo che gliene avevo dato troppo, permettendole così, involontariamente, di accedere alla mia mente. E quando mi ero reso conto che cercava di scoprire di più, l'avevo tagliata fuori.

La sua intrusione non mi aveva infastidito, mi aveva solo spaventato.

Era stata la sua risposta arrendevole sulla condivisione ad avermi fatto infuriare.

Le avevo chiesto cosa volesse e lei mi aveva risposto com'era stata addestrata a fare. Nessuna fiducia, nessuna verità, solo un colossale passo indietro nel nostro lavoro.

Dannazione. Anche in quel momento, tutto ciò che avrei voluto fare era prendere a pugni il muro. E invece sorrisi a Sebastian, annuendo mentre parlava. Stava raccontando di come Kylan avesse ucciso il suo intero harem di umani per noia. Un comportamento tipico, per un membro della famiglia reale.

«Ha richiesto che il prossimo Giorno del sangue venga anticipato, in modo che possa rimpiazzare ciò che ha perso. Cosa che la Dea, ovviamente, gli ha negato».

«Una mossa intelligente» risposi fissando le scale. «Infrangere il protocollo sarebbe problematico, creerebbe un precedente. In più, nel frattempo può farsi prestare qualcuno o andare in un bordello». Per il giusto prezzo, gli avrebbero dato anche un intero harem, mentre aspettava di ricostituire il suo.

A Sebastian brillarono gli occhi. «Esattamente il mio pensiero. Beh, non la parte sul prestito, perché i reali sono abbastanza possessivi con i loro harem, ma in generale sono d'accordo».

Vero. Ai reali non dispiaceva condividere, ogni tanto, ma solo temporaneamente.

«Decimerà il gregge in arrivo» aggiunsi, infilandomi le mani in tasca.

Sebastian alzò le spalle. «La maggior parte non sopravvive comunque alle prove. Ma sospetto che quest'anno la Dea selezionerà qualcuno in più da mandare nei campi per gli harem».

Annuii. «Probabile». Era a questo che si era ridotta la mia specie: parlare degli esseri umani come fossero pecore.

Il Giorno del sangue era un rituale atroce, in cui gli umani, raggiunta una certa età, incontravano il loro destino. Gareggiavano per le future posizioni, e tutti speravano di riuscire ad accedere alla competizione in cui dodici di loro avrebbero lottato per l'immortalità. Potevano vincere solo in due; uno diventava un vampiro, l'altro un licantropo. Il resto moriva.

Era un sistema brillante, davvero, mettere gli umani gli uni contro gli altri. Solo ai più veloci, belli e intelligenti era concesso l'onore di uccidersi a vicenda in nome di un futuro. Agli altri spettava un diverso genere di lotta.

Alcuni erano spediti nei campi per gli harem, dove si contendevano l'attenzione di un reale, nella speranza di prolungare la loro brevissima vita. Un numero ristretto di umani, quelli che possedevano qualche abilità utile, tornavano agli accampamenti per svolgere i compiti più umili e per procreare, fornendoci così la generazione successiva. La lista delle categorie continuava, tutte divise equamente tra i bisogni dei licantropi e quelli dei vampiri. Personalmente, provavo pietà per coloro che erano relegati al raccolto della luna.

Un bagliore di luce apparve in cima alle scale, quando Juliet si presentò alla nostra vista. Il suo abito blu brillava sotto il lampadario. I suoi occhi scuri catturarono i miei per un istante, prima che iniziasse a scendere con il capo chino in segno di riverenza, come ci eravamo accordati.

«Mi era sembrato di annusare qualcosa di dolce» disse Sebastian, ammirando ogni centimetro della splendida donna che stava scendendo le scale.

«È piuttosto deliziosa» mormorai.

L'apprensione di Juliet trapelava attraverso il nostro collegamento mentale, ma i suoi passi erano fermi, il suo corpo rilassato. Era quasi affascinante sentire la verità che giaceva dietro la sua facciata impeccabile, poter osservare la donna che aveva dentro. La mia Juliet, un gioiello che intendevo portare alla luce, levigare e far brillare. A meno che non continuasse a seppellirsi e nascondersi.

Scaverò più a fondo, tesoro. Così in profondità che, quando avrò finito con te, splenderai e brucerai. Solo allora ti farò diventare veramente mia.

Il giuramento agitò qualcosa di antico e oscuro dentro di me, un istinto possessivo vecchio come il tempo stesso.

Non appena raggiunse il fondo delle scale, Juliet si accovacciò sul pavimento in un grazioso inchino. Poi rimase immobile, in attesa di un mio comando.

«Permettimi di presentarti ufficialmente la mia futura erosita, Juliet». Una nota di stupore percorse la catena mentale che mi legava a Juliet. Non le avevo mai spiegato quel termine, né l'avevo mai usato in sua presenza mentre era sveglia.

«Sono colpito dal tuo autocontrollo» rispose Sebastian, spostando i suoi occhi nocciola su di me. «Alcuni potrebbero supporre che le tue azioni, o la loro mancanza, ostentino un certo messaggio».

Sorrisi. «Le aspirazioni sono sogni perversi, no?».

Ricambiò il mio sorriso. «È proprio vero».

I giochi di parole mi avevano sempre annoiato, ma i vampiri sembrano adorarli, soprattutto quando si parla di politica. Sarebbe molto più facile ammettere che mi stavo astenendo dal prendere la mia vergine di sangue per dimostrare la mia anzianità, e che possedevo il controllo necessario per comandare. E invece insistevamo con quelle schermaglie verbali.

«Posso familiarizzare con la tua Juliet?» mi chiese. Le sue pupille erano dilatate da una fame che riusciva a malapena a tenere a bada. Dirgli di no sarebbe stato un terribile insulto. Avevo bisogno di fare colpo su di lui, non di offenderlo, ma ciò non mi fermò dall'immaginare come sarebbe stata la sua faccia sotto la mia scarpa.

«Ma certo» gli risposi con un cenno della mano, che poi mi ficcai di nuovo rapidamente in tasca. Stretta a pugno. Che avrei voluto far familiarizzare con la sua mascella.

Cominciamo bene, *D*, mi risuonò nella testa con la voce di Ivan.

Non l'ho ucciso, ribattei. Ma avrei così tanto voluto farlo. Soprattutto visto il modo in cui Sebastian camminava attorno a Juliet, con un'espressione da predatore. Si accucciò davanti a lei e le passò le dita tra i capelli. Poi le accarezzò la guancia, scendendo fino al mento. «Tesoro, mostrami il tuo bel viso».

Il suo sussulto mentale mi disse che l'aveva pizzicata; la mano del reggente era stata più rapida delle sue parole. Lei alzò la testa, incontrando il suo sguardo in un modo così audace da farmi fremere. Non vi era alcuna paura in quelle profondità oscure, una cosa che Sebastian sembrò prendere come una sfida.

Quando il reggente si chinò per sfiorarle la gola con le labbra, tentacoli di esitazione minacciarono la determinazione di Juliet. Ma sotto la paura c'era un senso di conforto. Seguii quel pensiero, curioso, e ne trovai la fonte.

Ero io.

Juliet sapeva che l'avrei protetta. La sua totale fiducia in me fu come una carezza al cuore. La mia mente si aprì immediatamente alla sua.

Sei al sicuro, le sussurrai.

Lo so, rispose lei, mantenendo un battito regolare anche mentre Sebastian le baciava il collo.

«Notevole» si meravigliò, nel suo tono una nota di profondo rispetto. «O l'Organizzazione ha perfezionato il suo addestramento, o ti sei trovato una rara vergine di sangue, Darius. Non ne ho mai vista una così calma. Così fiduciosa». Si alzò e le tese la mano. «In piedi, ragazza. Devo saperne di più su di te».

Juliet mi lanciò una rapida occhiata. Aveva un'espressione interrogativa. «Fa' come ti ha detto, Juliet».

«Sire» replicò, accettando l'aiuto di Sebastian per alzarsi, tenendo sempre la testa china.

«No, no». Sebastian le posò due dita sotto il mento. «Sei troppo bella per nasconderti». La trattenne così, con i suoi occhi in quelli di lei, e sorrise. «Un tale fuoco, Darius. La mia ammirazione per te non fa che aumentare».

Questo enigma mi fu leggermente meno chiaro. Mi ammirava perché non mi ero ancora scopato la mia vergine di sangue, o c'era un ulteriore significato nascosto dietro le sue parole? Forse qualcosa legato al trattamento che le riservavo? Grazie al tempo trascorso insieme, Juliet non era turbata dal mantenere il contatto visivo con un vampiro. Sebastian l'aveva di certo notato, forse ne era anche rimasto stupito. Eppure, ebbi l'impressione che si stesse complimentando con me.

Ridacchiò e alzò la mano per accarezzarle i capelli. «La adoro» disse col tono che qualcuno userebbe per parlare di un animale domestico. «Aiuterai il tuo padrone in più modi di quanti tu creda, dolcezza. Continuiamo a parlare a cena?».

«Ma certo, reggente Sebastian». La voce ferma rifletteva la sicurezza nella sua espressione, suscitando al nostro ospite un'allegra risata.

«Assolutamente deliziosa» la lodò. Il suo sguardo brillava. «Sono invidioso».

L'età e l'esperienza mi avevano insegnato a leggere i miei avversari, a scovare le tracce di bugie, incertezze e manipolazioni. Tutti i segnali che scorgevo in Sebastian confermavano la sua sincerità e il suo divertimento. Juliet aveva catturato il suo interesse nel miglior modo possibile.

«È veramente speciale» concordai, compiaciuto di

come si stesse comportando. «E probabilmente affamata, dopo gli esercizi che le ho fatto fare prima».

L'attenzione di Sebastian si posò sui segni dei morsi che risaltavano sulla scollatura di lei. Le sue labbra fremettero. «Sono certo che le siano piaciuti».

Catturai lo sguardo di Juliet e le rivolsi un minuscolo sorriso. «Temo non sia stato così».

Le labbra di lei si tesero appena, confermando le mie parole e strappando un'altra risata al reggente. Mi stavo riferendo alla corsa, e lei lo sapeva, ma Sebastian pensò subito a qualcos'altro.

Un altro gioco di parole. Uno che il mio avversario aveva inconsapevolmente frainteso.

«Andiamo?». Feci un cenno verso il corridoio principale, che conduceva alla sala da pranzo.

«Con piacere» rispose Sebastian, porgendo il braccio a Juliet. «Fammi strada, dolcezza».

«Grazie, reggente» mormorò. Prese sottobraccio il nostro ospite e lo accompagnò a passi sicuri. Ammirai il suo sederino sodo avvolto nel tessuto trasparente. Cercai di sopire il principio di un'erezione, irritato di aver ignorato i miei bisogni per tutta la settimana. D'altro canto, non potevo fare altro. Doveva riacquistare tutta la sua forza, dopo il modo in cui Ivan e Trevor l'avevano prosciugata. E anche quella sera aveva bisogno di energia per gestire Sebastian. Non ci sarebbe andato piano con lei, anzi. Se non l'avessi tenuto attentamente sotto controllo, avrebbe anche potuto ucciderla.

Entrammo in sala da pranzo, una stanza che stava iniziando a non piacermi. Juliet condusse Sebastian alla sedia dove, qualche giorno prima, aveva preso posto Ivan. Ma invece che sedersi, il reggente la aiutò ad accomodarsi e mi guardò con un sorriso. «Posso stare vicino a lei, Darius?».

Okay, odiavo quella dannata stanza. «Ma certo, fa' come fossi a casa tua».

Sebastian sfoggiò un paio di fossette che gli donavano un fascino giovanile, e si sistemò accanto alla mia vergine di sangue. Le mise un tovagliolo in grembo, poi fece lo stesso per sé. Juliet non si mosse, si limitò a lanciarmi un'occhiata mentre mi sedevo di fronte a loro.

Raquel, una delle aiutanti di Gladice, entrò con un vassoio di insalate. Teneva la testa china, in segno di riverenza. Decoro. Qualcosa che raramente imponevo nella mia casa, ma ero costretto a farlo quando avevamo questo genere di ospiti. Un altro aspetto della società che avrei voluto cambiare.

Sebastian posò la mano sulla coscia di Juliet. «Mia cara ragazza, parlami della tua istruzione. Quali sono i tuoi punti di forza?».

Mi guardò, chiedendomi ancora una volta istruzioni, e io le feci un sottile cenno d'assenso. Si passò la lingua sul labbro inferiore e raddrizzò le spalle. Poi guardò negli occhi il nostro ospite e iniziò a recitare le sue abilità. Mi tornò in mente l'asta, quando il banditore dell'Organizzazione elencò tutte le sue caratteristiche e attitudini. Voti alti in linguistica, storia, rompicapi, giochi di memoria e affari governativi. Tutte le premesse per una perfetta vergine di sangue.

«E per quanto riguarda le arti?» chiese Sebastian in tedesco, una delle lingue che Juliet parlava fluentemente.

Gli rispose con un accento impeccabile, riportando minuziosamente i suoi punteggi nella danza, nella musica e nel canto. Mentre Juliet parlava, Sebastian mangiava l'insalata, ma teneva una mano ancora saldamente ancorata alla coscia di lei. Mi concentrai anch'io sul cibo, per evitare di spezzargli il braccio.

«Educazione sessuale?» le chiese con uno sguardo intenso e curioso.

Juliet deglutì, e quello fu l'unico segnale del suo disagio. Tutti quegli anni di lavaggio del cervello la mantennero calma e composta mentre illustrava in dettaglio ogni aspetto della sua formazione in campo sessuale, dagli esercizi per la gola, ai corsi di osservazione, alle istruzioni femmina su femmina. Sapevo già tutto questo, ma sentirlo descrivere così apertamente, capire perché era così brava a succhiarmelo, in qualche modo mi feriva.

Eppure, rispetto a tante altre, ciò che aveva vissuto Juliet non era niente. Nessun vampiro poteva toccarla quando era al palazzo. Aveva dovuto assistere ad azioni inconcepibili, ma non era mai stata costretta a subirle. Solo le guardiane potevano toccare le vergini di cui erano responsabili.

«Affascinante» disse Sebastian, scrutandola. «Spero mi perdonerai per le mie domande, ma sei una creatura rara, Juliet. Nonostante i tuoi simili siano addestrati per questo tipo di situazioni, pochi raggiungono il tuo livello».

Perché la maggior parte di loro veniva scopata a morte, spedita alle fattorie per la procreazione o rimandata al palazzo per istruire la generazione successiva. Posai la forchetta. «Mangia, Juliet» dissi, affermando la mia autorità nella stanza.

«Sì, Sire». Obbedì immediatamente.

Sebastian sorrise. «Meravigliosamente docile». Aveva finalmente tolto la mano dalla coscia di Juliet e si era rilassato sulla sedia. La sua insalata era finita da un pezzo. «È perfetta per la tua piattaforma, Darius. I reali la adoreranno».

«Piattaforma?» ripetei, inarcando un sopracciglio.

«Smettiamola con le sceneggiate». Agitò distrattamente

una mano. «Sappiamo entrambi che vuoi essere eletto sovrano. Non c'è motivo di negarlo».

«E io che pensavo avremmo potuto proseguire ancora un po'» risposi, divertito e sollevato. Ero convinto che ci sarebbe voluta almeno un'altra ora per arrivare a quel punto. Per fortuna, sembrava che il mio ospite fosse a posto con le formalità e pronto a passare agli affari. «Il tuo schietto riassunto mi dice che hai un'opinione in merito. Qual è?».

«Voglio che partecipi alle elezioni». Nessuna esitazione, né accenno di bugia. Nemmeno un sorriso.

Alzai il mio bicchiere di vino rosso corretto col sangue e ne feci roteare il contenuto. «Perché?».

Il reggente sorrise. «Perché sei l'unico discendente di Cam».

Un'ondata di shock corse lungo la nostra connessione. Fu l'unico segno che Juliet riconobbe quel nome. Il suo sguardo rimase fisso sul piatto e la sua bocca continuò a masticare lentamente, ma fu chiaro che capì le implicazioni dell'affermazione di Sebastian.

«Desideri che ottenga il trono sulla base dei miei legami di sangue» riflettei a voce alta e bevvi un sorso del liquido rinvigorente.

«Sei praticamente un reale, Darius, e di gran lunga il più potente della nostra specie nella regione. Alcuni ti contesteranno il fatto che sei sparito per un secolo...».

«E il tradimento di Cam» intervenni. L'amarezza comparve spontaneamente nel mio tono, frutto di anni di pratica. «Non possiamo dimenticare questo importante dettaglio».

Raquel tornò, sostituendo le nostre insalate con la portata principale, che consisteva in pollo arrosto, purè di patate e contorno di verdure. Juliet iniziò a sbocconcellare proprio quelle. La sua vecchia abitudine di mangiare sano.

Sebastian mormorò alcune parole di apprezzamento per il pasto e suggerì di mangiare, prima di continuare la nostra discussione. Mantenni un'aria disinvolta, come se non avessi alcuna preoccupazione al mondo, e mi abbandonai al cibo, ma i ricordi mi turbinavano nella mente.

Cam. Colui che mi aveva creato. Un reale, e il legittimo erede al trono della Dea.

Mi dispiace darti questo fardello, Darius, ma è l'unico modo. Devi continuare ciò che ho iniziato, o tutto questo non sarà servito a nulla. La mia morte non avrà alcun senso. Il mio sacrificio sarà vano. Capisci? Ora sei tu il protettore dell'umanità. Sei l'unica speranza per il futuro.

Mi strinse le spalle così forte che quasi me le ruppe. Poi mi abbracciò per l'ultima volta e sparì nella notte.

Quando lo rividi, era dentro un'urna.

Quel giorno lo denunciai. Versai della benzina sulle sue ceneri, accesi un fiammifero e lo guardai svanire senza versare una lacrima. La fottuta messinscena più difficile di tutta la mia lunga vita.

«Squisito» disse Sebastian, posandosi una mano sulla pancia.

Juliet era solo a metà del suo piatto e stava rallentando. Decisi di lasciarla in pace per quella sera, ma il mattino seguente le avrei fatto preparare una colazione abbondante.

Finii il mio ultimo boccone e appoggiai la forchetta accanto al piatto, temendo ciò che avrei dovuto offrire al nostro ospite.

Lo chiamano un futuro armonioso. Affermano che schiavizzare il genere umano è l'unico modo in cui licantropi e vampiri possano vivere in pace. Ma è un sistema classista, destinato a favorire i reali e i branchi alfa. È un gioco di potere, sangue e morte. Noi siamo la specie superiore, su questo non ho dubbi. Ma ciò non significa che dobbiamo essere crudeli e torturare il nostro cibo.

Le parole veementi di Cam mi squarciarono l'anima, lasciandomi un sapore amaro in bocca.

Gioca al loro gioco, figlio mio. Metti tutti i pezzi in posizione e colpisci dall'interno. Conosci la scacchiera meglio di chiunque altro, me compreso. Usala. Sfruttala. Falla tua.

Combattei l'impulso di stringere i pugni. Cam aveva rinunciato a tutto perché questo accadesse. Decenni di pianificazione ed era finalmente giunto il momento di fare la mia mossa. Non potevo permettermi di vacillare, nemmeno per lei. La mia adorata Juliet.

Sorseggiai il vino, raccolsi i pensieri e placai il mio tumulto interiore. Poi sorrisi con benevolenza. «Ti piacerebbe un dessert, Sebastian?».

Il reggente spostò l'attenzione su Juliet. I suoi lineamenti si illuminarono. Lei allontanò il piatto, e mi accorsi che faticava a deglutire l'ultimo boccone.

«Sì» rispose Sebastian. «Assolutamente».

JULIET

Il pollo mi fece una capriola nello stomaco. Sapevo che era parte del piano, eppure, udendo le parole di Darius, un dolore lancinante mi trafisse il cuore.

Ti piacerebbe un dessert, Sebastian?

Il mio istinto si ribellò. Odiavo l'idea di lasciare che l'ennesimo uomo mi mordesse.

Eppure, è sempre stato il tuo scopo, mi ricordò la mia parte più logica. *Perché non dovrebbe più essere così?*

Perché Darius mi ha chiesto se volessi essere condivisa.

E tu non gli hai mai detto di no.

Avrei voluto gridare contro quella vocina docile, quella che cercava sempre di essere ragionevole e mi ricordava di obbedire. Non avevo idea del perché volessi farlo proprio in quel momento. Forse era la stanchezza. O forse avevo raggiunto un qualche limite. Un muro impenetrabile, rivestito di parole straniere che descrivevano un passato in cui gli umani avevano dei diritti, in cui i vampiri non usavano la mia specie solo per il cibo e per il sesso.

Impossibile.

Sparisci.

Morirai. Fa' ciò che ti dicono.

Morirò comunque.

Un dito mi accarezzò il collo, scendendo fino alla

197

catenella del mio abito. «Hai qualche preferenza, mia dolce ragazza?» chiese Sebastian con un tono suadente, giocherellando col metallo.

Mi piacerebbe piantarti un paletto nel cuore.

Quel pensiero estraneo mi balenò nella mente così all'improvviso che quasi sussultai. Anche solo pensare di uccidere un vampiro equivaleva al tradimento.

Cosa c'è che non va in me?

Cubetti di ghiaccio danzarono lungo la mia spina dorsale.

Ricomponiti. Obbedisci. O morirai.

Sarebbe poi così male?

Sì!

Il suono di una sedia che raschiava il pavimento, seguito dai passi familiari di Darius, mi fece alzare gli occhi verso di lui. La sua espressione accigliata mi disse che era la cosa più sbagliata da fare. Mi prese per i capelli, mi tirò indietro la testa e catturò il mio sguardo.

«C'è qualcosa che non va, tesoro?». La sua voce era un basso ringhio. «Non hai sentito il reggente?».

Mi era sfuggito qualcosa? «Io...». Deglutii l'enorme roccia che mi bloccava la gola. O almeno ci provai. «N... no, Sire».

Aggrottò le sopracciglia e allentò appena la presa. «Ti senti bene?».

Di' di no, sussurrò Darius attraverso la nostra connessione. La sua voce mi risuonava chiara nella mente. *Di' che stai male. Ora.*

Il suo tono imperioso mi fece trasalire. «No, Sire. Vi porgo le mie scuse».

Mi strattonò il capo di lato e mi passò le dita sul collo, dove il mio cuore pulsava. «Ti ho fatto faticare troppo prima, tesoro? Ho notato che hai a malapena toccato il cibo».

Ne avevo mangiato poco solo perché non ero abituata a quelle pietanze sofisticate. Se esageravo, mi davano la nausea. «Mi dispiace, Sire».

Scosse la testa in segno di rimprovero, la sua irritazione era evidente. «È ancora alle prime armi, non si rende conto che deve dirmi quando l'ho prosciugata troppo». Mi tirò i capelli, facendomi sussultare, e lanciò un'occhiata di scusa a Sebastian. «Chiaramente, ho ancora molto lavoro da fare con lei».

Non potevo vedere il reggente, ma udii il sorriso nella sua voce quando replicò: «La disciplina è importante».

«Già. Sarei tentato di lasciartela svuotare qui e ora per la sua impudenza, ma poi non potrei infliggerle il mio castigo». Sospirò profondamente. «Tu cosa faresti, Sebastian?».

«La sculaccerei fino a farla sanguinare, la scoperei e poi la prosciugherei». Quelle parole mi fecero rabbrividire internamente. Avevo visto riservare quel genere di disciplina alla mia guardiana più di una volta. Le ci volevano giorni per riprendersi.

Darius ridacchiò. «Un'idea deliziosa, ma porterebbe via troppo tempo. Non ce ne resta molto prima che albeggi. E abbiamo ancora una conversazione da finire». Mentre parlava, il suo pollice mi accarezzava la gola, applicando una leggera pressione che mi sembrava quasi un marchio. Proprietà. Possesso. Per designarmi come sua nel più basilare dei modi.

«Vero» commentò Sebastian, in piedi tra noi. «Sospetto che ci saranno altre cene nel nostro futuro. Forse allora assaggerò il dessert che mi hai offerto».

«Avrà più esperienza» rispose Darius. «Sotto ogni punto di vista». L'implicazione mi fece rovesciare lo stomaco. Non gli stava promettendo soltanto il mio sangue.

Sotto ogni punto di vista.

Si riferiva al sesso.

Ossia, avrebbe condiviso con lui anche il mio corpo, per rimediare a quella trasgressione.

Mi si seccò la bocca. Il cuore mi martellava contro le costole.

Non avevo più bisogno di fingere di sentirmi male.

Un tocco estraneo mi percorse il braccio, diffondendo il gelo nelle mie vene. «Non mi è mai dispiaciuto giocare con un po' di gratificazione differita» mormorò Sebastian. «Mi offre qualcosa in più su cui fantasticare in previsione della mia prossima visita».

«Ti prometto anche che si comporterà meglio» replicò Darius, stringendo la presa sui miei capelli. Li tirò così forte che i miei occhi si riempirono di lacrime. O forse era il profondo senso di tradimento che mi ribolliva sotto la pelle.

Mi fidavo di te.

Perché sei una stupida ragazzina ingenua. Fidarsi di un vampiro. Cosa ti è saltato in mente?

Un altro strattone mi costrinse ad alzarmi in piedi.

«Va' nella mia stanza, Juliet». Il suo ringhio penetrò la mia confusione. «Aspettami là. Nuda».

«S... sì, Sire». La mia voce era roca e intrisa di paura.

Voleva davvero punirmi. Potevo sentirlo nelle linee furiose del suo corpo, nel modo in cui mi spinse via da lui come se non fossi nient'altro che un pezzo di carne. E nel modo sprezzante in cui mi voltò le spalle.

Cerca di non deludermi di nuovo.

Avevo fallito miseramente, eppure non capivo cos'avessi fatto di sbagliato. I miei tacchi risuonavano sul marmo, trascinandomi verso la sua camera con passi pesanti, ricolmi di terrore. Almeno sarebbe stato per un po' con il reggente a discutere dei loro piani. Di politica. Di Cam.

Quel nome squarciò la nebbia di panico e vergogna in cui ero immersa, provocando nei miei pensieri una scossa di confusione.

Tutti conoscevano Cam, l'infido reale che aveva cercato di assassinare la Dea. Era lui il creatore di Darius? Il reggente Sebastian si era riferito a Darius come all'unico discendente di Cam, un altro termine per progenie. Questo essenzialmente rendeva Darius un reale, il prossimo in linea di successione.

Perché vive qui? Osservai gli infissi ornati alle pareti, i dipinti a olio, i lampadari di lusso, i tappeti tessuti a mano. Trasudavano ricchezza e privilegio, come tutto ciò che riguardava Darius. La sua età, il suo controllo, il suo prestigio.

Raggiunsi la porta della sua stanza ed esalai un sospiro.

Cosa mi aspettava lì dentro? Cosa mi avrebbe fatto? Niente di buono, non con la rabbia che emanava poco prima. Non l'avevo mai sentito così furioso. Aveva sempre mantenuto un'aria di calma, un contegno paziente fino all'estremo. Beh, a quanto pare avevo superato il limite. Solo che non capivo come. Avevo fatto tutto quello che mi aveva chiesto. Avevo corso. Avevo imparato a usare i coltelli. Non bene, ma ci avevo provato. Giusto il giorno prima, mi aveva costretta a sparare con una pistola. Non mi ero mai lamentata, nemmeno una volta, nemmeno quando sentivo che correre un altro giro mi avrebbe uccisa.

Certo, quel pomeriggio avevo messo in discussione un suo ordine. Ma poi mi aveva baciata. Il che significava che avevo fatto bene, no?

«Non capisco» borbottai rivolta verso la porta. «Niente di tutto questo ha senso!». Sbattei con forza il pugno sul legno e sobbalzai per il mio stesso scatto d'ira. Il suono rimbalzò sulle pareti, raggiungendo senza dubbio i vampiri al piano di sotto.

Oh, no.

Oh, no, no, no.

Entrai in fretta nella stanza. Avevo bisogno di nascondermi. Forse avrebbero pensato che fosse stato qualcun altro, magari un servitore che aveva fatto cadere accidentalmente qualcosa. Mi scrollai le catenelle del vestito dalle spalle, lasciando che l'abito cadesse a terra, e mi infilai sotto il conforto delle lenzuola di Darius.

Protezione, sospirò la mia anima.

È un inganno, rispose la mia mente. *Non sei al sicuro da nessuna parte.*

Feci una smorfia e mi rannicchiai ancora di più sotto le coperte. Il mio brivido non aveva nulla a che vedere con la temperatura.

I miei occhi si rifiutarono di chiudersi, ma le mie membra si rilassarono sul morbido materasso. Darius poteva entrare da un momento all'altro, furibondo, ed esigere un castigo.

Per cosa?

Per i miei errori. Per le mie mancanze. Per la mia insubordinazione.

Tremai, mi si offuscò la vista.

«Odio tutto questo» mormorai.

Per più di vent'anni mi ero limitata ad accettare il mio destino. Mi ero piegata al volere dei vampiri che mi circondavano, avevo obbedito per sopravvivere. E per cosa? Per vivere nella paura? Per essere ridotta continuamente in fin di vita dai loro morsi? Per essere costretta a soddisfare sessualmente il mio padrone, i suoi amici, chiunque volesse?

Avevo sbagliato tutto. Le regole, il decoro, l'obbedienza. Rispettavo tutto ciò che mi era stato insegnato per placare gli esseri superiori ed evitare che mi uccidessero. Avrei dovuto fare l'esatto opposto. Ribellarmi e incoraggiarli a mettere fine alle mie sofferenze.

«Sono una stupida». Era la morte che dovevo corteggiare, non la vita. La fine di tutto.

Sì, sussurrò una parte oscura di me. *Stanotte...*

Annuii, sentendomi improvvisamente sollevata. Basta dolore, confusione, turbamento. Basta compiacere un padrone che non riuscivo a capire. Basta false promesse su un futuro diverso e sciocchezze sul veleno.

Basta.

Il mio corpo si rilassò, i miei occhi si chiusero.

Il futuro era roseo.

C'era la quiete.

C'era la morte.

DARIUS

Seguii con lo sguardo Sebastian che se ne andava, poi chiusi la porta.

«Grazie al cielo». Mi passai una mano sul viso, sospirando.

La nostra conversazione era andata bene. Il suo sostegno era evidente e sincero, e mi avrebbe appoggiato per la mia candidatura a sovrano. Un altro pezzo degli scacchi era andato al suo posto, collocandomi nella posizione perfetta per ascendere.

Mi lisciai la cravatta e tirai fuori il telefono. Ivan rispose al primo squillo.

«Bene. Sei sopravvissuto all'incontro».

Sbuffai. «Dimentichi che Sebastian ha la metà dei miei anni e non è di sangue reale». Ucciderlo sarebbe stata una passeggiata. Ci avevo anche pensato più di una volta, nel corso della serata.

«Eh, ma è il reggente. Ha il potere della legge dalla sua». Il tono beffardo di Ivan mi strappò un sorriso.

«Sì, il che significa che dovrei occuparmi di una montagna di scartoffie. E, a dire il vero, tenerlo in vita ha anche dei risvolti positivi».

Ci fu un attimo di silenzio, mentre Ivan leggeva tra le righe. «Ha accettato di sostenere la tua candidatura».

«Ancora meglio» replicai. «Ha accettato di nominarmi ufficialmente al gala del Parlamento».

«Wow. È andata meglio di quanto ci aspettassimo. Cos'hai fatto? Gli hai lasciato scopare Juliet?».

Il mio divertimento svanì in un ringhio. «No». Non ero nemmeno stato capace di lasciare che si nutrisse di lei, figuriamoci toccarla. Per fortuna, Juliet aveva ricevuto il mio messaggio ed era riuscita splendidamente a fingere un malore. Non vedevo l'ora di raggiungerla di sopra e ricompensarla per la sua performance.

Ivan ridacchiò. «Allora immagino che il suo sangue sia stato sufficiente».

Non mi premurai di correggerlo e iniziai ad avviarmi verso la mia camera, desideroso di riconnettermi con Juliet. Per concentrarmi su Sebastian, ero stato costretto a tagliare fuori i suoi pensieri. E, stranamente, mi mancava averla nella mia testa.

«Ho bisogno che tu e Trevor vi occupiate dei preparativi per il gala» dissi, mentre arrivavo in cima alle scale. «E aggiorna anche il nostro amico reale. Sarà contento del risultato ottenuto stasera».

«Non ho dubbi, visto che lo esonera completamente da ogni responsabilità. Per quanto riguarda il gala, opzione A e B, giusto?».

«Sì». Opzione A, il mio avversario rinunciava a correre. Opzione B, lo aspettava un incidente mortale. Preferivo la seconda. Gaston era un sadico bastardo che amava il sangue giovane, cioè sotto i dieci anni.

«Perfetto. Dobbiamo fare altro?».

«Non ancora».

«Fantastico. Allora va' a giocare con la tua bambolina per festeggiare».

Ero davanti alla porta della mia camera. Non potei

sopprimere il sorriso suscitato dalle sue parole. «Esattamente quello che sto per fare».

«Non sono per niente geloso» commentò lui, per poi riattaccare.

Il mio sorriso si fece ancora più ampio. Ivan sarebbe stato estremamente geloso, se avesse saputo cosa avevo in mente per la mia dolce Juliet.

Girai la maniglia ed entrai nella stanza scarsamente illuminata. Era così silenziosa. Chiusi delicatamente la porta. La moquette soffocava il rumore dei miei passi.

Juliet era raggomitolata in una palla al centro del letto, con i capelli che ricadevano sensualmente sui cuscini di seta. Quando mi avvicinai, non si mosse. Le sue spalle snelle si alzavano e si abbassavano in respiri leggeri e tranquilli.

Stupenda, pensai, allentando la cravatta e sfilandomela. Dovrei chiederle di dormire qui ogni notte. Nuda. Avvolta nelle mie lenzuola.

Un'ondata di calore mi accarezzò il petto. L'unica ragione per cui aveva dormito altrove, quella settimana, era proteggerla dai miei bisogni. Lei aveva bisogno di riposo. Io di sesso. Le due necessità non potevano coesistere, ma non riuscivo più a stare senza di lei.

Juliet non si era ancora resa conto che ero dietro di lei, persa com'era nei suoi sogni.

Mi tolsi la giacca, la appoggiai sulla sedia accanto al letto e mi slacciai i gemelli. Caddero sul comodino con un tintinnio che risuonò in tutta la stanza. Ma la mia adorata vergine di sangue rimase indifferente, come un topo inconsapevole che riposa in mezzo alla tana di una vipera. Non mi sentì nemmeno quando mi sfilai le scarpe e la cintura.

Come avrei dovuto svegliarla? Con un bacio? Con una carezza lungo la schiena? Riflettei sulle mie opzioni mentre giravo attorno al letto. Avevo bisogno di guardarla in viso. Mi sbottonai la camicia. Juliet si sarebbe occupata di togliermi i pantaloni. Possibilmente con i denti.

Ma quando vidi la sua faccia, mi accigliai. Dei cerchi scuri le contornavano gli occhi. La sua pelle era arrossata dallo sfinimento.

No, non sembrava esattamente sfinita. Era devastata.

Passai col pollice sulle macchie umide che aveva sulle guance. Aprì gli occhi. Erano due puntini di dolore, che mi fissavano ricolmi di un terrore abissale. Scattò indietro, portando le lenzuola con sé e rannicchiandosi in posizione fetale.

«Juliet» mormorai. «Sono solo io. Sebastian se n'è andato».

Il suo battito accelerò, risvegliando i miei istinti da predatore. Paura.

Aveva un odore delizioso, ma preferivo che le mie amanti fossero eccitate, non spaventate. Lasciai la camicia parzialmente sbottonata e mi sedetti sul letto accanto a lei. Cercò di allontanarsi, ma le catturai una spalla con la mano.

Aggrottai le sopracciglia. «Juliet, cosa c'è che non va? Sei ferita?».

Il respiro le uscì con un suono aspro, sospettosamente simile a una risata. «No. Sì». La voce roca, insieme alle chiazze umide sul cuscino, mi confermarono che aveva pianto.

Mi stesi vicino a lei, sopra al copriletto. «Guardami, Juliet».

«Perché?» borbottò imbronciata.

«Perché ti ho detto di farlo».

Si catturò le labbra tra i denti e serrò gli occhi. Sotto il mio palmo, sentii un tremito farsi strada nelle sue membra. Trattenne il respiro finché non si ritrovò a boccheggiare.

Alla fine, si decise a incontrare il mio sguardo. Il fuoco che le ardeva nelle pupille avvolte nell'agonia era una combinazione inebriante.

«Ti odio» sussurrò. «Ti odio più di quanto odi respirare».

«Una dichiarazione non da poco» replicai, sorpreso e vagamente eccitato dal suo scoppio di rabbia. «Posso chiederti perché?».

«Perché?» ripeté. «Perché?!». La seconda volta ancora più forte. «Non posso scegliere nulla. Non ho alcuna libertà. Nessun motivo per andare avanti se non sopravvivere. Il che non vale comunque molto, visto che la mia vita, per quanto breve, la devo trascorrere a farti da schiava. Usata fin quasi allo stremo, poi riportata in vita solo per essere usata di nuovo! E il tutto va ben oltre condividere il mio sangue. C'è anche il sesso. Il mio corpo non è mio. La mia mente men che meno. Non ho niente di mio, Darius. Niente!».

Si lasciò sfuggire un grido e scacciò via la mia mano. Poi rotolò sulla schiena, premendosi i palmi sugli occhi.

«La morte sarebbe più facile. Più gentile. Se dentro di te ci fosse un briciolo di umanità, mi uccideresti. Ma so che non lo farai. Sono un investimento troppo costoso. E perfino adesso mi sento in dovere di implorare il tuo perdono per una reazione che avrebbe anche un animale, se fosse nella mia situazione. E accetterò il mio castigo, perché è così che deve comportarsi una brava vergine di sangue».

Strinse le mani a pugno sopra la testa, le sollevò e le schiantò verso il basso. Le afferrai i polsi prima che potesse farsi del male, e nel mentre mi misi sopra di lei, con le ginocchia a lato dei suoi fianchi. Lei strillò, dimenandosi come una gatta selvatica. Aveva uno sguardo folle di rabbia e paura.

«Juliet» cercai di blandirla con un tono calmo, trattenendola il più delicatamente possibile.

«Ti odio!» urlò. «Voglio morire!».

Dannazione.

Era finalmente in frantumi. Tutto il suo violento indottrinamento era crollato di fronte alla realtà della nostra situazione.

«Uccidimi» mi supplicò. Le sue parole mi laceravano il cuore. «Voglio morire. Ti prego, uccidimi». Nuove lacrime le sgorgarono dagli occhi. Lo spirito combattivo lasciò il suo corpo, e lo fece con un sospiro che mi risuonò dolorosamente nell'anima.

Quello era il momento che più avevo desiderato e al contempo temuto. Il momento in cui avrebbe toccato il fondo. Emotivamente parlando, poteva solo risalire.

Mi scostai da lei e appoggiai la schiena alla testiera del letto. Poi trascinai il suo corpo tremante sul mio grembo. «Juliet» mormorai, abbracciandola. «Con me sei al sicuro».

Un'altra delle sue risate amare, interrotta da un singhiozzo. «Al sicuro» borbottò. «Vuoi condividermi con Sebastian e lasciare che mi scopi e mi sculacci fino a farmi sanguinare».

L'uso delle parole di lui mi fece ribollire il sangue, ma cercai di sopprimere la furia. «Mai, Juliet. Non ti toccherà mai».

Scosse tristemente il capo. «Lo farà».

«No, Juliet. Non lo farà». Le presi il mento e la costrinsi a guardarmi. «Sei mia, e non ti condividerò con lui».

«Non è quello che hai detto». La voce le uscì debole e sconfitta. Improvvisamente, capii cosa l'avesse spinta oltre il limite. Con poche frasi ben formulate, avevo distrutto la sua fiducia in me. C'era di più, naturalmente; il suo passato aveva spianato la strada a quell'inevitabile conclusione. Ma le mie affermazioni avevano infranto ciò che restava delle sue difese.

«Oh, tesoro». Sospirai e le baciai il capo. «Gli ho solo lasciato intendere che avrebbe potuto farlo, in modo che fosse soddisfatto della serata».

«Più esperienza. Sotto ogni punto di vista». Iniziò a tremare violentemente. Il disgusto e la repulsione erano scritti su ogni parte di lei. Le mie parole avevano toccato un nervo scoperto. Considerandole dal suo punto di vista, non potevo certo biasimarla.

«È vero che avrai più esperienza, la prossima volta che lo inviteremo a cena». Le alzai di nuovo il mento. «Perché non ho intenzione di farlo finché non sarò incoronato sovrano». Le lasciai il tempo di digerire quelle parole, ma lo sguardo in cui mi specchiavo era ancora ricolmo di orrore. Le sue emozioni le stavano offuscando la mente. Aveva bisogno di più informazioni per capire. Conforto. Fiducia.

«Juliet». Le accarezzai il labbro inferiore, lo sentii tremare sotto le dita. «Per chi occupa una posizione inferiore, quale ad esempio quella di reggente, chiedere un favore a un sovrano è considerato alquanto sconveniente. Soprattutto se riguarda qualcosa di così prezioso come un'*erosita*».

Mi fissò con i suoi enormi occhi castani. «*Erosita?*».

Sorrisi. «Sì. È il termine formale che indica un'umana legata a un vampiro attraverso la cerimonia di cui ti ho parlato. È una specie di titolo e suscita grande rispetto tra i miei simili». E una montagna di invidia. «Quando avremo completato il rituale, tu sarai la mia *erosita*».

«Altro sangue» mormorò.

«Sì, e l'unione delle nostre anime». *Mente, corpo e anima.* A quel punto avremmo condiviso tutto. Il nostro sangue, le nostre emozioni, i nostri pensieri. Le accarezzai i capelli, sentendo una stretta al petto.

«Mi dispiace per prima, tesoro». Le parole mi sfuggirono senza preavviso. Non ero nemmeno sicuro di cosa mi stessi scusando, ma sentivo che era giusto farlo. Che era necessario. Tutti i suoi commenti infuriati, le sue accuse, le sue affermazioni, erano fondati sulla verità. Lei non aveva mai chiesto niente di tutto ciò; nessuno della sua specie lo aveva fatto.

«Voglio capire» sussurrò. «Ho *bisogno* di capire».

I nostri sguardi si incontrarono. Il senso di necessità che nuotava nelle sue profondità di cioccolato era palpabile. «Hai bisogno di vedere» risposi. Era sempre stato parte del piano, ma non finché non fosse stata in grado di capire davvero quello che dovevo mostrarle. «Hai ragione, Juliet. È giunto il momento». Il giorno dopo avrei organizzato tutto. Ora che si era liberata dalle catene del lavaggio del cervello, avrei potuto passare alla fase successiva del suo addestramento.

Una rigorosa introduzione alla realtà. Non quella dipinta nei testi e nelle presentazioni dell'Organizzazione. Ma ciò che era diventato il mondo fuori dai confini della ricca società dei vampiri.

Le baciai i capelli, stringendola forte.

Quello era solo l'inizio della sua rieducazione. Povero tesoro. Il dolore provato quella notte non era niente in confronto a ciò che l'attendeva.

JULIET

Stiamo volando.

Su un jet.

Nella notte stellata.

Non avrei mai immaginato di fare una simile esperienza. Mai. Nemmeno nei miei sogni più folli.

La luna quasi piena tingeva il cielo di sfumature sui toni del blu, del grigio, dell'oro. Indugiai su ogni dettaglio per memorizzare quell'immagine suggestiva.

«Mezzanotte» disse Darius, col telefono premuto sull'orecchio. Era seduto accanto a me, in un paio di pantaloni neri e un pullover color crema. Io indossavo dei jeans, un maglione rosso scuro e un paio di stivali. Non avevo mai portato nulla di così soffocante in tutta la mia esistenza. Si riusciva a intravedere un accenno di pelle solo grazie alla scollatura a V.

«Portate principali per sei» continuò, fermandosi poi per ascoltare. «No, la stanza è solo per una persona. Gli altri si occuperanno da soli delle loro sistemazioni». Allungò la mano e afferrò la mia, per poi posarsela sulla coscia. «Sì, va bene».

La mia attenzione vagò di nuovo verso le stelle. Darius aveva abbassato tutte le luci, regalandoci una magnifica visuale.

Meraviglioso...

«Perfetto. Grazie». Darius terminò la chiamata e si rilassò accanto a me, accarezzandomi dolcemente la mano. «Dovremmo atterrare tra un'ora».

Annuii distrattamente, incapace di concentrarmi su qualcosa che non fosse l'enorme sfera luminosa fuori dal finestrino. Le stelle che la circondavano brillavano nel cielo notturno, confortando la mia anima.

«Posso sentire la tua fascinazione ardere attraverso il nostro legame, Juliet» mormorò. «È una sensazione così insolita. Non sono più molte le cose che mi incuriosiscono». Sollevò la mia mano e se la portò alla bocca. Mi mordicchiò il polso, scatenando le farfalle nel mio stomaco. «Dove mi stai portando?». Le mie labbra si mossero prima ancora che potessi rendermene conto. Il mio cuore mancò un battito per quella domanda audace, ma la mia bocca si rifiutò di scusarsi o rimangiarsela.

Volevo saperlo.

No, *meritavo* di saperlo.

«Chicago» rispose Darius.

La sua disponibilità mi lasciò di stucco. *Ma certo che mi ha risposto. Perché non avrebbe dovuto?* Scossi la testa.

Se la notte precedente mi aveva insegnato qualcosa, era che non capivo minimamente Darius. Mi aspettavo che mi picchiasse per come mi ero comportata, o peggio. Invece aveva passato tutta la notte a parlarmi con un tono rassicurante, stringendomi tra le braccia.

Mi promise che non mi avrebbe mai condivisa con nessuno. Non mi urlò contro mentre sbraitavo. Mi lasciò piangere e mi asciugò le lacrime con i suoi baci.

E aveva appena risposto alla mia domanda.

«Chicago» ripetei. Il nome mi suonò familiare, ma non per qualcosa che avevo studiato al palazzo. «Era una città molto popolare in quelli che furono gli Stati Uniti d'America, giusto?». L'avevo trovata svariate volte nei suoi libri di storia. «Esiste ancora?».

«Tutto esiste ancora. Forse intendevi chiedermi cos'è diventata». Si posò le nostre mani intrecciate sulla coscia e sospirò. «La conosci come Lilith City».

Finalmente il mio sguardo abbandonò il finestrino. Mi sentii mancare.

Lilith City? Era il cuore del mondo dei vampiri. La Dea stessa viveva all'interno di quelle famigerate mura, mantenendo l'ordine tra i suoi simili. Le vergini di sangue visitavano la città solo nel caso di eventi politici. O per subire un processo e la conseguente esecuzione.

Che Darius volesse consegnarmi al tribunale dei vampiri per farmi punire? Mandarmi a morte per insubordinazione? Fare di me un esempio per tutti?

Dea, se me lo meritavo. Soprattutto dopo la scorsa notte. Avevo infranto ogni regola, permesso alle emozioni di controllare il mio comportamento, agito male di fronte al reggente e considerato la morte un'alternativa migliore al mio destino. La lista delle mie trasgressioni era infinita.

Sto per morire?

Sarebbe poi così male?

Darius si chinò verso di me e premette le labbra sulle mie. La sua lingua si insinuò nella mia bocca e miei pensieri si sciolsero in una tiepida pozzanghera.

Sei al sicuro, sussurrò la mia anima. Una fiducia istintiva che superava ogni logica. Forse eravamo in volo verso la mia morte, eppure non riuscii a non ricambiare il suo bacio.

«Rilassati, Juliet» mormorò dolcemente. «Non ho nessuna intenzione di punirti. Non per aver fatto esattamente ciò che volevo». Mi baciò di nuovo. Fu un bacio più lento, più intimo. La sua mano stringeva la mia, il suo pollice mi disegnava sul polso piccoli, languidi cerchi.

«Darius» sussurrai, facendomi coraggio.

«Sì, tesoro?».

«Dimmi perché stiamo andando a Lilith City». La richiesta mi uscì più secca di quanto volessi, suonando quasi come un ordine.

Lo sentii sorridere sulle mie labbra. «Mmm... lo sapevo che eri quella giusta». Mi guardò. I suoi occhi affascinanti brillavano di approvazione. «Cosa ti ha insegnato l'Organizzazione su Lilith City?».

«È la venerata sede della Dea e del governo dei vampiri». Sembrava stessi recitando da un libro di testo, ma la descrizione era accurata.

«Venerata sede della Dea» ripeté con tono beffardo. «Lasciami indovinare. Ti costringevano a pregarla, vero?».

Annuii. «È l'essere supremo».

«Più che altro la stronza suprema». Scosse la testa. «È da più di duemila anni che conosco Lilith. E non è di sicuro una dea. Solo una vecchia vampira di sangue reale con un debole per il potere».

Rimasi a bocca aperta per lo shock. Aveva appena insultato la carica più importante del nostro mondo, la Dea stessa.

«Potrebbero ucciderti per un'affermazione del genere» sussurrai, sconcertata.

Sono sempre in ascolto, mi aveva avvertita la mia guardiana. *Non pronunciare mai il Suo nome invano.*

Darius ridacchiò. «Le pecore si spaventano così facilmente». Mi diede una stretta alla mano. «Non preoccuparti, tesoro. Lilith potrà anche desiderare di uccidermi, ma non perché sminuisco il suo prezioso titolo. Nessuno dei miei simili la considera un essere supremo, semplicemente una regina. È agli umani che insegnamo ad adorarla, soprattutto perché lei lo trova divertente».

Aggrottai la fronte. Non poteva essere vero.

Anche se forse, beh... Perché avrebbe dovuto mentire?

L'Organizzazione teneva dei rituali in cui le vergini di sangue dovevano leggere dei passaggi da antichi testi latini, in cui si ringraziava la Dea per averci donato la vita. Tutte le cerimonie erano condotte dalle guardiane, non dai vampiri. Loro si limitavano ad appostarsi in disparte, per controllarci.

«Durante i rituali, i vampiri non si inginocchiavano mai, né le rendevano omaggio». Nel momento stesso in cui pronunciai quelle parole, capii quale fosse la verità. «La tua specie non la venera».

«No. Ma molti rispettano la sua autorità». Il modo in cui lo disse suggeriva che lui non era tra loro.

«E chi adorate?» riflettei ad alta voce, incuriosita.

«Principalmente noi stessi». Trascinò il pollice sulle mie nocche. Aveva un tono assorto. «La propaganda dell'Organizzazione ha lo scopo di mantenere gli umani in riga. Avere un potere superiore da pregare vi offre un falso senso di speranza, che è facilmente manipolabile. È un meccanismo di controllo brillante, lo devo ammettere. Ma è anche terribilmente triste».

Meccanismo di controllo. Un riassunto accurato della mia esistenza. Non avevo mai potuto scegliere. E finché Darius non era entrato nella mia vita, non avevo mai nemmeno desiderato di farlo.

«Noi siamo predatori, gli umani le nostre prede» continuò in un sussurro. «E alla mia specie è sempre piaciuto giocare col cibo». Mentre parlava, il suo sguardo cadde sul mio collo. Uno strano calore si diffuse nelle mie vene.

Sì, ti prego, mormorò il mio corpo. Mordimi.

«E tu?». Il mio respiro era affannoso, così come la mia voce. «Anche a te piace giocare col cibo?». Ti piace giocare con me?

Le sue labbra si incurvarono in un sorriso. «Alzati» ordinò, lasciando andare la mia mano.

Il mio respiro rallentò. Il suo comando mi riscaldava dall'interno. Avrei osato rifiutarlo? Ma soprattutto, volevo farlo?

La risposta mi giunse mentre gli obbedivo. Anche dopo le mie conclusioni della notte precedente, desideravo ancora compiacerlo. Non lui in quanto vampiro. Ma lui in quanto Darius.

Perché soddisfarlo mi piaceva.

«Mettiti a cavalcioni su di me, Juliet».

Mi sistemai sul suo grembo. Le mie cosce si spalancarono attorno alle sue, le mie mani caddero sul suo addome piatto. «Non mi hai ancora detto perché stiamo andando a Lilith City».

«Lo so». Avvolse una mano attorno alla mia nuca. L'altra si posò sul mio fianco. «È solo una fermata veloce. La nostra vera destinazione è un'altra, e mi permetterà di mostrarti la verità sul nostro mondo. Voglio che tu veda cosa sta nascondendo l'Organizzazione».

«Perché?».

«Vedrai». Il suo naso mi sfiorò la guancia, inalando lentamente. Il suo tocco era una carezza leggera come una piuma. «Hai un profumo meraviglioso» mormorò, stringendo la presa sulla mia nuca. «Sei la mia personale versione del paradiso».

Le sue labbra mi lambirono la mascella, facendomi venire la pelle d'oca. Amavo la sensazione della sua bocca su di me, il modo in cui sussurrava sulla mia pelle, lasciandovi una scia di calore.

«Mi hai chiesto se mi piace giocare col cibo» mi mormorò dolcemente nell'orecchio. «Era un invito, mia cara?». Trascinò i denti sul mio collo. «Sembrava proprio che lo fosse».

Mi si seccò la bocca, sentii le palpebre chiudersi.

Ti prego...

Le zanne di Darius mi stuzzicarono un punto sensibile sotto l'orecchio, facendomi rabbrividire. Non di paura, ma di desiderio. Agognavo il suo bacio vampirico, avevo bisogno di sentirlo succhiare la mia essenza. Bramavo di essere posseduta da lui. Completamente.

Juliet, pensa.

C'era qualcosa che volevo sapere.

Anzi, più di qualcosa.

Ma... *oooh*, forse non era poi così importante. Non con la bocca di Darius che mi sfiorava la gola.

«Rispondimi, Juliet» mi ordinò con un tono falsamente rassicurante. «Dimmi se lo era».

Lo era? Non riuscivo a ricordare. Non mentre la sua mano mi stringeva il fianco, non con l'altra avvolta attorno alla nuca. E soprattutto non con l'accenno di morso con cui mi provocavano i suoi incisivi.

«Mordimi» lo implorai con voce roca. «Ti prego».

Ridacchiò. «Desideri provare piacere, dolcezza? È così?». Mi strinse a sé, sistemando il mio inguine proprio sopra la sua erezione. Mi inarcai verso di lui con un gemito. Volevo di più.

Chi sono?

Non importa.

Mi strattonai il maglione. Avevo bisogno di toglierlo. Era così caldo e stretto e...

Darius afferrò l'orlo, impedendomi di sollevarlo oltre il ventre. «I vestiti restano addosso» disse con una voce bassa e imperiosa.

Gemetti di frustrazione e lo guardai in quegli occhi ardenti. «Perché?».

«Perché tra non molto atterriamo». Mi morse il labbro abbastanza forte da farlo sanguinare. Non provai alcun piacere, solo dolore. Era forse una punizione per essere stata troppo impaziente? «Perché sei già abbastanza provocante anche così, e il mio autocontrollo non è infallibile». La sua lingua percorse delicatamente la ferita, regalandomi un'ondata di piacere e scacciando il dolore di pochi secondi prima. «Perché ho intenzione di divorarti sul serio più tardi, quando il nostro lavoro sarà compiuto».

«Sul serio?» ripetei. La mia mente era annebbiata da ciò che la sua bocca stava facendo alla mia. «Hai finalmente deciso di deflorarmi?». Fremetti di eccitazione, ma poi un'ombra di apprensione calò su di me.

Mi farà male?

Continuerà a volermi anche dopo?

Sopravviverò?

L'ultimo pensiero mi fece esitare. Mi concentrai sullo splendido viso di Darius. Il suo sguardo rovente accese un incendio nel mio ventre. Oh, mi avrebbe fatto male, su quello non c'era alcun dubbio. Ma Darius non mi aveva mai inflitto dolore senza accompagnarlo al piacere.

«Rivendicare il tuo corpo è la fase finale della cerimonia, Juliet». La sua mano si insinuò sotto il maglione. Mi accarezzò delicatamente la pelle nuda. «Ti farà mia. Per sempre».

«Non è esattamente quello il punto?» gli chiesi senza fiato. «O stai aspettando che ti provi ancora qualcosa?».

Il suo pollice risalì lungo il mio fianco, seguendo il profilo delle costole. «Non devi più provarmi nulla. Lo so che sei perfetta per ciò di cui ho bisogno».

«Oh». Mi leccai le labbra, riflettendo. «Allora... stanotte?».

Il suo sguardo brillò di divertimento. «Non vedi l'ora che ti scopi, tesoro?».

«È... è solo che non capisco perché tu non l'abbia ancora fatto». Mi schiarii la voce. «Sulla base degli insegnamenti della mia guardiana, mi aspettavo che succedesse la notte del mio acquisto, ma...».

«Ti ho a malapena toccata» completò lui. La sua mano aveva trovato il mio seno. «Niente reggiseno. Significa che non hai addosso nemmeno gli slip?».

Mi abbandonai al suo tocco, volendone di più. «Mi avevi detto che la regola di non indossare biancheria intima avrebbe continuato a essere valida».

Le sue labbra fremettero. «Giusto». Giocherellò col mio capezzolo, suscitandomi un intenso formicolio tra le cosce. «Non scoparti è difficile, ma lo faccio per due motivi. Il primo è che, tra i miei simili, l'autocontrollo è considerato un punto di forza. Nonché una caratteristica molto importante, quando si è in lizza per diventare sovrano. Il secondo è che la cerimonia funziona solo se il sangue viene scambiato per almeno tre volte prima dell'atto sessuale».

Aggrottai le sopracciglia. «Quindi, se mi avessi deflorata prima che bevessi il tuo sangue...?».

«Non avremmo mai potuto avere nessuna connessione».

«E se l'avesse fatto qualcun altro?».

«Non avremmo mai potuto avere nessuna connessione» ripeté. «Anche ora, se un altro vampiro ti prendesse, distruggerebbe il processo».

«Perché sarei legata a un altro padrone?».

«No, saresti semplicemente rovinata». Mi torse il capezzolo, poi lo massaggiò abilmente. Soppressi un gemito, cercando di elaborare quello che aveva appena detto. Un'operazione non facile, con le sue dita che mi marchiavano la pelle.

«Allora». Mi schiarii la voce. La mia attenzione continuava a saltellare tra l'eccitazione e il bisogno di informazioni. «La cerimonia è solo per le vergini di sangue?».

«No, anche per le vergini in generale. E l'umano non dev'essere mai stato toccato. Ragion per cui, se avessi bevuto il sangue di un altro vampiro o se qualcun altro ti avesse presa, non avremmo potuto iniziare il rituale. Inoltre, condividere il tuo sangue non crea problemi, né lo fanno gli atti sessuali senza penetrazione. Ma qualsiasi cosa legata alla cerimonia, quindi il sesso e il sangue di vampiro, può distruggere tutto quello che abbiamo costruito».

La sua mano abbandonò il mio petto e mi alzò il maglione. Il suo sguardo cadde sul mio capezzolo turgido. Non mi premurai di fargli notare che aveva appena preteso che mi tenessi i vestiti addosso. Abbassò il viso e prese a mordicchiarmi il seno.

«Dal momento in cui hai bevuto la mia essenza, Juliet, sei stata legata per sempre a me».

«A meno che qualcuno non mi prenda prima di te» ribattei, riferendomi al suo precedente commento sulla possibilità che qualcuno interferisse con il rituale. Mi sembrava un motivo sufficiente per affrettarsi a rivendicare la mia verginità.

Darius catturò il mio capezzolo tra i denti e lo morse con forza. Il suo nome lasciò le mie labbra in un sibilo, mentre gli occhi mi si riempivano di lacrime. Non vi era alcun piacere in quel bacio vampirico, solo un violento succhiare. Gli conficcai le unghie nella camicia, cercando di reprimere un urlo.

Poi fui scossa da un'ondata di estasi che mi fece tendere i muscoli fino a dolere.

Oh, Dea, cosa sta cercando di farmi? Le mie cosce si serrarono quando un'altra scarica di piacere mi fece ribollire il sangue.

«Darius» gemetti, afferrandogli le spalle. La sua

erezione premeva sul mio sesso, incendiandomi la pelle. Presi a strusciarmi, rapita da una smania incontrollabile. Ne volevo di più. Ne avevo bisogno.

«Nessun altro ti prenderà, Juliet» giurò cupamente, stringendo la presa sul mio collo. «Mai».

Ansimai, stretta a lui, col cuore che batteva all'impazzata. «Ma hai detto al reggente...».

«Basta» ruggì, alzando la testa per catturare il mio sguardo. «Ho detto a Sebastian che avresti avuto più esperienza solo per ingannarlo. Per lasciargli credere che in futuro ti avrei condivisa più facilmente. Ma non ho nessuna intenzione di permettere a un altro di toccarti, né tantomeno di nutrirsi di te. Chiunque ci provi senza il mio consenso morirà. Hai capito?».

Il suo tono veemente mi colpì dritto al cuore. «S... sì, Sire. Ho capito».

Sospirò e mi strinse a sé. Le sue labbra incontrarono la mia fronte. «Juliet, la cerimonia ci legherà finché non muoio, o finché qualcun altro non rivendicherà il tuo corpo». Smise di parlare, lasciandomi il tempo di elaborare ciò che aveva appena detto.

«Quindi solo tu puoi portarmi a letto» mormorai lentamente. «Ora e per sempre, o la nostra connessione verrà spezzata».

«Esatto, il che ti renderà di nuovo mortale e ti farà invecchiare normalmente». Premette le labbra sui miei capelli e sospirò. «È per questo che un'*erosita* è così ambita dalla mia specie. È letteralmente un frutto proibito. Basta un unico contatto intimo per infrangere un legame eterno. Perché dovrei mettere a rischio un qualcosa di così sacro per uno come Sebastian?».

Mi immobilizzai. «Ma... ma mi hai detto che la condivisione è un requisito fondamentale per la mia posizione. Era anche lo scopo dell'esercizio con Ivan e Trevor».

«Sì. Ci si aspetta che un'erosita, soprattutto una con un sangue prezioso come il tuo, offra nutrimento agli ospiti. È un modo per sminuire la relazione, per ricordare agli umani chi comanda. E serve anche come punizione per i vampiri che scelgono la cerimonia».

«Una punizione?». Allentò la presa, permettendomi di indietreggiare appena e fissarlo. «Perché?».

«Nel mondo in cui viviamo, si basa tutto sul potere e sul controllo. Costringere un vampiro a condividere la sua compagna è la suprema forma di dominio». Passò il pollice sul mio seno ferito e si portò il sangue alle labbra. Lo leccò lentamente, continuando a guardarmi negli occhi.

«È questo che sono? La tua compagna?». Non riuscii a celare la nota di meraviglia nella mia voce. Ero convinta che la cerimonia non fosse che un modo per legarmi permanentemente a lui. Una schiava di cui godere per l'eternità. Pensavo mi avrebbe garantito protezione, ma senza alcuna libertà. Non che mi importasse, visto che il mio scopo, in effetti, era servire.

Finché Darius non mi ha fatto conoscere il concetto di scelta...

Si perforò un dito e fece colare la sua essenza sul mio capezzolo ferito. La mia pelle vibrava di elettricità, guarendo sotto il suo tocco.

«Sì, sarai mia in tutti i modi» confermò dolcemente.

«E tu sarai mio?». La domanda mi sfuggì senza che me ne rendessi conto. Lui ne sembrò divertito.

«Mi stai chiedendo una relazione esclusiva, tesoro?».

«Non... non lo so» ammisi. «Hai detto che non posso condividere l'intimità con nessuno, altrimenti il nostro legame si spezza. Cosa succede se tu lo fai con un'altra?».

«La cerimonia ti lega a me, non il contrario. Se volessi,

potrei prendere svariate vergini di sangue senza
danneggiare la nostra connessione».

Mi accigliai. Darius avrebbe potuto avere altre amanti,
mentre io dovevo rimanergli fedele. Voleva dire che dovevo
andare a letto solo con lui, il che era un risvolto positivo.
Ma non mi piaceva l'idea che lui desse piacere a un'altra.
Mi si strinse lo stomaco quando mi resi conto che forse era
già successo. Che Darius aveva avuto altre amanti, da
quando avevamo iniziato con la cerimonia.

Erano diversi giorni che non beveva il mio sangue, a
parte qualche sorsata. E non avevamo dormito insieme per
due notti di fila. Si era concesso un'altra? O molte altre?
Era così che riusciva a trattenersi dal prendermi?
Soddisfando i suoi bisogni altrove?

«Non è giusto» esplosi, col cuore che mi martellava
dolorosamente nel petto. Non volevo condividere Darius.
Né volevo che lui condividesse me. Era sbagliato. Crudele.
Ingiusto.

Lui è mio.

«È la natura, tesoro». Mi risistemò il maglione e mi
diede una stretta delicata ai fianchi. «Ora mettiti la
cintura. Stiamo per atterrare».

JULIET

Darius mi accompagnò fuori dal jet privato e fino all'auto nera che ci aspettava poco lontano. Scambiò qualche parola con l'autista, gli strinse la mano e mi aiutò a salire dietro. Poi si sistemò accanto a me.

La strada era illuminata da luci che non avevo mai visto, e conduceva a un'orda di grattacieli che si stagliavano in lontananza. Era tutto così diverso dalla tenuta isolata di Darius e dalle mura spoglie del palazzo in cui ero cresciuta.

Mentre la macchina si lasciava l'aeroporto alle spalle, Darius allungò la mano e la posò sulla mia. Ci stavamo dirigendo verso quella che sembrava essere una specie di barricata in mezzo alla strada, altrimenti deserta. Sbirciai attraverso i finestrini, studiando la strana formazione.

No, non era una barricata. Era una fila di soldati vestiti di nero, con le pistole in mano. *Proprio come al palazzo.*

Raggelai. *Sono qui per me, per riportarmi indietro, per...*

«È la pattuglia di confine» mormorò Darius. Mi strinse la mano e mi tirò più vicino a sé. «Il loro compito è di non far uscire nessuno dalla città».

Rallentammo fino ad andare quasi a passo d'uomo. Gli uomini in uniforme circondarono l'auto, costringendoci a fermarci. Darius abbassò il finestrino con un'espressione annoiata. «Buonasera, signori».

«Sire» rispose una voce profonda.

È un umano, mi resi conto trasalendo. *Com'è possibile?*

I suoi occhi blu incontrarono brevemente i miei, poi abbassò lo sguardo sulla cartellina che teneva in mano. «Per quanto a lungo vi fermerete?».

«Per tutto il tempo che voglio» rispose Darius. Il suo tono era intriso di autorità. «Ho diverse proprietà, qui».

L'uomo sfogliò le sue carte, annuendo. «Giusto. Sì. Certo». Alzò una mano e fece un cenno a qualcuno. I soldati che circondavano la macchina indietreggiarono immediatamente. «Vi auguro una buona serata, Sire. E vi porgo le mie scuse per l'interruzione».

Darius non rispose, limitandosi ad alzare il finestrino. L'auto riprese a muoversi e lui si rilassò sul sedile.

«Guardie umane» sussurrai, lanciando loro un'occhiata mentre ci allontanavamo. Ce n'erano almeno una cinquantina, forse di più.

«Sì. È una posizione molto ambita tra i tuoi simili. Per via dei benefici».

«Benefici?».

«Sì. Sesso, cibo decente, delle condizioni di vita accettabili. Ai vigilanti, è così che si chiamano, vengono concessi questi privilegi affinché si occupino dei confini. Il loro compito principale è catturare chiunque tenti di fuggire». Nei suoi occhi verdi c'era un incendio. «Li vedrai ovunque, in città. Fanno rispettare la legge e mantengono l'ordine. Sono anche autorizzati ad amministrare punizioni. Entro certi limiti».

«Umani che lavorano per i vampiri». Ero sconvolta. Pensavo che la maggior parte di noi fosse ridotta in schiavitù, o relegata in uno dei tanti campi. Quei soldati andavano dove volevano. Liberi. Con delle pistole.

«I vigilanti servono anche i licantropi. E non ne vengono selezionati molti, il che rende il tutto ancora più competitivo». Si portò la mia mano alle labbra e mi baciò il polso. «Costringere le masse a contendersi una posizione ambita, così che nessuno si allei né si ribelli. È una tecnica di dominio da manuale, ed è eseguita in modo impeccabile. In questo modo, gli umani si tengono sotto controllo tra loro, senza che gli esseri superiori debbano fare alcuno sforzo».

Aprii la bocca, la chiusi, poi la riaprii di nuovo. Ma non avevo nulla. Non avevo parole. Non avevo nemmeno domande.

Darius sorrise tristemente e mi sfiorò le labbra con le sue, indugiando per qualche istante. «L'Organizzazione ti ha insegnato tutto sulle questioni politiche dei vampiri, ma nulla sul Giorno del sangue, né sulle fazioni. E, probabilmente, poco o nulla sui licantropi». Un altro bacio, un po' più lungo. La sua lingua si intrufolò ad assaggiare la mia. «Tutto questo cambierà, mia cara. Ti voglio consapevole e informata».

Le sue labbra catturarono le mie, mettendo a tacere qualsiasi risposta. Non che ne avessi una. La mia mente era ancora in subbuglio per l'esistenza dei vigilanti. *Umani che sorvegliano altri umani. Umani in competizione tra loro per poterlo fare.*

Darius mi afferrò i fianchi e mi trascinò sul suo grembo, costringendomi a mettermi di nuovo a cavalcioni su di lui. Udii un ronzio, forse era un divisorio che si alzava per concederci un po' di privacy. Il mio maglione sparì in un attimo, finendo sul sedile.

«Ho bisogno di nutrirmi» mormorò. Le sue labbra scesero sul mio collo. «Volevo farlo sul jet, ma qui mi sembra più appropriato». Mi sfiorò il petto, respirando affannosamente. «Toccami».

Obbedii all'istante, posandogli le mani sulle spalle.

«Più in basso, Juliet».

«Sì, Sire». Trascinai le dita lungo il suo maglione e raggiunsi il rigonfiamento che gli stava crescendo sotto il tessuto nero.

Raccolse i miei capelli nel pugno, esponendo così il mio collo. «Sbottonami i pantaloni» sussurrò, con le labbra che già sfioravano la mia vena pulsante. «Tiralo fuori». Sull'ultima parola, i suoi denti mi trafissero la pelle. Violenti. Affilati. Veloci.

I miei occhi minacciarono di chiudersi, ma continuai. Gli slacciai la cintura, aprii il bottone e abbassai la cerniera. La sua eccitazione, calda e setosa, incontrò il mio palmo. Glielo strinsi e lo accarezzai nel modo che adorava, e lui mi ricompensò facendo lo stesso col mio seno.

«Darius» gemetti. Il piacere provocato dal suo morso vorticava verso il mio punto più sensibile. Mi fece spostare in modo che il mio sesso poggiasse sulla sua coscia di marmo. La testa mi ricadde in avanti con un sospiro. Darius, però, mi diede uno strattone ai capelli, raddrizzandomi e mantenendo la mia gola esposta per la sua bocca famelica.

Aumentai il ritmo, muovendo la mano nel modo che il mio intimo agognava. Se non avessimo avuto i pantaloni addosso, sarei stata tentata di premere il mio sesso umido sulla sua erezione.

Oh, Dea, sì...

Lo volevo dentro di me.

Per sigillare il nostro legame. Per essere sua in ogni modo. Per farlo mio.

Solo che non lo sarebbe mai stato. Non davvero.

È una bugia, mormorò la mia anima. *Lui è mio.*

L'elettricità ronzava sulla mia pelle. La sua essenza si mescolava alla mia. Mi diedi completamente a lui, fidandomi che sapesse quando fermarsi. Godetti dell'estasi evocata dalla sua bocca. Feci scorrere la mia mano in alto e in basso e immaginai che lui ripetesse gli stessi movimenti dentro di me.

Smaniosa, mi strusciai sulla sua gamba. Avevo bisogno di qualcosa di più. Avevo bisogno di *lui*.

La sua mano scese dal mio fianco, trovando subito quel punto speciale anche attraverso il tessuto dei jeans. Gli bastò un unico movimento esperto per gettarmi oltre il limite. Il mio grido si liberò nell'abitacolo, scandendo il suo nome.

Era sempre così. Esplosivo.

Intenso.

Travolgente.

Folle.

Il mio corpo tremava, le mie membra si rifiutavano di funzionare, la mia mano lo stringeva troppo forte. Gemette sul mio collo e le sue zanne lasciarono la mia pelle. Fui investita da un'altra esplosione, che mi gettò in una spirale ancora più profonda. Un secondo orgasmo? Una continuazione? Non lo sapevo. Non mi importava. Ero in balia delle mie sensazioni. Caldo e freddo, luce e buio, suono e silenzio.

Non mi accorsi che Darius mi aveva spinta in ginocchio, che il suo sesso aveva trovato la mia bocca e vi si era infilato in profondità. La mia sola opzione era deglutire. Ogni goccia calda e salata mi scese direttamente in gola. Fremevo ancora d'estasi, mentre i miei polmoni bruciavano per il bisogno di respirare.

«Pura perfezione» mi elogiò Darius, accarezzandomi i capelli. Trovai il suo sguardo tra le macchioline nere che mi danzavano davanti agli occhi. «Oh, Juliet, sei veramente bella così. In paziente attesa che ti permetta di respirare di nuovo». Mi sfiorò la guancia con le nocche, raccogliendo le lacrime che avevo versato senza rendermene conto. Se le portò alle labbra e le leccò lentamente, prolungando il momento. La mia vista si annebbiò, poi tutto divenne nero.

Aprii e chiusi gli occhi più volte, tornando finalmente a vedere. Innanzi al mio sguardo si stagliava il profilo scintillante di una città. Sbattei ancora le palpebre. E ancora. Ma le finestre, alte fino al soffitto, continuavano a mostrare una notte brulicante di attività.

«Darius?» sussurrai.

Nessuna risposta.

Rotolai sulla schiena e mi accorsi che il materasso sotto di me si modellava attorno alle mie forme. Osservai il soffitto. Vi era attaccato un ventilatore, che però non riusciva a rinfrescare la mia pelle appiccicosa. Il maglione e i jeans certo non aiutavano.

Perché Darius mi aveva rivestita? Anzi, perché mi aveva lasciata lì?

Mi stiracchiai, poi scesi dal letto. La stanza era decorata in nero e argento, aveva un connotato molto mascolino. Ma nell'aria mancava il profumo familiare che tanto desideravo.

Sulla sinistra si trovava un bagno con arredi in marmo e una doccia enorme. E accanto c'era una porta chiusa.

Girai lentamente la maniglia e trovai un corridoio immerso nella luce.

Mi giunsero delle voci. Parole pronunciate da una donna, seguite da una risata profonda che mi fece rivoltare lo stomaco.

Darius.

Con un'altra?

Iniziai a camminare prima di poterci ripensare. Lo trovai in un ampio salotto, seduto su un divano, con il braccio appoggiato allo schienale. Sulla poltrona accanto a lui c'era una splendida bionda. Le sue gambe accavallate puntavano verso Darius e le sue labbra erano increspate in un sorriso affascinante. I suoi luminosi occhi blu incontrarono i miei. Si spalancarono appena, come se fosse scioccata di vedermi lì.

Il sentimento era reciproco. Soprattutto visto che avevo appena dato piacere a Darius. Non aveva bisogno di un'altra e io non avevo intenzione di condividerlo. Se necessitava di altro sangue, poteva avere il mio. E il mio corpo. E la mia bocca.

Darius alzò gli occhi mentre mi avvicinavo. La caviglia che teneva appoggiata al ginocchio si posò a terra, giusto in tempo per permettermi di sedermi sul suo grembo.

Mio.

Fissai la bionda, assicurandomi che la mia espressione non lasciasse alcun dubbio in merito. La sua risposta fu un'altra di quelle risate tintinnanti.

Il braccio di Darius mi circondò la vita, stringendomi appena. «Non dovresti inchinarti per i nostri ospiti?» mi chiese sommessamente.

Mi irrigidii. *Inchini. Ospiti. Formalità.* Eravamo nel bel mezzo di Lilith City e mi ero appena scordata le regole più basilari. Chiaramente, il mio desiderio di morte non se n'era ancora andato. Mi avrebbero uccisa per il mio comportamento.

Dovevo scusarmi. Dovevo strisciare. Dovevo... oh, Dea, non avevo idea di cosa fare. Con Darius non dovevo seguire le regole, ma quando avevamo ospiti cambiava tutto.

Cercai di muovermi, di gettarmi sul pavimento, ma lui mi tenne stretta a sé. I miei occhi erano già pieni di lacrime. «Sire, io... io...».

«Oh, Darius, smettila di torturare quella povera ragazza» disse la bionda con un tono di rimprovero. «Lo sai che odio tutte queste sciocchezze sulla sottomissione».

Lui ridacchiò e mi sfiorò il collo con le labbra. «Juliet, questa è Mira». Mi mordicchiò appena. «È una vecchia amica».

Le mie narici fremettero. Una vecchia amica nel senso di un'ex amante? O di qualcuno con cui ancora condivideva l'intimità?

Un'altra delle risatine della bionda, fin troppo allegre per i miei gusti. «Mi ricorda Izzy». Mi guardò, le brillavano gli occhi. «Così possessiva».

Conficcai le unghie nelle braccia di Darius, per nulla divertita da quella femmina e dalla sua giovialità. Lui, al contrario, chiaramente lo era. Ridacchiò di nuovo. «È uno sviluppo recente. Devo dire che non mi dispiace».

«Bugiardo. Sappiamo entrambi che lo adori» rispose, sorridendogli con benevolenza. Poi i suoi occhi blu tornarono su di me. «Dolcezza, puoi rinfoderare gli artigli. Non sono interessata al tuo futuro compagno. Ne ho già uno tutto mio».

La fissai a bocca aperta. «Sei un'*erosita*?».

Rise così forte che le vennero le lacrime agli occhi. Sembrava che per lei qualsiasi cosa al mondo fosse esilarante.

Forse non è sana di mente.

«Mira è una licantropa» spiegò Darius, sfiorandomi l'orecchio con le labbra. «È la compagna dell'alfa del suo branco».

«Una licantropa». Ero frastornata. «Oh». Non avevo mai conosciuto nessuno della sua specie. Mi aspettavo che fossero più simili agli animali, che agli esseri umani. Ma la donna che avevo davanti, con il suo abito color crema, i suoi boccoli setosi e la sua manicure perfetta, aveva un'aria decisamente umana. «Piacere di conoscerti» aggiunsi goffamente.

«Il piacere è tutto mio» rispose. Poi la sua attenzione tornò su Darius. «Adesso che si è svegliata, è meglio che vi prepariate».

«Sì». Darius mi diede una stretta ai fianchi. «Ho solo bisogno che Juliet mi lasci alzare».

«Ho l'impressione che ti abbia rivendicato come suo» mormorò Mira. Gli occhi le brillarono di nuovo.

«Sembra proprio di sì» rispose lui, facendomi scendere dolcemente dal suo grembo.

Mi rimisi in piedi e mi girai verso di lui. Schiusi le labbra, ma senza emettere alcun suono. *Cos'è che volevo dire?*

Mi posò la mano sulla nuca e mi attirò in un bacio che mi fece perdere il filo dei pensieri. Non che ne avessi uno. Ormai faticavo a riconoscermi.

Ho l'impressione che ti abbia rivendicato come suo.

Sì. Sì, era proprio così. Ed era sbagliato. Gli umani non avevano il diritto di possedere nulla. Eppure, volevo che Darius fosse mio. Glielo dimostrai con la bocca, duellando con la sua lingua. Lo sentii sorridere sulle mie labbra.

«Juliet, mi rendi veramente orgoglioso» sussurrò. «Ma ho bisogno che a cena ti comporti nel migliore dei modi. La mia presenza attira sempre l'attenzione. In più, i pettegolezzi sulla mia candidatura a sovrano della regione di Jace non farà che creare ancora più fermento. È imperativo che venga visto come qualcuno che rispetta le tradizioni, e ciò potrebbe includere dire o fare cose che non ti piaceranno».

Mira sbuffò. «Non dimenticare l'intrattenimento col pasto e i camerieri finemente agghindati».

La ignorò e si concentrò su di me. «Ho bisogno che reciti la parte della vergine di sangue sottomessa, altrimenti susciterai troppe domande. E quelli che ceneranno con noi, stasera, non sono creature di cui vuoi attirare l'attenzione. Hai capito?».

Continuò a tracciare dei sentieri sulla mia gola, distraendomi. «Un'altra cena».

Darius sorrise. «Sì».

«E vuoi che mi comporti come mi è stato insegnato dalla mia guardiana».

«Sì» ripeté.

«Quindi devo anche inchinarmi».

«Purtroppo sì».

Rispettare il mio addestramento, aderire alle regole imposte agli umani. Perché improvvisamente sembrava un compito impossibile?

Perché adesso conosci la verità. Ma di certo sarei riuscita a mantenere il decoro che ci si aspettava da me per la durata di una cena. A meno che... «Dovrai condividermi?».

«No» rispose con enfasi. «Sempre che qualcuno non ti rivolga la parola, resterai in silenzio. Terrai gli occhi bassi, sarai il ritratto della sottomissione. E ti riferirai a me come al tuo Sire, non Darius. Ma non ci sarà alcuna condivisione». Strinse la presa sul mio collo e mi sfiorò la bocca con la sua. «Le uniche labbra che si poseranno sulla tua pelle saranno le mie. Se ti chiederò da bere, obbedirai. Se lo farà qualcun altro, me ne occuperò io. Capito?».

Deglutii. *Nessuna condivisione.* Mi andava bene. La

sottomissione mi veniva naturale. Non dover parlare con nessuno sarebbe stata una benedizione. Avrei potuto osservare e basta. «È così che sarà il nostro futuro?» chiesi in un sussurro. «Costellato di eventi che richiedono il mio silenzio e la mia obbedienza?».

«Non appena mi nomineranno sovrano, sì. Questa diventerà un'uscita regolare, quando saremo a Lilith City per questioni politiche». Mi sistemò i capelli dietro l'orecchio e mi posò la mano sulla guancia. «Stasera ceneremo con diversi vampiri influenti. Sono potenti, sono cattivi e mi credono dalla loro parte».

«Con un'unica eccezione, che...» si intromise Mira.

«Non è rilevante» la interruppe, mettendola a tacere. «Juliet, si è sparsa la voce del mio acquisto. È di vitale importanza che veniamo visti come una vera e propria coppia composta da un padrone e una vergine di sangue. Se qualcuno dovesse sospettare altrimenti, ci saranno delle punizioni. Come quella che ho menzionato prima».

«Condivisione» mormorai.

Annuì. «Non voglio farlo, Juliet, ma ho bisogno che pensino che non m'importi di te. Renderà tutto meno divertente per loro». Mi baciò la fronte e sospirò. «Consideralo un'introduzione ai ruoli che dovremo interpretare. Ho bisogno che tu ti comporti da perfetta sottomessa, proprio come ti ha insegnato l'Organizzazione. Va bene, tesoro? Puoi farlo per me?».

Una richiesta, non un ordine. D'altro canto, sapevamo entrambi che non avevo scelta. Non potevo rifiutarmi. Era lo scopo stesso della mia esistenza.

Per lui sarebbe stato molto più facile costringermi, ma desiderava che fossi d'accordo anch'io. Così come io desideravo avere l'opportunità di compiacerlo. La prospettiva di renderlo felice mi scaldava il cuore. Sarebbe stato meraviglioso sentirlo lodarmi di nuovo, come aveva fatto poco prima.

Juliet, mi rendi veramente orgoglioso.

L'energia sfrigolò sulla mia pelle, le sue parole continuavano a risuonarmi nella mente. Avevo bisogno che le pronunciasse di nuovo. Forse più tardi, quella notte.

«Va bene» acconsentii. Il mio cuore sorrise. «Sarò chi sono destinata a essere. In pubblico».

Mi baciò teneramente. «Dolce Juliet, il mio veleno perfetto». Un altro bacio. Questa volta più lungo, punteggiato dalla sua lingua. Inseguii l'euforia offerta dalla sua bocca. Quando Mira si schiarì la voce, dovetti sforzarmi di non ringhiare.

Darius sospirò. «C'è un abito che ti attende nell'armadio, vicino al mio». Mi mordicchiò il labbro inferiore. «Ti aiuto a cambiarti».

«Sei preoccupato che più tardi ti odierà?» chiese Mira con un ghigno sardonico.

«Sappiamo entrambi che lo farà» rispose. Le parole che aggiunse poi erano in una lingua che non conoscevo, ma fecero scendere un velo di tristezza sui suoi occhi. «Ricordati che è tutta una messinscena, Juliet. Ti prego».

JULIET

LA MORTE mi fissava dall'altro lato del tavolo sotto forma di due occhi vitrei. Sembrava quasi in pace, con le labbra blu piegate agli angoli, come se fosse stata al corrente di un segreto che il resto del mondo ignorava.

L'altra femmina, nuda anche lei, non era ancora morta. I suoi mugolii sommessi tormentavano le mie orecchie. Mi costrinsi a ingoiare un altro boccone di pasta. Una spruzzata di salsa di pomodoro nascondeva gli schizzi di sangue finiti sulla mia cena, regalo del vampiro goloso che sedeva alla mia sinistra. Ma ciò non evitò che ne sentissi il sapore rugginoso.

«Un po' aspro per un B positivo» commentò il vampiro seduto di fronte a me, alzando la testa dalle cosce della bruna moribonda. «Ma non orribile».

Darius scrollò le spalle. «Io sono abituato troppo bene». Il suo palmo era posato sulla mia nuca, il suo pollice mi accarezzava la gola con un atteggiamento possessivo.

Presi un altro boccone, ignorando la bile che tentava di risalirmi la gola.

Una messinscena, era così che l'aveva definita Darius.

A me sembra tutto parecchio reale, pensai, mentre la donna esalava l'ultimo respiro. Indugiò nell'aria con un senso di

237

finalità. Fu seguito dal sospiro di una vampira dai capelli rossi. Darius l'aveva chiamata Veronica.

Non avevo riconosciuto i loro nomi, ma intuii dal loro atteggiamento che erano antichi e potenti. Ma Darius era senza dubbio il più alto in grado. Era chiaro dalla sua schiettezza e dal fatto che era lui a parlare con il personale di servizio, mentre gli altri si limitavano a osservare.

Alzò la mano che non stava usando per accarezzarmi e fece un cenno a una cameriera. Era probabilmente il suo modo di segnalare che la cena era morta.

Soppressi un brivido. Uccidevano con una tale facilità, e senza un accenno di rimorso. Persino Darius si era abbeverato dalla donna come se lei non significasse nulla.

Tre umane, adornate solo di vari piercing e catenelle di metallo, apparvero per occuparsi dei cadaveri. Si muovevano in silenzio, sotto lo sguardo predatorio dei vampiri.

Mi sforzai di infilarmi un'altra forchettata di pasta in bocca. Aveva un sapore amaro e sbagliato, ma non avevo scelta, o avrei fatto la stessa fine delle donne sul tavolo. Nella stanza ce n'erano molte altre. Stavano venendo tutte divorate in modo simile, la maggior parte di loro in silenzio. Mi rifiutai di essere la prossima.

Alza. La. Forchetta.

Il vampiro seduto accanto a me, Brent, iniziò a giocherellare con le catenelle che pendevano dal seno di una delle cameriere.

Ignoralo. Mangia.

«Che bella» commentò, strattonando con forza. Il metallo le squarciò la pelle. Lei trasalì, ma senza emettere un suono. Il sangue iniziò a sgorgarle dalla ferita, finendo in parte sul mio piatto.

Stavo per lasciar cadere la forchetta, ma Darius strinse

la presa sotto i miei capelli, costringendomi a darmi un contegno.

Non vomitare, mi dissi, inspirando profondamente dal naso ed espirando dalla bocca. *Peggiorerebbe solo le cose.*

La donna strillò quando Brent se la trascinò in grembo, avventandosi sulla sua ferita sanguinante. Nessuno intervenne per fermarlo, nemmeno il resto del personale. Continuarono a pulire il tavolo come se niente fosse.

Perché non lo era. Accadeva ogni giorno.

Ovunque.

Comportati normalmente. La voce di Darius rieccheggiò nella mia testa, riscaldandomi il sangue. Non sapevo se fosse davvero lui, o solo la mia immaginazione, ma non mi interessava. Mi aggrappai alla nostra connessione, annegai nel suo potere e rimasi in ascolto per ricevere altre istruzioni. *Abbassa la forchetta.*

Lo feci.

Brava, tesoro.

La donna gemette quando Brent la mise sul tavolo. Il suo corpo rimpiazzò quello delle due già rimosse dal personale.

Juliet, fingi di aver finito. Puliscti la bocca. Non dire nulla.

Un brivido minacciò di percorrermi la schiena, eppure in qualche modo riuscii a obbedire. Mi tamponai le labbra col tovagliolo e lo ripiegai cerimoniosamente sul piatto. Continuai a tenere gli occhi bassi, mentre il respiro dell'umana si affievoliva.

Tutti si stavano nutrendo di lei, tutti tranne il mio padrone.

«Darius» disse una voce profonda che proveniva da dietro di me.

Darius mi tolse la mano dal collo e si alzò in piedi. «Questa sì che è una sorpresa».

«Ultimamente, ho detto molte volte la stessa cosa, parlando di te» replicò il nuovo arrivato, con un tono divertito. «Quando Sebastian mi ha riferito che sei interessato a diventare il mio nuovo sovrano, ho pensato che avesse capito male. Eppure eccoti qui, con la tua nuova deliziosa vergine di sangue. Affascinante».

Il sangue mi si gelò nelle vene.

Il mio nuovo sovrano.

Dietro di me c'era un reale. *Jace*, ricordai, sulla base della mia conoscenza dei diciassette territori. Sebastian risiedeva nella sua regione, il che significava che anche la posizione di sovrano cui aspirava Darius era sotto Jace.

«Ti dispiace se mi unisco a voi?» chiese il vampiro.

«Prego» rispose Darius, imperturbabile. All'arrivo di Jace, il resto del tavolo si era immobilizzato, staccandosi dall'umana. Respirava a stento, ma almeno era viva.

Delle dita mi accarezzarono il braccio. «Alzati». L'ordine non era arrivato dal mio padrone, ma dal reale.

Non potevo dire di no a nessuno di loro, ma soprattutto non a lui. Obbedii e mi prostrai in un inchino. La mia fronte toccò il pavimento in segno di rispetto.

La risatina con cui accolse il mio gesto era mascolina e seducente. Mi riscaldò la pelle. «È adorabile, Darius, anche se un po' troppo desiderosa di compiacere».

«Io lo considero un lato positivo» replicò il mio padrone. «Fa' pure ciò che vuoi».

Mi si bloccò il respiro, il mio cuore mancò un battito.

Condivisione.

Mi aveva promesso che non sarebbe successo. Eppure, le sue parole lasciavano intendere tutto il contrario. Era forse un modo di mostrarsi disinvolto? Per togliere il divertimento di un potenziale castigo? O forse le aveva pronunciate perché era l'unico vampiro nella stanza a cui non poteva dire di no? I reali erano divinità, i più antichi della loro specie, e riveriti da tutti. Al di sopra vi era solo la Dea.

Jace si accomodò sulla sedia che avevo lasciato vuota. «Ragazza, vieni qui. Puoi sederti sulle mie gambe».

Esitai, incerta se stesse parlando con me o con un'altra.

Con chi altri potrebbe parlare?

Giusto.

Mi alzai, sempre tenendo la testa bassa, e accettai la mano che mi tendeva. Le sue cosce erano muscolose e dure come il marmo. Mi ricordavano quelle di Darius.

«Ora, diamo un'occhiata al motivo di tutto questo clamore» mormorò, raccogliendo i miei capelli nel pugno. Mi alzò la testa con uno strattone. Mi ritrovai a fissare due straordinari occhi di un azzurro argenteo. Mi osservarono il viso come se stessero esaminando un nuovo acquisto. «Bella forma e struttura ossea».

«Bocca scopabile» aggiunse con sollecitudine uno degli altri vampiri.

Ma lui ignorò il commento. La sua attenzione si spostò sul taglio del mio abito. L'indice della sua mano libera seguì la mia clavicola fino al centro del petto, raggiungendo il punto in cui il tessuto incontrava il mio ombelico. I miei capezzoli si inturgidirono sotto il suo tocco. Un segno di eccitazione dettato dalla paura. Quando se ne accorse, le sue pupille si dilatarono. Mostrò la mia reazione a tutto il tavolo.

«Splendidi seni» mormorò, accarezzando la mia carne e pizzicandomi un capezzolo. «E reagisce meravigliosamente».

Se Darius ne fu irritato, non lo diede a vedere. «Ora capisci perché ho deciso di tenerla».

«Sì» rispose Jace, continuando ad accarezzarmi. «Sarà

molto popolare nei prossimi eventi». I suoi occhi incredibili incontrarono di nuovo i miei. «Forse ne possiamo discutere insieme, in privato, mentre entro in confidenza con il tuo nuovo acquisto».

Una lama affilata e invisibile mi trafisse il fianco, lasciandomi una ferita nel cuore.

Darius non poteva dire di no. Lo sapevo, capivo perché, eppure lo odiai comunque quando disse: «Assolutamente. Fammi sapere quando».

«Adesso andrebbe bene». Jace premette il naso sul mio collo, inalando profondamente. «Sono affamato, e non c'è altro nel menu che stuzzichi il mio appetito».

«Ecco perché ho ordinato qualche dessert per dopo». Darius sembrava annoiato. «A dire il vero, dovrebbero già essere pronte in camera».

«Eccellente». Jace alzò la testa e sorrise. «Dimmi il tuo nome, splendore».

Deglutii e in qualche modo riuscii a dire: «Juliet».

«Adorabile». Mi baciò sulla guancia. «Alzati e accompagnami in camera tua».

«Certo, Vostra Altezza». Scesi dal suo grembo, tenendo la sua mano nella mia.

Jace ridacchiò. «È molto ben educata».

«Già». Si alzò anche Darius, dando la buonanotte ai suoi amici. Dovevano aver capito che non aveva altra scelta se non andarsene, non con un reale che richiedeva la sua attenzione. Uscendo, disse a una cameriera di aggiungere al suo conto qualsiasi altro "piatto" avessero ordinato.

Quanti umani potevano divorare in un'unica cena?

Non pensarci, mi dissi. *Sei in guai molto più grossi.*

Jace mi diede una stretta alla mano mentre premevo il pulsante del nostro piano. Darius si mise dall'altro lato, con un atteggiamento distaccato. Tenni lo sguardo basso e mi concentrai sul non urlare. O fuggire. O piangere. O chiedere che mi aggiungessero al menu al piano di sotto, per unirmi alla donna che sorrideva sul tavolo.

E invece forse morirò nelle grinfie del famelico reale.

Ma non voglio veramente morire, no?

Il mio cuore e la mia mente erano in conflitto. Una parte innata di me voleva qualcosa di più dalla vita. Un'opzione, una scelta, *qualcosa*.

È solo una messinscena, ricordai a me stessa. *Giusto?*

Darius mi aveva avvertita che sarebbe stata una serata difficile, che avrebbe detto e fatto cose orribili per preservare il suo status. Anche ciò che stava per succedere era una di quelle cose?

No, impossibile. Non si era certo aspettato che Jace, un reale, si imbucasse alla cena. Non era parte del piano di Darius.

Quando l'ascensore raggiunse il nostro piano, il campanello trillò. Feci strada come richiesto, i miei passi erano molto più tranquilli del mio cuore.

Darius mi aveva promesso che non mi avrebbe condivisa, ma non aveva scelta. Non poteva dire di no a un reale.

Se Jace mi avesse voluta, sarei stata sua. La cerimonia sarebbe andata in frantumi. Non sarei più stata legata a lui, e non avrei potuto esserlo mai più. Non era quello che aveva detto Darius? Che una volta presa, sarei stata rovinata per sempre? Un'umana destinata ai campi di riproduzione, o peggio, alla sala da pranzo al piano di sotto.

Quando Darius infilò le chiavi nella serratura, mi tremarono le gambe. La porta si aprì e rivelò tre donne nude, tutte inginocchiate e con il capo chino.

«Sono questi i dessert che hai ordinato?» chiese Jace.

«Come hai giustamente detto, il menu di sotto era di cattivo gusto».

Jace ridacchiò. Il suo petto mi riscaldò la schiena. «Verrebbe da pensare che ti aspettavi la mia visita, Darius».

«Forse è così» replicò, entrando nella stanza. Si tolse la giacca. «Vieni e uniscitì al divertimento. Ti concederò anche di scegliere per primo».

«Quanta generosità». Le mani di Jace si posarono sui miei fianchi. Mi spinse oltre la soglia. «Allora scelgo Juliet».

Darius sorrise. «Scelta eccellente. Preferisci prenderla qui o in camera da letto?».

«In camera da letto» rispose. La porta si chiuse dietro di noi, sigillando la mia unica via di fuga.

Intrappolata.

La parola mi ronzò in testa, infondendo le mie membra di energia. Non potevo farlo. Mi rifiutavo. Non volevo nessun altro. Solo Darius. O forse nemmeno lui.

Quel mondo... quella vita... mi rifiutavo.

Non era giusto.

Avevo bisogno di fuggire. Di correre. *Di urlare.*

Le mie labbra si schiusero, i miei polmoni erano pronti, ma una mano mi coprì la bocca prima che avessi la possibilità di emettere un suono. Un braccio, solido come l'acciaio, si strinse attorno al mio addome e mi trascinò contro un petto altrettanto duro.

Jace.

Il reale aveva capito le mie intenzioni e mi aveva fermata prima ancora che pensassi di agire.

«Oh, tesoro». Mi mordicchiò il collo. La sensazione della sua bocca in quel punto mi sembrò così sbagliata. Un fremito di disgusto mi percorse la schiena. «Stai cercando di rifiutarmi?».

Mi dimenai contro di lui. Avevo le lacrime agli occhi.

No! Non l'avrei fatto. Non senza almeno provare a combattere.

Niente più regole.

Niente più decoro.

Niente più formalità.

La morte era un destino di gran lunga migliore.

Jace ridacchiò cupamente, con la bocca che mi sfiorava l'orecchio. «Tutto questo mi piacerà ancor più di quanto voglia ammettere, Juliet». Mi sollevò e io iniziai a scalciare nella sua direzione, ma la mia resistenza non fece che divertirlo ancora di più.

«Non farle troppo male». Il tono disinvolto di Darius mi ferì nel profondo.

Non gli importava. Forse non gli era mai importato. Era tutta una bugia? Aveva già ottenuto da me tutto ciò di cui aveva bisogno?

Non significavo nulla per lui?

No. Mi rifiutai di crederlo. Darius si era confidato con me. Mi aveva raccontato i suoi piani, introdotta a quel nuovo mondo. Perché avrebbe dovuto disonorarmi ora? Doveva essere uno stratagemma, proprio come con Sebastian.

Cercai lo sguardo di Darius e la sua mente. I miei occhi traboccavano di lacrime. Lui si limitò a fissarmi, imperturbabile, e tenne i suoi pensieri ben nascosti. Nessuna comunicazione. Nessun consiglio. Nient'altro che silenzio.

Non poteva essere vero. Doveva essere una recita. Non poteva lasciarmi a questo destino, non dopo tutto quello che...

«Ti farà male solo per un attimo» mormorò Jace, con i denti che mi sfioravano il collo.

Darius, lo implorai. Il mio cuore stava andando in

frantumi sotto il suo sguardo indifferente. *Ti prego, non farmi questo.*

Nessuna risposta. Nemmeno una smorfia.

E allora potei vederlo, il mostro in agguato sotto la maschera. Ero un mezzo per un fine. Non aveva mai avuto bisogno di me per conquistare una posizione di potere, solo il favore di un reale. Quello alle mie spalle.

Un odio profondo mi avvolse. Mi aveva tradita. Non avevo mai provato una tale rabbia.

Mi *fidavo* di lui. Lo adoravo. Volevo essere tutto per lui. E lui mi aveva gettata via come spazzatura al primo accenno di vittoria.

Sentii l'anima dilaniata da un dolore che non avevo mai sperimentato. Le lacrime sgorgavano copiose dai miei occhi, cadendo sul pavimento. Il mio sguardo era fisso sul mio boia.

Era stato *lui* a farmi questo. Mi aveva scelta lui per quel folle progetto. Mi aveva ingannata, facendomi credere in un'altra versione del mondo, con scelte e possibilità.

Non ti perdonerò mai, gli dissi con lo sguardo. Non ne sembrò minimamente turbato. Pura indifferenza. Non gli era mai importato nulla. Era tutta una bugia. L'unica messinscena era quella che c'era tra di noi.

La mia determinazione e la mia forza svanirono. Non aveva più alcun senso. Era sempre stata quella la mia sorte. Si era solo presentata un po' più tardi di quanto pensassi. Non ero mai stata destinata a vivere.

Scesero altre lacrime e mi inondarono la pelle, lo spirito, il cuore.

Speranza e desiderio morirono dentro di me, lasciando un guscio creato dai vampiri. *Prendimi. Usami. Non mi importa più.*

La bocca di Jace si serrò attorno al mio polso, i suoi denti penetrarono in profondità. Non mi opposi. Non emisi un lamento. Non mi mossi nemmeno. Mi limitai a sostenere lo sguardo di Darius, facendogli vedere la donna che aveva distrutto.

Congratulazioni, pensai con amarezza. *Sarai un sovrano eccellente*.

DARIUS

Basta.

Lanciai una scarica di energia a Juliet attraverso la nostra connessione, costringendola a perdere i sensi. Jace la prese tra le braccia e mi incenerì con lo sguardo, irritato per essere stato interrotto proprio nel mezzo della sua scena.

Se non avessi deciso di improvvisare, non sarebbe stato necessario, lo accusai con un'occhiata altrettanto infastidita. Stronzo.

Lui fece un cenno eloquente verso i solchi nel collo di Juliet. *Sarebbe potuta andare molto peggio,* sembrò voler dire. Probabilmente perché le sue zanne erano ancora conficcate nella pelle di lei, quando l'avevo fatta svenire.

Non avresti dovuto morderla, replicai. Non che potesse davvero sentirmi, ma la mia espressione furiosa trasmetteva chiaramente ciò che provavo.

Jace alzò gli occhi al cielo. «Tienila mentre decido con quale dei tuoi dolcetti accompagnarla». La sua voce era priva del palese fastidio inciso nei suoi lineamenti.

«Ma certo» risposi, suonando altrettanto disinvolto, quando in realtà avrei voluto fargli conoscere da vicino il mio pugno.

Jace mi porse Juliet con estrema cura, poi si dedicò alle umane dall'altro lato della stanza. Mi tagliai la lingua e tamponai le ferite sul collo di lei. Non era necessario, dal punto di vista della guarigione. Lo feci solo perché non volevo i segni di Jace sulla sua pelle.

La mia Juliet. Le accarezzai la guancia calda e trattenni un sospiro. L'odio con cui mi guardava era quasi riuscito a distruggere la mia compostezza. Me l'aspettavo, certo, ma non ero preparato a *sentirlo*.

Jace toccò le umane descrivendo i loro attributi fisici, poi guidò ciascuna di loro sul pavimento, facendole cadere in un sonno profondo. Quando anche la bionda toccò terra, mi chiese se avessi una preferenza.

Mira apparve dalla camera da letto a passo felpato, mentre io recitavo il copione su cui ci eravamo accordati in precedenza.

Commentammo i loro gruppi sanguigni e quale ci piacesse di più, mentre Mira le analizzava con il suo scanner. Era dotato di una tecnologia che sovrascriveva i dispositivi di ascolto impiantati nelle loro braccia. Dispositivi che erano usati anche come localizzatori, nel caso fossero fuggite. Anche Juliet ne aveva uno simile, ma lo avevo rimosso la prima notte, quando era svenuta nella limousine. L'avevo lasciato da qualche parte in un Paese un tempo noto come Italia, dove si trovava il palazzo dell'Organizzazione.

«Forse dovremmo vedere chi urla più forte?» suggerì Jace, quando Mira alzò le dita in un conto alla rovescia di cinque secondi.

«Mi sembra un'ottima idea» risposi come da programma.

La mano di Mira si chiuse. «Via libera».

«Grazie al cielo» esclamò Jace, passandosi la mano sulla faccia. «Temevo che Darius avrebbe cercato uccidermi».

«Non dovevi morderla» ringhiai, finalmente in grado di

dirglielo a voce alta. Eravamo d'accordo che la spaventasse, non che la mordesse.

«Se ti fa stare meglio, non ho ingoiato».

Feci un passo verso di lui, pronto a dimostrare al mio più vecchio amico quanto non mi facesse stare meglio, ma Mira si mise in mezzo.

«Potete picchiarvi più tardi. Dobbiamo muoverci in fretta, se vogliamo raggiungere il clan Majestic prima dell'alba». Mira mi fissò con i suoi gelidi occhi blu. L'alfa dentro di lei ribolliva appena sotto la superficie. «Svegliala e vestila per il viaggio. Hai dieci minuti».

Non mi misi a discutere e mi avviai verso la camera da letto. Considerando il modo in cui Juliet mi aveva fissato prima di svenire, si sarebbe svegliata lottando.

«Juliet» sussurrai dolcemente, mentre la adagiavo sul soffice copriletto bianco. «Apri gli occhi, tesoro».

Le sue palpebre fremettero; le sue guance erano di un tenue colore rosato. Così bella e innocente. Svegliarla dal sonno era un lusso di cui avrei potuto godere per tutta la vita.

«Darius?» mormorò in un sospiro. Ma poi si ricordò quello che era appena successo, e il suo sguardo divenne d'acciaio. «Tu!». La sua mano sferzò l'aria, e riuscii ad afferrarla appena prima che raggiungesse la mia faccia. Allora ci provò con l'altra. Dovetti bloccarle entrambi i polsi sopra la testa.

«Juliet». Mantenni un tono basso e tranquillo. «Ho bisogno che mi ascolti».

«Ti odio!» gridò, contorcendosi sotto di me e cercando vanamente di sfuggire alla mia presa. Altre parole di disprezzo le uscirono dalla bocca, alcune delle quali mi sorpresero. O desiderava veramente la morte, o si sentiva abbastanza a suo agio con me da dire cose del genere. Perché nessun umano avrebbe urlato così a un vampiro.

«Calmati». Il mio tono era minaccioso ed esigeva la sua sottomissione. Se qualcuno l'avesse udita, il suo castigo sarebbe stato incommensurabile. E volevo essere l'unico a farla sanguinare.

Le tenni entrambi i polsi con un'unica mano e usai l'altra per coprirle la bocca. Poi mi sistemai sopra di lei. Sentii subito il principio di un'erezione, nonostante il mio cervello fosse concentrato sulla notte di viaggio che ci attendeva. La sua ribellione era stata incredibilmente eccitante, e volevo punirla e premiarla al tempo stesso. Una contraddizione incredibilmente sexy. Di cui però avrei dovuto occuparmi più tardi.

«Mi dispiace che Jace ti abbia morsa» dissi il più dolcemente possibile, cercando di ignorare il desiderio che mi faceva ribollire il sangue. «Non era parte del piano».

Mi guardò con sospetto. Era chiaro quanto volesse ancora farmi del male.

Sospirai. «Juliet, ti ho detto che questa sarebbe stata solo una breve sosta nel tragitto verso la nostra reale destinazione. Partiamo tra pochi minuti e ho bisogno che ti prepari. Puoi odiarmi più tardi, ma adesso devi fidarti di me e fare ciò che ti dico».

La sua espressione non mutò di una virgola.

«Pensa a tutto quello che ti ho detto, tesoro. Ti avevo avvertita che stasera sarebbe stata tutta una messinscena. E sì, ti avevo promesso che non ci sarebbe stata alcuna condivisione. Mi dispiace...».

«Non è stata colpa sua» intervenne Jace, interrompendo la mia spiegazione. Fulminai con lo sguardo il pomposo idiota appoggiato allo stipite della porta. «Non guardarmi così. Sei tu che ci stai mettendo un'eternità».

«Perché l'hai spaventata a morte». *Facendola anche infuriare*. Non che quello mi dispiacesse. Volevo che il suo carattere si rafforzasse e che si lasciasse alle spalle tutte quelle buffonate sulla sottomissione. Sembrava che il mio desiderio fosse stato finalmente esaudito.

«Dovevo essere credibile, Darius. Ho una reputazione da difendere».

Scossi la testa, infastidito, e incontrai lo sguardo confuso di Juliet. «È un vecchio amico. Il più vecchio, a essere precisi. E un coglione».

«Sì, beh, questo "coglione" ti ha salvato dal dover passare un'altra ora con quegli imbecilli al piano di sotto. A proposito, non c'è di che. La prossima volta ricordami di non aiutarti, se è così che mi ringrazi».

«Siete due bambini» ringhiò Mira. «Perché non si è ancora preparata?».

«Perché Jace ci ha interrotti» risposi, con un'altra occhiataccia alle mie spalle. «Fuori, tutti e due. Datemi cinque minuti e saremo pronti per partire».

«Sarà meglio» replicò Mira, completamente indifferente al mio tono. «Tu,» sbottò, indicando Jace e poi la porta «fuori».

«Amo quando fai la alfa con me, piccola. Sei adorabile».

«Sì?». Mira sbatté le sue lunghe ciglia verso di lui. «Mi assicurerò di dirlo a Luka».

Jace si allontanò ridacchiando. «Non ho paura del tuo compagno, tesoro».

«E dei miei artigli?» chiese lei, seguendolo.

Razza di cascamorto. Reale o meno, prima o poi Jace si sarebbe fatto ammazzare.

Mi concentrai sul compito da svolgere e trovai sotto di me una versione di Juliet molto più calma. «Ora ti lascerò parlare».

Mi rispose sbattendo le palpebre.

Il mio palmo scese verso la sua gola, circondandola

possessivamente. Le sue pupille brillarono, si leccò le labbra. Non era il momento, ma la volevo. No, avevo *bisogno* di lei.

Prima che potesse muoversi o dire di no, la mia bocca reclamò la sua. Sfogai tutta la mia frustrazione repressa, costringendola brutalmente ad accettare le mie scuse e a collaborare.

All'inizio non si mosse e non reagì. Ma pian piano cedette al mio bacio, e lo ricambiò con un gemito che sentii nel profondo.

Mia.

Odiavo che Jace l'avesse toccata. Che avesse messo la sua bocca su di lei. Avevo bisogno di cancellare lui e tutti gli altri, di ricordarmi che lei apparteneva a me. Le baciai la mascella, il collo, il punto in cui Jace aveva osato marcarla, e affondai i denti nella sua gola. Lei si inarcò verso di me con un grido di piacere, il suo corpo tremava sotto il mio. Non si trattava del sangue o del bisogno di nutrirmi, ma di riaffermare il suo posto al mio fianco.

«Nessun altro» sussurrai, più a me stesso che a lei. «Ucciderò chiunque ti tocchi». Le liberai le mani e iniziai ad accarezzarle le braccia, scendendo verso il suo vestito. Glielo strappai via con un unico movimento, lasciandola nuda. «Ho bisogno che tu sia soltanto mia».

Mi passò le dita tra i capelli, li afferrò e mi costrinse ad alzare la testa. «Non ti condividerò».

Il suo tono possessivo mi fece sorridere. La cerimonia era molto rara, pochissimi vampiri sceglievano di prendersi un compagno. Ma conoscevo un'altra relazione in cui l'umana era altrettanto gelosa.

Ismerelda.

Quel nome fu la doccia fredda di cui avevo bisogno per tornare alla realtà, un severo richiamo alla nostra missione.

Baciai Juliet intensamente, promettendole con la bocca

che saremmo tornati presto sull'argomento. «Dobbiamo prepararci» mormorai, staccandomi da lei. «Ti sto per portare in un luogo davvero speciale per me, ma è molto, molto pericoloso. Ho bisogno che tu faccia esattamente ciò che ti dico».

«Non è un'altra cena, vero?» chiese con diffidenza.

Ridacchiai e la aiutai ad alzarsi dal letto. «No, sono trascorsi solo pochi minuti dall'ultima».

«Oh». Osservò il suo vestito stracciato. «Non sono svenuta a causa della perdita di sangue?».

«No, ti ho costretta a dormire». Le sfiorai la guancia con le nocche. «Sei stata incosciente solo per i pochi minuti necessari a occuparci delle umane».

«Occuparvi?» ripeté.

«Sì». Trovai i jeans e il maglione che indossava prima, e glieli passai. «Mira riesce ad alterare i dispositivi presenti nelle braccia. Chiunque sia in ascolto, sta sentendo un sacco di urla e di grugniti maschili. Diventerà tutto più tranquillo durante il giorno, poi la sera le grida riprenderanno».

Si infilò i pantaloni. «Perché?».

La aiutai con il maglione e le passai le dita tra i capelli. «Spiega sia la mia assenza che quella di Jace». Lo facevamo ogni volta che visitavamo insieme Lilith City. Ci aiutava a mantenere intatta la nostra reputazione e ci concedeva la libertà di andare a nord. «Mira ha un amico che terrà le umane sedate e in salute mentre siamo via. Ma abbiamo solo tre giorni a disposizione. Per questo siamo di fretta».

Aggrottò le sopracciglia. «Perché hai bisogno di fingere di essere qui?».

C'erano troppe risposte a quella domanda. Le posai una mano sul viso e le diedi la spiegazione più diretta possibile. «Stiamo andando in un posto che i vampiri tendono a evitare».

«Mi dirai dove stiamo realmente andando?».

Sorrisi per la sua audacia e le premetti la bocca sull'orecchio. «Al quartier generale del clan Majestic, da cui proviene Mira».

Juliet trasalì. «Nel territorio dei licantropi?».

«Esatto, tesoro». Le sfiorai il collo con la bocca, leccando i segni che le avevo lasciato. «Quando arriveremo, capirai. Ma puoi assicurarmi che ti fiderai di me e seguirai le mie indicazioni?».

Juliet mi guardò negli occhi con un'espressione preoccupata. «Jace mi morderà di nuovo?».

«Non se ci tiene a vivere».

Spalancò gli occhi. «Ma è un reale, giusto? Non devi obbedirgli?».

«Già, Darius. Forse dovresti inginocchiarti di più? Baciarmi la mano? Venerarmi?».

Alzai gli occhi al cielo. *Idiota*. «Hai dimenticato come si fa a bussare?».

«Ho udito il mio nome pronunciato dalla bocca della tua dolce umana e ho sperato che desiderasse altre attenzioni». Si avvicinò. I suoi occhi d'argento brillavano di allegria. Tese una mano. «Scusami per il teatrino di prima, Juliet. Sono Jace e sono lieto di conoscerti ufficialmente».

Lei afferrò il mio braccio, conficcandomi le unghie nella camicia. La combattente che avevo risvegliato solo qualche istante prima era annegata di nuovo in un oceano di dubbi.

La strinsi a me e le baciai la fronte. «Non devi avere paura di lui. È un idiota, ma è anche un amico».

«Ti voglio bene anch'io, Darius». Jace mi diede una pacca sulla schiena con la mano che Juliet aveva appena rifiutato. «È di Mira che dobbiamo aver paura. Sta camminando avanti e indietro. Se non iniziamo a muoverci, potrebbe lasciar libero sfogo al suo lato più... animalesco».

Nonostante la gravità del momento, mi venne da ridere. «Un giorno di questi, Mira ti ucciderà».

Jace alzo le spalle con noncuranza. «Può provarci. Cosa ne dite? Andiamo? Non vedo l'ora che lo spettacolo abbia inizio».

Eravamo in due. «Juliet?» chiesi, accarezzandole la schiena. «Ti fidi di me?».

Lei non si mosse. Il suo corpo si era irrigidito, i suoi splendidi occhi fissi su Jace.

L'espressione di lui si addolcì. «Mi dispiace per lo spavento, tesoro. Avevo a malapena le zanne dentro di te, prima che Darius ti mettesse al tappeto». Mi guardò di traverso. «E per fortuna che sono riuscito a prenderla al volo, altrimenti avrei potuto sgozzarla per sbaglio».

«Non dare la colpa a me. Sei tu quello che l'ha morsa senza il mio permesso».

«E non me lo perdonerai mai, vero?».

«Di certo non a breve» ammisi. «Ora scusati di nuovo con Juliet».

Udendo la mia richiesta, lei sgranò gli occhi e schiuse le labbra, senza riuscire a dire nulla.

Jace le rivolse il suo più affascinante sorriso. «Mi dispiace davvero, dolcezza. Puoi per favore perdonarmi, così Darius la smette di comportarsi da stupido?».

Spalancò completamente la bocca. Ogni segno di compostezza svanì, mentre rimaneva impietrita al mio fianco.

«Ho fatto come mi hai detto, ma non mi sembra che abbia voglia di accettare le mie scuse». Jace si accigliò. «È perché sono un reale, che si aspetta delle cose così orribili da me?».

«All'Organizzazione piace fare propaganda» borbottai.

«Indubbiamente». Jace si lisciò la cravatta. La sua giacca era sparita da qualche parte in soggiorno. «Andiamo, allora? Forse potrò fare ammenda in un altro modo».

«Juliet?» la sollecitai dolcemente. «Ho bisogno di sapere che farai come dico, una volta lasciata questa stanza. Per favore».

Alzò i suoi meravigliosi occhi su di me. «Ho scelta?». Aveva la voce roca, ma rispetto al silenzio era comunque un miglioramento.

Meglio che dica la verità. «Non proprio. No».

Non sembrò affatto turbata da quella risposta schietta. Il suo sguardo, in cui al timore si era sostituita la curiosità, guizzò verso Jace e poi di nuovo su di me. «Ti fidi di lui?».

«Gli affiderei la mia vita» risposi. Ed era vero. «È il mio più vecchio amico».

Jace fece un sorrisetto. «Per quello che vale, anch'io mi fido di lui».

Juliet ci osservò entrambi ancora una volta. «Va bene. Andiamo, allora».

Premetti le labbra sulle sue. «Presto capirai tutto. Te lo prometto».

E poi ti farò mia. Completamente. In ogni modo. Per sempre.

JULIET

Mentre scendevamo le scale, la mano di Darius teneva saldamente la mia. Mira era davanti a noi, Jace dietro. La loro andatura era disinvolta, come se non avessero avuto una preoccupazione al mondo.

Un reale sta lavorando con Darius. Anche lui disprezza l'Alleanza?

Cercai di reprimere l'impulso di controllarmi il collo, di sentire i segni che mi aveva lasciato Jace.

Non ha bevuto da me.

La mia certezza aumentava a ogni passo. Il mio corpo si sentiva rinvigorito, non indebolito. E non riuscivo a ricordare che mi avesse succhiato il sangue. Rammentavo vagamente la fitta di dolore provocata dalle sue zanne, e che poi era diventato tutto nero.

Lo osservai da sopra la spalla, e lui ricambiò il mio sguardo con un sorriso negli occhi argentei. In quel momento, non assomigliava affatto al terrificante reale presente alla cena, era solo un uomo normale con un viso incredibilmente attraente. Certo, la sua appartenenza alla specie dei vampiri non poteva essere fraintesa, non con una struttura ossea come la sua.

Mentre girammo l'ennesimo angolo, Darius riportò la mia attenzione sulle scale. Faticavo a stargli dietro, con addosso le scarpe da ginnastica che mi aveva dato. Erano così piatte che mi sentivo instabile, temevo di inciampare. Mi mancavano i tacchi.

Mira aveva in mano un qualche dispositivo su cui controllava la direzione. Non appena arrivammo in fondo alle scale, si fermò. Poi premette alcuni pulsanti e ci condusse attraverso una porta, in un corridoio dall'aspetto anonimo. Nessuno parlò, ma percepii che Darius era in stato di allerta.

Clan Majestic. Territorio dei licantropi. Che motivo poteva avere per andare là? Vampiri e licantropi lavoravano insieme per governare il mondo, ma tendevano a rimanere all'interno dei propri domini. Questo non significava che non potessero attraversare i confini, semplicemente preferivano non farlo. Eppure quella era una visita clandestina. Perché?

Giungemmo davanti a un portone d'acciaio. Mira armeggiò di nuovo col dispositivo e il metallo iniziò a muoversi, rivelando un garage pieno di auto.

Si avviò con decisione verso un grande veicolo nero. Una donna fece la sua comparsa. Mira sorrise, la abbracciò e la baciò sulle guance, ma senza dire nulla. Jace la imitò, mentre Darius si limitò a rivolgerle un cenno.

Le porte posteriori si aprirono. All'interno c'erano due uomini in jeans e maglietta. Ci fecero segno di muoverci. Darius mi sollevò per aiutarmi a entrare, poi si unì a me. Indicarono uno scompartimento simile a una scatola rivestita di nero. Darius si sdraiò al suo interno per primo, poi tese le braccia perché mi unissi a lui.

Uno strano modo di viaggiare, ma va bene...

Mi stesi su di lui, ma sussultai quando qualcosa di caldo e duro si posò sulla mia schiena. Un'occhiata alle mie spalle rivelò un Jace sorridente, che subito mi posò la mano sul fianco.

Il cuore iniziò a martellarmi nel petto, e mi venne la pelle d'oca.

Cosa sta succedendo? Perché?

Le dita di Darius trovarono le mie labbra, mettendomi a tacere prima che potessi chiedergli una spiegazione.

Ssh, mi ammonì mentalmente. *Ci sono dispositivi di ascolto ovunque.*

Mi sarebbe piaciuto saperlo fin da subito, pensai di rimando. L'accenno di sorriso che gli fece incurvare le labbra suggerì che mi aveva sentita, o che aveva compreso la mia occhiata.

I nostri corpi vennero coperti da un drappo scuro, poi udii un coperchio chiudersi con uno scatto sopra di noi. Nonostante il tepore degli uomini premuti su di me, rabbrividii.

È così buio...

Lo so, tesoro. Il mormorio di Darius mi suscitò un fremito di piacere. La sua presenza nella mia mente era così naturale, così intima. *Dovremo restare qui solo finché non oltrepasseremo i confini della città*, aggiunse.

Quella parte non mi era ancora ben chiara. Stavano facendo di tutto per nascondere quella visita, solo per evitare domande. *Non vi è permesso incontrare i licantropi?*

Oh, ci è permesso, ma è insolito e solleva domande. Domande, Juliet, che non possiamo permetterci. Quindi ho bisogno che tu rimanga calma e tranquilla, okay?

Il veicolo iniziò a muoversi e i nostri corpi si scontrarono nello spazio ristretto. Jace inspirò profondamente, ricordandomi della sua presenza. Non che avessi potuto dimenticarmene, anche volendo. Non con il suo bacino premuto sul mio fondoschiena e il suo naso affondato tra i miei capelli.

Calma. Certo, non sarebbe stato un problema. Come no.

Mmm, ho un'idea su come passare il tempo. Darius mi alzò il mento e catturò la mia bocca. La sua lingua prese ad accarezzare lentamente la mia, facendo rallentare un po' il mio battito.

Jace mi sfiorò la nuca col viso, mentre la sua mano restava premuta sul mio fianco.

Oh, Dea, cosa mi stai facendo? Ero intrappolata in una bara, stretta tra due vampiri. Uno lo adoravo, l'altro era un estraneo.

La mano di Darius si insinuò sotto il mio maglione e risalì fino a posarsi sul mio seno. Mi inarcai verso di lui. La sensazione della sua erezione sul ventre mi fece ribollire il sangue. Ma poi mi spinse all'indietro, verso il maschio eccitato alle mie spalle.

Jace rimase immobile. Solo il suo pollice seguiva delicatamente il contorno dei miei jeans.

Tutto questo è sbagliato. Lui non dovrebbe essere qui.

Lasciati andare, rispose Darius, massaggiandomi il capezzolo. *Jace non ti farà del male.*

Qualsiasi cosa avessi potuto dirgli venne spazzata via dall'ennesimo bacio, che mi lasciò senza fiato. Le labbra di Jace erano tra i miei capelli, il suo respiro caldo mi lambiva la nuca.

Darius, io...

Mi catturò il labbro inferiore con i denti e lo morse dolcemente. *Smetti di pensare, Juliet.*

Lo feci. Il mio cervello si spense e gli concesse il pieno controllo. Mi divorò dall'interno, impossessandosi di ogni mio respiro.

Jace rimase un solido calore alle mie spalle, che mi riparava dal resto del mondo. Avrei dovuto essere spaventata, persino terrorizzata, ma tra loro due mi sentivo stranamente protetta. Forse perché, nonostante il desiderio che chiaramente provavano, non mi spingevano a far nulla.

La mano di Jace non si spostò mai dal mio fianco, e la sua bocca non cercò mai la mia pelle. Nel frattempo, Darius mi baciava con passione, accarezzandomi dolcemente il seno.

Quando l'auto si fermò di colpo, le loro prese si strinsero, ma il loro abbraccio non finì. Semmai si intensificò. La bocca di Darius si muoveva con più foga sulla mia, mentre il palmo di Jace mi scorreva lungo la coscia.

Resistetti all'impulso di gemere. Una parte assennata di me sapeva che dovevo stare zitta. Ma mi sentivo così bene, così eccitata, che riuscivo a malapena a contenere il bisogno di averne di più.

Dammi piacere, implorai. *Ti prego, Darius*.

Il veicolo scattò in avanti. Il movimento mi fece sbattere contro Darius, poi contro Jace, strappando la mia mente dalla nebbia di lussuria in cui era immersa. Rabbrividii. Il mio corpo ne voleva ancora, mentre la logica cercava di riportarmi alla realtà.

La lingua di Darius continuava a tormentare la mia, il suo tocco mi incendiava la pelle. Mi abbandonai di nuovo al suo abbraccio. Il mio cuore batteva a tempo con il suo, il mio intimo pulsava di desiderio. Il contatto con Darius mi ottenebrava i sensi, rendendomi inconsapevole di ciò che ci circondava.

Finché non ci fermammo di nuovo.

Sentii Jace ridacchiare dietro di me, il primo suono che udii in un tempo che mi parve infinito. «Bel modo di tenerla tranquilla, Darius».

Le labbra appoggiate alle mie si stesero in un sorriso. «Sapevo che avresti apprezzato».

«Apprezzerei ancora di più se tu mi permettessi di accontentarla come si deve».

«Scordatelo» rispose Darius, accarezzando col naso le fiamme che mi danzavano sulla guancia.

«Nei quasi tremila anni che ci conosciamo, non hai mai detto di no a condividere una donna». Jace mi baciò la testa. «Hai scelto bene, amico».

«Lo so». La mano di Darius scivolò fuori dal mio maglione e salì ad accarezzarmi il viso. «Stai tranquilla, ora».

Non ebbi la possibilità di rispondere. Una luce fioca si insinuò nella nostro piccolo rifugio. Jace sparì, esponendomi all'aria fresca della notte. Darius mi spinse sulla schiena, poi mi superò per aiutarmi a uscire.

«Ci siamo» mormorò, quando i miei piedi toccarono il selciato.

Delle risate mascoline mi fecero trasalire. Almeno una ventina di occhi gialli brillavano nella notte. L'unica fonte di luce era la luna sopra di noi. Un enorme lupo bianco ci si avvicinò. Darius mi accarezzò la schiena mentre il lupo prese ad annusarmi la mano. Il mio battito accelerò all'impazzata, ma mi costrinsi a restare immobile.

Il lupo, che immaginai fosse un maschio, per via delle sue dimensioni, ringhiò e fece qualche passo indietro.

Ehm...

«Devi sapere che, per un predatore, la paura è un afrodisiaco» mi avvertì una voce femminile che proveniva dall'oscurità. Una donna sbucò dal filare di alberi a lato della strada, fiancheggiata da due lupi bianchi. La luna metteva in risalto la sua carnagione chiara e i capelli biondo cenere, donandole un fascino quasi etereo. «Ma sono sicura che a Darius non dispiaccia».

«Ismerelda» la salutò lui. Nel suo tono c'era una nota d'affetto. «Non dovresti stare così vicina al confine».

Lei scosse il capo. «Quando Luka mi ha detto che avevi

avviato i protocolli di emergenza per una visita inaspettata, sapevo che doveva esserci un motivo importante. Ora capisco perché l'hai fatto». Gli si avvicinò e lo baciò su entrambe le guance. Dal modo in cui lo abbracciò, mi fu chiaro che si conoscessero intimamente. «Mi sei mancato, tesoro».

«Anche tu» rispose Darius dolcemente, stringendola fin troppo a lungo.

I peli delle braccia mi si rizzarono per rappresaglia, contrariati da quel nuovo sviluppo. Come osava portarmi a incontrare un'ex amante? Feci per allontanarmi, ma la sua mano mi cinse la vita, tenendomi accanto a lui.

«Juliet, ti presento una mia vecchia amica, Ismerelda».

Lei sorrise calorosamente. «È un nome che odo solo quando mi fai visita, Darius. Ora tutti mi chiamano Izzy, persino Jace».

«È più corto» rispose Jace, come se ciò spiegasse tutto.

Izzy rise, e il suo splendido viso si illuminò sotto la luna. I suoi occhi verde chiaro incontrarono i miei e si incresparono ai lati. «Benvenuta al clan Majestic».

Darius mi strinse il fianco. «È lei la persona che volevo farti conoscere, Juliet» sussurrò. «Ismerelda è un'umana. Ed è anche un'*erosita*».

Spalancai la bocca. *Un'erosita? Nella foresta? Circondata dai lupi?*

Qualcuno che comprendeva ciò che stavo passando? Che avrebbe potuto dirmi la verità su ciò che mi attendeva al fianco di Darius?

Era quasi troppo bello per essere vero. Forse era tutto un trucco. *Se lei è un'erosita, dov'è il suo Sire?*

«È vero, lo sono. Cam è il mio compagno» spiegò con un sorriso triste. «Ne avrai sentito parlare in quanto creatore di Darius. O cugino di Jace».

Entrambe le cose, ma... *è? Tempo presente?* Aggrottai le sopracciglia. Il tradimento di Cam e la sua conseguente esecuzione erano ben noti. L'Organizzazione lo descriveva come un vampiro corrotto che aveva cercato di prendere il controllo dell'Alleanza. Non aveva avuto successo ed era stato punito con la morte.

Ma se è la sua erosita, non dovrebbe essere morta anche lei?

Mi tornarono in mente le parole di Darius, sul jet. *Juliet, la cerimonia ci legherà finché non muoio, o finché qualcun altro non rivendicherà il tuo corpo.*

Se Izzy era la compagna di Cam, allora la morte di lui avrebbe infranto il loro legame. E lei avrebbe dovuto ricominciare a invecchiare. Eppure, non dimostrava più di trent'anni. La sua immortalità era ancora intatta.

«È ancora vivo» confermò Darius sommessamente. «Ma nessuno sa dove sia».

«Tutti siamo stati indotti a credere che Cam fosse morto, ma l'esistenza di Izzy prova che non è così» aggiunse Jace. «E un giorno lo libereremo».

Il sorriso di Izzy non si estese ai suoi occhi. «Bene, ora che abbiamo terminato con le presentazioni, vorrei essere io a riaccompagnare Juliet al complesso. E voi due potete seguirci. Cosa ne dite? A questo punto, dubito riusciremo ad arrivare prima dell'alba».

Darius mi baciò la tempia e mi chiese a bassa voce: «Ti va bene stare davanti accanto a Ismerelda?». *Come preferisci, Juliet. È una tua decisione*, mi sussurrò mentalmente. *Se dici di no, non si offenderà.*

Non ebbi bisogno di pensarci. Avevo deciso nel momento stesso in cui capii chi e cosa fosse. «Sì. Mi piacerebbe avere modo di parlare con lei».

Darius mi abbracciò. «Lo immaginavo». Un'altra carezza delle sue labbra. «Sarò dietro di te, se hai bisogno. Almeno fino all'alba».

«Perché? Cosa succederà all'alba?» chiesi preoccupata. La luce del sole non poteva uccidere i vampiri, ma li indeboliva molto. Per questo preferivano girare di notte.

«Tornerò nella bara con Jace». Poi aggiunse con un sorrisetto: «Se vuoi unirti di nuovo a noi, sei la benvenuta».

Si udì un ululato in lontananza. Tutti alzarono la testa e si voltarono in direzione del suono. Quando un secondo ululato squarciò la notte, i licantropi iniziarono a muoversi.

«Dobbiamo andare» disse Darius, spingendomi verso la parte anteriore dell'auto e verso Izzy. Lei mi afferrò la mano e mi guidò verso il sedile centrale, tra lei e l'autista. Jace e Darius si sistemarono dietro di noi. Il resto dei licantropi sparì su delle motociclette, o si trasformò in lupo.

«Niente di cui preoccuparsi» mi rassicurò Izzy. «È solo un avvertimento. Ci sono esploratori umani in zona. A volte si aggirano lungo il confine, spinti dalla noia. Ma non si addentreranno troppo nel territorio del clan, non senza ripercussioni da parte della nostra pattuglia».

«Stai parlando dei vigilanti?» domandai, ricordando il termine usato da Darius.

«Sì, i vigilanti umani che predano i loro stessi simili, per guadagnarsi i favori di vampiri e licantropi» aggiunse sdegnata. «Feccia ambulante».

«Opportunisti» commentò l'autista. Aveva una voce bassa e roca. Sicuramente un licantropo.

«Già». Scosse la testa. «Comunque, immagino ti senta sopraffatta da tutto questo».

Riflettei sulla sua affermazione mentre Jace e Darius chiacchieravano sottovoce tra loro. Parlavano troppo piano perché potessi udirli, ma ero certa che sarebbero riusciti a sentire me. «Mi è permesso parlare liberamente?» chiesi, rivolta più che altro alle creature sul sedile posteriore.

«Puoi dire tutto ciò che vuoi, Juliet» rispose Darius, confermando i miei sospetti. Mi stava ascoltando. «Anzi, ti incoraggio a farlo».

«Ma che carino da parte tua» commentò Izzy con un tono piatto.

«Ismerelda, lei proviene da un mondo diverso dal tuo. Chiedere il permesso di fare qualcosa è un'abitudine inculcatale da anni di torture». Sembrava irritato. Mi ricordò di quando mi disse che dovevo smetterla di inchinarmi.

«Maledetti vampiri» borbottò irata.

«Tesoro, i licantropi non sono certo meglio» intervenne Jace. «Senza offesa, Hunter».

Il licantropo accanto a me grugnì. «Figurati».

«Ignorali e parla con me» mi spronò Izzy. «Come ti senti?».

Come mi sento? Ebbi l'impulso di ridacchiare. Le ore precedenti erano state un turbinio di emozioni. Non era forse passato un giorno soltanto dalla cena con Sebastian? E in quel momento ero seduta tra un licantropo e un'erosita, con Darius e un vampiro di stirpe reale dietro di noi.

Mia cara Dea, sto perdendo il lume della ragione.

Ero passata dal voler morire al non riuscire a distinguere l'alto dal basso.

Un bacio di Darius aveva messo sottosopra tutto il mio mondo. Per una carezza di Jace, dovetti reprimere un grido l'attimo prima e un gemito quello dopo. E per finire, eravamo sgattaiolati fuori da una città di vampiri per visitare un clan di licantropi.

Le immagini delle ultime ore mi vorticavano nella mente. Le mie labbra fremettero, e la risatina che mi solleticava la gola esplose in una fragorosa risata. Quello, o sarei scoppiata a piangere. Ah, no, avevo anche un torrente di lacrime che mi sgorgava dagli occhi.

E non riuscivo a smettere. L'energia del mio sfogo

riempiva l'abitacolo silenzioso con un suono che avevo raramente udito, e di certo mai emesso.

«Sta impazzendo, amico». La voce di Jace penetrò a malapena, perché non mi importava. Era troppo bello lasciare che le mie emozioni volassero libere.

Lì potevo ridere. Piangere. Urlare. Tutto quello che volevo. Senza essere punita.

Sono al sicuro, pensai. Darius mi aveva portata in un luogo sicuro. Incontrai il suo sguardo preoccupato nello specchietto. Era questo ciò che voleva mostrarmi. La vita al di fuori della società dei vampiri. E non avevo la più pallida idea di cosa fare dopo.

ⅅARIUS

La risata di Juliet mi colpì dritto al cuore. Era così carica di emozioni, così straziante, che desideravo solo stringerla tra le braccia. Ma un'occhiata severa di Ismerelda mi inchiodò al sedile.

«Dimmi cos'è successo a Viktor» disse Jace, per aiutarmi a concentrarmi di nuovo sul nostro obiettivo primario.

«Ha provato a toccare la mia vergine di sangue, così l'ho ucciso».

Jace sorrise. «Questo è ciò che ha riferito Sebastian, ma cos'è successo veramente?».

Mi strinsi nelle spalle. «Potrei avergli accennato, con discrezione e mentre nessuno guardava, che aveva il permesso di palpeggiare la mia proprietà».

Ridacchiò. «Geniale. E cos'hai intenzione di fare con Gaston?».

Mi allentai la cravatta e sfilai il nodo dal collo. Dopo un po', l'abbigliamento formale diventava fastidioso. «La mia speranza è che il nostro incontro improvvisato a Lilith City gli giunga alle orecchie. E che quando Sebastian mi nominerà al gala del Parlamento, faccia marcia indietro. Altrimenti, potrebbe capitargli una disgrazia. Per pura coincidenza, ovviamente».

«Com'è successo al mio precedente sovrano, Adrian?» mi incalzò, divertito.

«È stato un peccato che sia finito nelle grinfie di quei licantropi vagabondi». Un grugnito dal sedile anteriore fece eco alle mie parole. Hunter era un tiratore eccellente, che ero felice di avere dalla nostra parte.

«Già, proprio un peccato» concordò Jace. Non suonava minimamente rattristato. E infatti non lo era, visto che tutto il piano era stato una sua idea. Jace era la prima pedina. Era stato collocato nella posizione di reale, con una carica ereditaria.

Quando prese il controllo degli ex Stati Uniti nordoccidentali, scelsi di vivere sotto il suo dominio, nella mia tenuta a Washington. In attesa del passo successivo. Più di un secolo dopo, orchestrò il piano che mi avrebbe reso uno dei suoi due sovrani. La posizione mi avrebbe concesso potere e autorità sulle sue terre e i vampiri che le abitavano.

Sulla scacchiera c'erano anche altre pedine, tutte allineate strategicamente per riuscire, alla fine, a rovesciare l'Alleanza. La mia elezione era solo l'inizio. Nonché un segnale per informare gli altri che era il momento di agire.

E nel frattempo non avevamo fatto che cercare Cam. Era lui il nostro legittimo re. Non Lilith, quella stronza che gli aveva sottratto la corona.

«Mille anni fa?». Juliet sussultò. La sua risata se n'era già andata da un po', grazie ai racconti di Ismerelda. Era immersa nella storia di come aveva incontrato Cam. La sua voce lasciava intendere che si trattava di un periodo molto più felice della sua vita. Non riuscivo nemmeno a immaginare come potesse sentirsi, sapendo che il suo amato esisteva in un qualche luogo che non era in grado di trovare.

Il loro legame mentale era spezzato. Lui l'aveva tagliata

fuori, probabilmente per nasconderle i tormenti che gli stavano infliggendo i nostri simili. E per proteggerla, ovviamente.

I reali erano convinti che Cam avesse ucciso la sua erosita prima della rivolta delle creature soprannaturali, una farsa che aveva orchestrato per proteggerla dall'inevitabile futuro di schiavitù. L'aveva nascosta nel clan Majestic, di cui facevano parte i nostri pochi alleati licantropi, sapendo che i vampiri non avrebbero mai pensato di cercarla lì.

E poi era stato catturato e processato. Non certo per il tradimento che Lilith l'aveva accusato di aver commesso, ma perché minacciava il suo potere.

Una nota di meraviglia tinse la voce di Juliet, quando chiese a Ismerelda della sua relazione con Cam. Voleva saperne di più. E soprattutto voleva sapere se i vampiri tendessero a scegliersi più di un compagno.

«Penso voglia la tua fedeltà» mormorò Jace, che stava ascoltando la loro conversazione.

«Pare proprio di sì». Sorrisi. «È diventata piuttosto possessiva, ma non credo che ne conosca il motivo».

«Il legame».

Annuii. «Sta canalizzando ciò che provo per lei». Avevo dovuto reprimere tutti i miei istinti, temendo che qualcuno potesse metterli alla prova. In quel modo, però, li avevo riversati in lei attraverso la nostra connessione.

«Secondo me c'è di più». Inclinò la testa di lato, continuando ad ascoltare Juliet, che raccontava di come si era evoluta la nostra relazione. «Le piaci».

«Perché non ha alternative».

Jace alzò le spalle. «Prima gliene ho fornita una e lei si è a malapena accorta che fossi lì. Una cosa che a me non capita mai, lo sai anche tu».

Tra i suoi capelli corvini, gli occhi d'argento e i

lineamenti cesellati, non gli era mai successo che qualcuno lo rifiutasse. Mai. Anzi, alcune delle umane che ordinammo in passato sembravano sollevate di essere scelte da lui. E la maggior parte di quelle inviate ai campi di addestramento per compiacere i reali desideravano far parte del suo harem.

«Ha paura di te» gli feci notare. «L'Organizzazione le ha insegnato a temere i reali e i vampiri più influenti».

«Eppure di te non ha paura» insistette. «Il che è affascinante, considerando che sei tra i più potenti della nostra specie. L'essenza di Cam ti scorre nelle vene, rendendoti un vero principe».

«Questo lei non lo capisce».

«Oh, mi permetto di dissentire. Lo capisce eccome. Solo che, nonostante il suo istinto, si fida di te. Perché le sue emozioni le dicono che con te è al sicuro».

Osservai il suo riflesso nello specchietto retrovisore. Aveva le guance arrossate e lo sguardo assorto. Era immersa nella conversazione con Ismerelda, ignara del fatto che sui sedili posteriori stessimo parlando di lei. Le due donne esaminavano i benefici della cerimonia, l'immortalità, la connessione mentale che avevamo solo iniziato a esplorare. E i piaceri condivisi tra il vampiro e la sua *erosita*. A quel punto, Juliet arrossì. La sua voce sfumò in un sussurro mentre chiedeva a Ismerelda se Cam avesse atteso a lungo prima di deflorarla.

Sorrisi, percependo la frustrazione di Juliet per il mio ritardo nel completare il rituale. Ora che sapeva tutto, però, avrei potuto offrirle una scelta vera e propria. Inizialmente, non avevo nemmeno considerato quella possibilità, ma ora desideravo farlo. Averla al mio fianco sarebbe stato vantaggioso solo se lei avesse davvero voluto esserci. Altrimenti, avrebbe potuto trascorrere il resto dei suoi giorni tra i licantropi e gli umani del clan Majestic.

Un intero clan di mortali che viveva più o meno come un tempo. Erano liberi, potevano avere una famiglia. Ed erano protetti dai licantropi che controllavano quel territorio. A nessuno veniva in mente di perlustrare la foresta in cerca di umani. Anche se ce ne fossero stati, sarebbero morti. Quali licantropi avrebbero mai lasciato della carne fresca libera di vagare tra gli alberi? Era quello il pensiero comune, che rendeva il territorio il più sicuro al mondo per i mortali. E per la mia Juliet, se avesse scelto di restare.

«Come stanno Ivan e Trevor?» chiese Jace, strappandomi dai miei pensieri.

Gli fornii un breve aggiornamento, incluse le riflessioni di Ivan sull'attuale clima politico e su chi potremmo voler considerare per la nostra causa. Jace ascoltò ogni parola, annuendo ed esprimendo le sue idee al riguardo. Avevamo di rado l'opportunità di chiacchierare liberamente dei nostri piani. Jace mi raccontò anche le ultime novità sui reali e le loro follie. Tra le altre cose, menzionò ciò che aveva fatto Kylan. Pareva avesse ucciso tutto il suo harem per noia.

«Che stia precipitando nella pazzia causata dall'immortalità?» mi domandai a voce alta, curioso. Alcuni tra i più antichi della nostra specie perdevano totalmente il contatto con la vita e iniziavano a giocare con la morte per passare il tempo. Sembrava che Kylan stesse andando in quella direzione.

«Le sue ragioni non sono chiare, ma c'è qualcosa che non va. Per il momento si è isolato, affermando che ha bisogno di tempo per elaborare il lutto».

«Sebastian ha detto che ha cercato di anticipare il rituale del Giorno del sangue per ricostituire il suo harem».

Jace si grattò il mento. «L'ha fatto, ma non sembrava davvero convinto. Sto ancora cercando di capire cosa sia successo. In ogni caso, ha perso la testa e chiaramente non gli dispiace uccidere per sport».

«Un'ottima descrizione della nostra specie».

«Vero». Lanciò un'occhiata fuori dal finestrino, contemplando le ultime vestigia della notte. «A volte mi chiedo se saremo mai capaci di rimediare a tutte queste ingiustizie».

«No» risposi a bassa voce. «Ma possiamo provare a migliorare il futuro». *Riportando Cam sul trono che gli spetta di diritto e trattando gli umani meglio del bestiame.*

Vampiri e licantropi avrebbero sempre dominato; la nostra natura soprannaturale ci poneva in cima alla catena alimentare per un motivo. Ma questo non significava dover relegare gli umani nei campi. Erano la nostra fonte di vita. Avevamo bisogno di loro più di quanto loro avessero bisogno di noi. Cosa che l'Alleanza aveva dimenticato, quando li aveva quasi cancellati dalla faccia della terra.

«Sì» concordò Jace. «Possiamo provarci».

L'orizzonte cominciò a schiarirsi, annunciando l'arrivo del giorno. «È ora di fare un pisolino» mormorai. Non che ne avessimo bisogno, alla nostra età, ma le abitudini erano dure a morire. In più, volevo essere ben riposato per quando Juliet mi avesse raggiunto. Ci attendeva una conversazione importante, e avevo bisogno di essere preparato per qualsiasi cosa avesse da dirmi.

JULIET

«DI SOLITO DARIUS ALLOGGIA QUI» disse Izzy, accendendo le luci di una camera da letto decorata sui toni del marrone.

Avevamo trascorso l'intero viaggio in macchina parlando della sua vita, di Cam, di com'era essere la compagna di un vampiro e del suo punto di vista su ciò che stava succedendo. Nella mia mente vorticavano almeno un altro migliaio di domande, ma il mio corpo aveva bisogno di riposo.

«È così carina» commentai, sfiorando lo stipite di legno. «Posso dormire qui?».

Sorrise. «Non credo che Darius vorrebbe che tu dormissi da nessun'altra parte».

«Sei sempre stata una donna intelligente». La voce di Darius ci raggiunse da in fondo al corridoio. Si unì a noi con un incedere sicuro. Non l'avevo mai visto in piedi durante il giorno. Non mi sembrava diverso dal solito. Baciò Izzy sulla guancia. «Grazie, tesoro. Ora ci penso io».

«Comportati bene con lei, Darius». Gli scoccò un'occhiata severa. «Mi piace».

Sorrise. I suoi occhi verdi cercarono i miei. «Non preoccuparti, Ismerelda. Piace anche a me».

Il suo tono sincero mi fece gonfiare il cuore. Mi resi

conto che stavo arrossendo. Non aveva mai parlato di me in quel modo a nessuno, nemmeno a Ivan e Trevor.

«Bene» rispose Ismerelda, soddisfatta. «Anche Cam approverebbe». Quell'ultima frase fu pronunciata con un po' di malinconia. Diede un'ultima pacca sul braccio a Darius e si allontanò, lasciandoci soli.

«Tutto a posto?» mi chiese lui dolcemente. «Presumo ti senta un po' frastornata da tutto questo».

Un po' frastornata? Mi venne da ridere. E da piangere.

Fuori c'erano degli umani liberi. Che andavano in giro. Che ridevano. Che vivevano. Li avevamo superati mentre venivamo all'alloggio. Ci osservarono incuriositi, alcuni ci salutarono con la mano.

E dietro di loro c'erano i licantropi. Alcuni erano vestiti, altri in forma di lupo.

Benvenuta nel cuore del clan Majestic, aveva detto Ismerelda.

Dopo tutto quello che mi aveva raccontato lungo il tragitto, non avrei dovuto essere sorpresa. Ma vederlo con i miei occhi era un'altra cosa.

«Più tardi voglio dare un'occhiata in giro» dissi, per poi aggiungere in fretta: «Per favore». Aggrottai le sopracciglia. Non sapevo come comportarmi, lì, quand'ero con lui. Dovevo ancora seguire il protocollo? «Mi è permesso esplorare?».

Darius mi sistemò una ciocca di capelli dietro l'orecchio e mi accarezzò la guancia. «Qui puoi fare tutto ciò che vuoi, Juliet. Non hai bisogno di alcun permesso».

Mi abbandonai al suo tocco, cercando un po' di intimità con lui, il suo calore. Mi avvolse in un abbraccio di cui non mi ero resa conto di aver bisogno. Mi strinse in silenzio per un lungo istante, con un piede in camera, l'altro ancora in corridoio.

«Non so come comportarmi» ammisi in un sussurro. «Siamo passati da una cena horror a, beh, questo, e non so cosa ti aspetti da me». Mentre parlavo, mi accorsi che gli occhi mi si stavano riempiendo di lacrime. «Dimmi cosa fare. Ti prego». Avevo bisogno della sua guida, della sua comprensione, delle sue parole.

Avevo bisogno di *lui*.

«Ssh, va tutto bene». Mi accompagnò nella stanza e chiuse la porta. Poi mi prese di nuovo tra le braccia. La sua forza mi pervase, donandomi il senso di sicurezza che bramavo.

«C'è così tanto da assimilare. Non avrei mai sognato... non avrei mai pensato... Darius, là fuori ci sono degli umani. Che vivono con i licantropi. È così in tutti i clan? Posso restare qui?». Le mie parole erano goffe e affrettate. Le mie guance erano rigate di lacrime.

Fino a quel momento, non avevo capito quanto fossi realmente esausta e sconvolta. Le mie gambe stavano per cedere, il cuore mi batteva all'impazzata. Le esperienze delle ultime ore si abbatterono tutte insieme su di me. Sebastian, la cena mortale a Lilith City, Izzy, quella casetta di legno piena di aria fresca e felicità...

«Darius». Mi aggrappai a lui per non cadere. Mi sollevò dal pavimento.

«Sono qui» mormorò, portandomi verso il letto. Si sedette e mi sistemò sulle sue gambe.

Mi rannicchiai su di lui e smisi di combattere la tempesta di emozioni che stava straziando il mio essere.

Troppo. Era tutto troppo.

La conversazione con Izzy era stata illuminante e terrificante al tempo stesso. E incredibilmente *triste*. Lei aveva scelto quella vita. Aveva scelto Cam. Io non avevo mai avuto nulla del genere. Non avevo nemmeno mai sperato di avere qualcosa del genere. E poi, vedere la sua vita lì, anche se solo di sfuggita... la libertà, la felicità, umani che sorridevano... Mentre io vivevo in un mondo controllato dai vampiri. Rabbrividii. Darius mi aveva già illustrato una vita come quella, facendomi leggere tutti quei libri e attraverso i suoi racconti.

All'epoca mi era sembrata finzione, ma in quel momento finalmente lo capivo. In poche ore, avevo visto tutto. Avevo visto Izzy, un'umana, prendere in giro degli esseri superiori. L'avevo vista ridere.

Io non avrei mai avuto nulla del genere. Quella era una visita, non la mia vita. E anche se lo fosse stata, non appartenevo a quel luogo. Come avrei potuto inserirmi in un mondo in cui c'era la possibilità di scegliere? Non riuscivo nemmeno ad andare in giro senza chiedere il permesso. Anzi, peggio, *non volevo* farlo senza la benedizione di Darius. Perché una parte di me viveva per servirlo.

Anche mentre gli chiedevo di poter restare, sapevo di non volerlo davvero. La mia mente si ribellava alla follia di tutto ciò a cui aveva assistito, offuscandomi la vista e facendomi tremare violentemente.

Piangere era un segno di debolezza. Era proibito. Non era tollerato dai vampiri. Eppure, il *mio* vampiro mi stava cullando tra le braccia mentre lo facevo. Iniziò a sussurrarmi all'orecchio delle parole in una lingua straniera. Sembravano così dolci e poetiche. Confortarono il mio cuore dolente, distraendomi dal tumulto che si agitava nella mia testa.

«Cosa stai dicendo?» chiesi, premuta sul suo petto. La sua camicia elegante era umida di lacrime.

«Sto recitando un vecchio poema». Mi passò le dita tra i capelli, poi lungo la schiena. Ancora e ancora, in una carezza infinita. «Parla di perdono e compassione, ma non ha una vera e propria traduzione. È in una lingua troppo antica».

Tirai su col naso. «Perché sei così diverso dagli altri?».

«Intendi da quelli della mia specie, come Sebastian e Brent?».

«Sì. A volte sei freddo, come loro, ma sei anche così dolce. Perché?».

Si mosse. Stese le gambe e le incrociò all'altezza delle caviglie, poi mi risistemò sul suo grembo. Premetti la guancia sulla sua spalla, con lo sguardo rivolto verso la parete di legno scuro.

«La freddezza è naturale, è un prodotto dell'età. Solo che io, a differenza della maggior parte dei miei simili, non ho perso il mio senso di umanità. I vampiri e i licantropi sono le specie superiori, ma abbiamo bisogno degli umani per sopravvivere. Senza il vostro sangue, i vampiri morirebbero. Senza la vostra capacità di procreare, non esisterebbero più nemmeno i licantropi». Mentre parlava, continuava ad accarezzarmi la schiena, cullandomi in un senso di pace e sicurezza che non avevo mai provato con nessuno.

«Ci dev'essere un modo per vivere tutti in armonia, senza dover relegare la tua specie nei campi e torturarla» continuò. «Ci eravamo riusciti per migliaia di anni. Tutto cambiò, ovviamente, quando gli umani vennero a sapere della nostra esistenza. Ma la soluzione che fu messa in atto, la società in cui viviamo oggi, non era l'unica opzione. Questo è ciò di cui era convinto Cam. E molti di noi sono d'accordo con lui, me incluso».

«E Jace».

«Sì. Anche Trevor e Ivan, e molti altri che non hai ancora conosciuto. Nel corso dell'ultimo secolo, ci siamo posizionati opportunamente per riuscire ad attuare un colpo di stato. La mia elezione a sovrano, sotto Jace, segnalerà agli altri che è ora di cominciare a muovere le pedine sulla scacchiera».

«Perché proprio adesso? È successo qualcosa di particolare?».

Scosse la testa. «Non esattamente. Speravamo di avere un'idea di dove fosse Cam, prima di iniziare. Ma ci siamo resi conto che abbiamo bisogno di più persone in un ruolo di potere per riuscire a trovarlo. I cambiamenti che cerchiamo non avverranno da un giorno all'altro, e nemmeno nei prossimi decenni. Stiamo giocando una partita molto lunga».

Sbattei le palpebre, mi si stava annebbiando la vista. «Quindi gli umani continueranno a soffrire».

«Purtroppo sì». Mi strinse ancora più forte a sé. «Ma non si tratta solo degli umani, Juliet. Le terre dei vagabondi sono dei luoghi terrificanti e abitati dalla disperazione. La nostra società è basata sull'aristocrazia, ed è clamorosamente inadeguata per tutte le parti coinvolte. Ne beneficiano solo i più antichi e potenti della nostra specie. I reali, per esempio. Il resto è abbandonato a se stesso».

Non avevo mai visto quel lato del nostro mondo. Gli insegnamenti dell'Organizzazione erano tutti incentrati sullo stile di vita aristocratico, perché quello era sempre stato il mio destino: essere la schiava di un ricco vampiro. Come Darius.

La mia attenzione si spostò sull'uomo che mi teneva tra le braccia. Sul suo splendido viso, il suo sguardo seducente, le sue labbra carnose. «Perché hai scelto me?».

La sua mano salì verso il mio collo, mi scivolò sotto i capelli e mi afferrò la nuca. «Quando qualcuno nella mia posizione vuole procurarsi una vergine di sangue, ci vengono inviati i profili di tutte le candidate. Li richiesi la prima volta due anni fa. Da allora, ne ho ricevuti mensilmente, ma nessuna aveva suscitato il mio interesse. Avevo quasi deciso di lasciar perdere, visto che non c'era più tempo, ma poi il tuo fascicolo è arrivato sulla mia scrivania». Il suo pollice prese ad accarezzarmi la gola.

«Le tue abilità intellettuali e la tua propensione per le lingue erano indubbiamente dei punti a tuo favore. Ma sono stati i tuoi occhi» dicendolo, i suoi arsero con delle fiamme verde smeraldo «a segnare il tuo destino. Sapevo che saresti stata capace di mettere in ginocchio i miei nemici con un unico sguardo. E di diventare la mia arma perfetta».

Mi leccai le labbra, improvvisamente secche. «L'Organizzazione mi ha insegnato a fare qualsiasi cosa desideri il mio padrone, il che significa che ti avrei aiutato a prescindere dalla cerimonia. Allora perché iniziarla? È perché hai bisogno che sia immortale come Izzy?».

«La cerimonia ci fornisce una connessione più profonda e un modo di comunicare, nel caso ne avessimo bisogno. E sì, la tua immortalità mi era utile. Avevo bisogno che fossi meno fragile nelle situazioni che avevo originariamente previsto per te. È anche per questo che ho iniziato ad addestrarti con le armi e l'autodifesa». La mano che non mi cingeva il collo scese sulla mia coscia. «Ma quei piani si sono rivelati impossibili».

Deglutii. «Cosa vuoi dire?».

«Non posso metterti di nuovo in una situazione come quella con Viktor. Dannazione, non riesco nemmeno a condividerti». Le ultime parole furono pronunciate con una punta di frustrazione. «Ci ho provato, con Ivan e Trevor è anche andata abbastanza bene. Ma quando Sebastian ci ha fatto visita, non ne sono stato capace. Ecco perché ti ho mandata di sopra».

Aggrottai la fronte. «Pensavo di averti deluso. Sono andata nella tua stanza aspettandomi una punizione».

«Oh, tesoro, no». Mi premette le labbra sulla fronte e mi avvolse di nuovo tra le sue braccia. «Qualsiasi frustrazione tu abbia percepito era diretta a Sebastian, non a te. Le mie parole facevano parte della farsa che dobbiamo recitare per sopravvivere. Avevo intenzione di darti piacere fino a quando non saresti stata più in grado di camminare. E invece ti ho trovata completamente devastata». Si allontanò appena, in modo da potermi guardare negli occhi. «Era perché pensavi che ti avrei fatto del male?».

«Io... sì. Prima della cena, avevi detto che ti avevo delusa. E pensavo di averlo fatto di nuovo con Sebastian». Faticavo a parlare. Tutte le mie emozioni stavano riaffiorando di nuovo. «Mi aspettavo di provare dolore».

Sospirò. La sua fronte ricadde sulla mia spalla. «Non ho mai voluto farti del male, tesoro». Mi baciò il collo, poi l'orecchio.

«Non capisco più come dovrei comportarmi» ammisi. «Mi avevi chiesto se volessi essere condivisa con Sebastian. Non volevo, ma mi hanno insegnato a obbedire ai tuoi ordini. Poi, durante l'ultima cena, mi avevi promesso che non mi avresti offerta a nessuno. Ma Jace mi ha morsa. Sono così confusa, Darius. Non so più come compiacerti o cosa vuoi da me. Continuo a commettere errori. Ma ti prometto che...».

Le sue labbra si sigillarono sulle mie, zittendo la mia disperazione. Mi baciò dolcemente, la sua bocca sembrava accarezzare la mia. Gli passai le dita tra i capelli, avvinghiandomi a lui. Lo respiravo come fosse ossigeno.

Ho bisogno di te, gli dissi. *Ti prego, Darius.*

Rispose mettendomi a cavalcioni su di lui. Le sue mani mi afferrarono i fianchi e mi strinsero a lui. La mia lingua gli schiuse le labbra, desiderando di più. Non sorrise né reagì, ma mi lasciò prendere ciò che volevo. Esplorai la sua bocca come lui faceva sempre con la mia. E assaporai ogni centimetro di lui, lo rivendicai come mio, nello stesso modo in cui lui aveva marchiato me.

Non ti condividerò con nessuno, lo avvertii. *Izzy era l'unica compagna di Cam, quindi non dirmi che non è possibile. Non ti crederò.*

Interruppe il bacio. Nei suoi occhi vi era un incendio verde smeraldo. «Mi stai ordinando di esserti fedele». Non era una domanda, ma un'affermazione.

Non esitai. Il mio cuore e la mia anima si rifiutarono di ritrattare. «Sì. Hai detto che un vampiro può prendersi più di un'*erosita*, ma a me non sta bene. Se vuoi che ti sia fedele, allora tu dovrai fare lo stesso».

«E ora mi stai dando un ultimatum». Mi fece scendere dal suo grembo e rotolare sulla schiena. Poi il suo corpo mi ingabbiò sul materasso. «Ti sei forse scordata chi è il padrone qui, Juliet?».

Fremetti sotto di lui. La sua posizione e il suo tono riaffermarono il suo dominio. Non che l'avessi mai negato.

«Se prendi un'altra, la ammazzo». Mentre lo dicevo, mi resi conto di quanto fosse vero. Darius mi aveva dato un'infarinatura con le armi. Combinandola con la mia gelosia, avrei tranquillamente potuto uccidere qualcuno. «Non ti condividerò con nessuno» ripetei a voce alta. «Mi rifiuto».

Ridacchiò e le sue labbra caddero sul mio collo. «Oh, Juliet». Premette la sua erezione sul mio bacino. Il suo corpo era una massa di forza bruta che mi inchiodava al letto. «Non so se stai dicendo queste cose solo perché la mia possessività ti influenza attraverso il nostro legame, ma mi eccitano da morire». Si mise tra le mie gambe, sistemandosi in modo che il suo sesso fosse dove le mie cosce si congiungevano. «Anche tu sei mia. Ma la società mi costringerà a condividerti. È per questo che ti ho portata qui. Non solo per mostrarti un mondo che non conoscevi, ma per offrirti una via di fuga».

Raggelai, nonostante il fuoco che mi danzava nelle vene. «Cosa?».

«Puoi restare qui, se vuoi. Gli umani, anche le vergini di sangue, spariscono regolarmente. Nessuno sospetterebbe nulla, soprattutto non dopo averti vista salire in camera con me e Jace. Anzi, sarebbero stupiti se sopravvivessi». Mi baciò la gola. «Hai già fatto ciò di cui avevo bisogno, assistendomi nel mio rientro in società. Ho ottenuto i risultati richiesti, il che significa che hai mantenuto la tua parte del nostro accordo».

Il suo respiro mi si infranse sulla pelle, facendomi rabbrividire.

«Cosa stai cercando di dire?» chiesi, quasi boccheggiando.

«Sto dicendo che potresti avere una vera vita qui, Juliet. Nessuno sarebbe sorpreso dalla breve durata del nostro legame. Penserebbero che mi sono stancato di te, come quelli della mia specie sono soliti fare».

«Breve durata?». Gli afferrai le spalle e lo costrinsi ad alzare la testa. Avevo bisogno di guardarlo in faccia. «Stai suggerendo che la nostra cerimonia sia di *breve durata*?». Non mi aveva promesso l'immortalità in cambio del mio aiuto per far fuori la competizione? O voleva offrirmela soltanto fino alle elezioni? «Non vuoi completarla?».

I suoi occhi si specchiarono nei miei. «Non desideri più il nostro legame?».

Non era assolutamente ciò che avevo appena detto. Scossi la testa, confusa e combattuta. Che senso aveva iniziare il rituale solo per poi lasciarmi qui? Pensavo che Darius desiderasse condividere l'eternità con me, che mi volesse addestrare per essere il suo veleno perfetto per sempre, non *temporaneamente*. Gli diedi un altro strattone, con l'intenzione di spingerlo via, ma non si mosse.

«Juliet, stai rifiutando il legame?».

Le mie sopracciglia schizzarono in alto. «Rifiutando il legame?». Stava scherzando? «Ti ho appena detto che voglio che tu sia solo mio, e mi hai risposto che il mio ruolo nella tua vita è essenzialmente concluso!». Non riuscii a evitare di gridare. Era una completa e totale follia. «Mi hai chiesto di accettare il nostro accordo, affermando che in cambio avrei avuto l'immortalità. Poi mi hai detto che i vampiri possono avere più di un'*erosita*. E adesso vuoi lasciarmi qui. Da sola. In un mondo che non comprendo. Solo perché non hai più bisogno di me, e perché il nostro legame può essere di breve durata».

Odiavo quella definizione. Odiavo lui. Odiavo tutto. Quella vita. Quel mondo. Quella situazione. Volevo gridare, un atto proibito dai vampiri. Ma perché mi importava? A cosa serviva comportarmi sempre alla perfezione? *A compiacere il mio padrone*. Mi venne quasi da ridere. Ma fu un altro il suono che mi uscì dalle labbra.

Un urlo stridulo, ricolmo di tutte le emozioni e tutto l'odio che provavo. Il suono del mio mondo che si sgretolava sotto un velo di dolore e tormento.

Basta.

Darius voleva lasciarmi lì? Bene. Ma non prima di aver visto ciò che mi aveva fatto.

JULIET

«MALEDIZIONE!». Il palmo di Darius mi coprì la bocca, esattamente l'opposto di ciò che desideravo. Mi contorsi sotto di lui, lottando con tutte le mie forze per liberarmi da quel corpo molto più grande del mio, ma senza successo. «Smettila!» mi ordinò.

«No!». Il mio grido fu soffocato dalla sua mano. Le lacrime mi bruciavano gli occhi. Gli scoccai uno sguardo omicida. Poteva mettere a tacere la mia bocca, ma non la mia mente.

Ti odio! Perché hai iniziato la cerimonia, se non volevi nemmeno completarla? Solo per lasciarmi qui? Da sola? Senza di te? Cercai di nuovo di togliermelo di dosso. Non si mosse neanche di un millimetro. Urlai internamente di frustrazione.

Avresti dovuto obbligarmi ad aiutarti e basta! Sarebbe stato molto meglio. Non avresti dovuto forzare questo legame per poi distruggerlo. O è così che giochi col cibo, vampiro? Prometti l'eternità, poi la sottrai e abbandoni la tua vittima in mezzo a degli estranei. E te ne vai alla ricerca di una nuova compagna.

Il suo sguardo ardeva di malcelata furia, io tremavo di rabbia sotto di lui. *Lasciami andare!*

Con un'unica mano teneva bloccate le mie, mentre quella libera continuava a coprirmi la bocca. «Hai completamente frainteso le mie intenzioni» ruggì.

Sbuffai. *Ho frainteso tutto fin dall'inizio, perché preferisci parlare per enigmi piuttosto che spiegarti chiaramente.*

Inarcò le sopracciglia. «Vuoi una spiegazione completa, Juliet? Allora te la darò». La sua mano si staccò dalle mie labbra, ma venne subito sostituita dalla sua bocca. Per tutta risposta, gli morsi la lingua, strappandogli un ringhio. Ma non si fermò, nonostante il sangue che iniziava a sgorgare dalla ferita. Le sue labbra continuarono a divorare le mie, in un bacio punitivo che mi tolse il fiato.

I muri ci crollarono attorno. Un fiume di suoni e voci mi perforarono le orecchie.

L'assalto mi lasciò stordita, a fluttuare in una coscienza che non mi apparteneva.

Darius.

La sua mente mi avvolse, racchiudendomi nei suoi ricordi, nei suoi pensieri, nei suoi sentimenti e nelle sue intenzioni. Boccheggiai. I miei polmoni erano in fiamme per il bisogno di respirare, ma tutto ciò che riuscii ad assorbire furono altre parole e altre emozioni.

Tenerezza, paura, possessione, dolore.

Portarla qui è la cosa giusta da fare, anche se l'idea di lasciarla mi uccide.

Non posso tenerla con me. Non in questo mondo.

Sto perdendo la concentrazione.

Dannazione, è meravigliosa. Così distrutta, bella, mia.

Spezzarla sarà l'atto più appagante e devastante che abbia mai commesso.

Questo mondo è troppo pericoloso per lei.

Ucciderò chiunque la tocchi, anche se so che non dovrei.

Cam conta su di me. Ma tutto ciò a cui riesco a pensare è lei.

Con il clan Majestic sarà più al sicuro che con me. Ma la vedrò di rado. Un sacrificio che devo fare. Per lei.

Senza di lei sarò infelice, ma come posso essere così egoista?

E se rimanesse al mio fianco? Sarebbe ancora peggio. La società avrebbe così tante pretese... Non posso farle una cosa del genere.

Cosa ne è stato del piano originale? Ho dimenticato tutto?

Non potrà mai essere una cosa a breve termine. Non tra noi.

Quando Darius mi lasciò andare, l'ossigeno mi incendiò le viscere. La sua bocca era a un millimetro dalla mia. Ansimavo per la brutalità della sua invasione. Lui aveva le guance arrossate per lo sforzo di concedermi l'accesso alla sua mente.

«Darius» rantolai. Non avevo nient'altro da dire. L'unica cosa che importava erano le mie labbra sulle sue.

Mi avventai sulla sua bocca, baciandolo con un fervore amplificato dai suoi pensieri. Aveva lasciato la porta della sua mente spalancata. Il suo desiderio sfrenato, l'autocontrollo che gli serviva per non reclamare il mio corpo, la rabbia che provava nei confronti della società, la sua possessività, il suo cuore...

Mi inarcai verso di lui, ne volevo di più. La sua mano mi risalì il fianco e si insinuò sotto il maglione, per cingermi il seno. Lo incoraggiai con un gemito. La mia stanchezza non aveva più alcuna importanza, e non l'avevano nemmeno le mie emozioni tormentate. Solo lui.

«Prendimi» sussurrai. «Completaci».

Gemette sulle mie labbra, stringendo la presa sui miei polsi. «Sarà doloroso, Juliet. Soprattutto così».

«Se non lo farai, lo sarà ancora di più». Mi strusciai sulla sua erezione. «Prendimi, Darius. *Ti prego*».

La sua bocca dominava la mia con una brutalità che sentii fino in fondo all'anima. Mi gettai a capofitto nel bacio. Il mio cervello non funzionava più, il mio cuore non batteva più, i miei polmoni pompavano impazziti.

Darius era ovunque. *Era tutto*. La mia ossessione, la mia ragion d'essere, la mia vita.

Si sedette, trascinandomi con sé. Mi strattonò il maglione da sopra la testa, e io gli strappai i bottoni della camicia. I nostri petti si ritrovarono nudi, l'uno contro l'altro, mentre le nostre bocche continuavano a sbranarsi a vicenda. I miei jeans e le mie scarpe svanirono in un lampo, poi Darius mi fece stendere di nuovo sul letto. Nuda. Solo per lui.

«Non mi stancherò mai di vederti così». La sua voce conteneva una nota di stupore. Finì di togliersi la camicia con un desiderio sfrenato che gli ardeva negli occhi. Il mio battito accelerò in risposta, implorando il suo morso. Volevo tutto ciò che aveva da offrirmi. Tutto. Per sempre. Si sfilò la cintura lentamente, provocandomi, poi la lasciò cadere sul materasso. «Dovrei costringerti a sbottonarmi i pantaloni con i denti».

Mi alzai sui gomiti, impaziente di provarci, ma ci aveva già pensato da solo. Poi abbassò la cerniera, liberando la sua erezione. Aveva la punta umida, era così deliziosamente allettante. Amavo assaggiarlo, ero ossessionata dal suo sapore e dal suo piacere.

Le sue pupille si dilatarono. «Dolcezza, mi stai guardando come se volessi divorarmi».

«Infatti è così» gemetti, sentendo i capezzoli indurirsi.

«Presto» rispose con un ghigno. Fece scivolare i pantaloni lungo le sue cosce di marmo, poi li gettò sul resto dei nostri vestiti.

Ricaddi sulla schiena e incontrai il suo sguardo famelico. Fremetti di desiderio. *Darius sta finalmente per prendermi.* Al solo pensiero, un vortice di fiamme e gelo turbinò nel mio ventre. Lo volevo, ne avevo bisogno, e allo stesso tempo ne ero terrorizzata.

«Sei bagnata per me, Juliet?» chiese. Appoggiato sulle mani e sulle ginocchia, mi teneva intrappolata sul letto.

«Sì» sussurrai.

Si sedette sui talloni, tra le mie cosce spalancate. «Mostramelo».

Aprii ancora di più le gambe, mostrandogli la parte più intima di me.

«Usa le dita». Un ordine, non una richiesta. «Infilatele dentro e portale alle mie labbra».

Udendo il suo comando, fui avvolta da una vampata di calore. Obbedii. La mia mano scese sulla pelle depilata, poi ancora più in basso. Mi inarcai verso il mio stesso palmo, disperata di soddisfare il bisogno che mi dilaniava. Era così bello, ma non abbastanza. Gemetti, conficcandomi i denti nel labbro. I miei muscoli si tesero. Così vicino...

Mi infilai dentro due dita, sperando in un dolce sollievo, ma non fecero che peggiorare il desiderio che mi pulsava tra le cosce.

«Vai più a fondo» mi esortò, con lo sguardo fisso sulla mia mano.

«Sì, Sire». Ma le mie dita non alleviarono il mio tormento. Lo amplificarono ancora di più, inondandomi nuovamente di calore.

«Sembra delizioso, tesoro». I suoi pollici mi accarezzarono l'interno coscia, dolorosamente vicini a dove lo volevo più di ogni altra cosa al mondo, e mi strapparono un verso gutturale che di umano aveva ben poco. Si chinò e mi posò un bacio sulla mano. «Fammi assaggiare, amore».

Fremetti e avvicinai le mia dita alle sue labbra in attesa. Lui gemette e le prese in bocca, assaporandole con leccate lussuriose. Volevo lo facesse al mio clitoride. Volevo che mi portasse in quel luogo che mi aveva fatto conoscere, quello in cui potevo smettere di pensare e limitarmi a *sentire*.

«Darius, ti supplico...».

Sorrise. «Mmm, adoro quando mi implori». Appoggiò

la mia mano sul materasso e premette un bacio sul mio sesso. «È questo ciò di cui hai bisogno?».

«Sì» rantolai, senza fiato. Era come se i miei polmoni si fossero dimenticati come funzionare.

«Non venire» mi avvertì, provocandomi un'ondata di calore che risalì dall'addome fino al seno. I miei capezzoli si indurirono al punto di farmi male. La sua bocca indugiava sul centro del mio desiderio, respirandolo.

«Io...». Non riuscii a dire altro. Avevo un tale bisogno di lui, che non sapevo se piangere o urlare. Non sapevo nemmeno più come supplicare. Non capivo più niente...

E poi la sua lingua fu dentro di me.

Stritolai la coperta nei pugni, gridando il suo nome. Un'unica carezza sul mio punto più sensibile fu sufficiente a portarmi quasi al limite. Ma la sua lingua andò nella direzione sbagliata. Tracciò un sentiero lungo il mio corpo, fino a raggiungere il seno. Poi mi mordicchiò i capezzoli.

«Darius» ansimai. Il mio corpo bramava l'orgasmo. Tutto lo sconvolgimento emotivo, le provocazioni in auto, l'aver visto dentro la sua mente... «Mi sento come se stessi bruciando...».

«Bene» mormorò sul mio capezzolo. «È esattamente dove ti voglio».

Aprii la bocca per chiedergli cosa intendesse, ma la punta del suo sesso sfiorò il mio. Le sue mani si posarono sui miei fianchi, tenendomi giù.

«Hai il permesso di urlare, Juliet». Le sue zanne affondarono nel mio seno, inondando di estasi le mie vene. Gridai, confusa e in fiamme, e lui si spinse in avanti.

Dimenticai come respirare. Il mio corpo era troppo sciuoccato e straziato dalla sua invasione per riuscire a funzionare. Le lacrime mi offuscarono la vista, mi sembrava di essere congelata nel tempo.

Quello era l'atto che avevo temuto per anni. L'essere

squarciata a metà da un vampiro. E ciò che avevo desiderato così tanto da Darius.

Mi accarezzò i fianchi, mentre la parte inferiore del suo corpo restò immobile. Le mie pareti interne tremavano attorno alla sua brutale intrusione. Mi resi conto a malapena del dolore al capezzolo, o del modo in cui la sua lingua seguiva i rivoli di sangue che mi colavano dal seno.

«Fa' dei respiri profondi» mi ordinò dolcemente, muovendo appena il bacino.

Trasalii. Non ero ancora pronta. Le sue mani mi afferrarono la vita e le sue dita mi si conficcarono nella pelle. Sembrava stesse lottando contro se stesso per restare fermo. La sua bocca si spostò sul mio collo.

«Ho bisogno di muovermi» sussurrò. Il suo tono era agonizzante. «Ho bisogno di scoparti, Juliet».

Volevo chiedergli un altro minuto, implorarlo di andarci piano con me. Ma dalle mie labbra non uscì nulla.

«Dannazione» grugnì, conficcando i denti nella mia gola.

Sussultai, spaventata.

Faceva male, ma... oh... era anche una sensazione piuttosto interessante.

Inclinai i fianchi. Sentii la sua virilità sfregare da qualche parte dentro di me, in profondità, in un punto che riempì le mie vene di adrenalina. «Darius» ansimai.

Scivolò fuori dal mio corpo, poi tornò dentro, con forza. Gemetti in segno di apprezzamento. Ripeté l'azione, e i suoi gemiti si aggiunsero ai miei. Il calore vorticava dal punto in cui i nostri corpi si univano, riaccendendo una vampata di eccitazione. La sua bocca rimase sul mio collo.

Inclinai la testa, concedendogli pieno accesso, invitandolo a bere quanto volesse. «Sono pronta, Darius. Fammi tua».

«Oh, tesoro» mormorò. «Non l'hai ancora capito? Sei

stata mia sin dall'inizio». I suoi denti mi perforarono di nuovo la pelle e il suo bacino iniziò a muoversi sul serio. Prima aveva solo messo alla prova i miei limiti. Ma in quel momento non gli importava più. Mi stava prendendo come aveva bisogno di fare.

Le sue mani erano sui miei seni, mi scendevano lungo i fianchi, tornavano di nuovo sui seni. La lucidità lo stava abbandonando.

Mia.

Finalmente.

Così dannatamente stretta.

È meraviglioso.

Ancora...

Mi penetrò con forza, strappandomi un grido. I suoi pensieri famelici e le sensazioni che mi suscitava il suo corpo vorticavano dentro di me, facendomi precipitare nell'oblio.

Gli conficcai le unghie nella schiena, aggrappandomi alla sua carne, mentre mi possedeva nel modo in cui solo lui poteva fare. I suoi fianchi sbattevano violentemente contro i miei, la sua bocca risucchiava la mia essenza vitale, e le sue mani si impossessavano di ogni centimetro della mia pelle.

Urlai ancora, la brutalità del suo assalto era esattamente ciò che mi aspettavo. Eppure era anche molto meglio. Mi prese con la ferocia per cui la sua specie era nota, ma con un calore che era tutto suo. La sua mente rimase aperta alla mia, e i suoi pensieri e sentimenti accentuarono la nostra unione.

È così stretta, ci sto a malapena... Oh, non riesco a smettere. Non smetterò mai.

Mi sollevò e io gli circondai la vita con le gambe. Poi mossi anch'io il bacino, costringendolo a entrare ancora più in profondità.

«Darius» gemetti. Il mio corpo era dilaniato da quell'assalto di piacere e dolore. Mi aveva già fatta venire una volta, e un altro orgasmo stava crescendo dentro di me.

«Bevi il mio sangue» mi disse alzando il polso. Ci infilò le zanne e lo tagliò. Il sangue iniziò a sgorgare. «Completiamo la cerimonia».

Avevo una scelta. Se avessi deciso di non bere, la connessione avrebbe iniziato a vacillare. Lo capii perché mi mostrò con la mente come funzionava il rituale. Il suo corpo rivendicava il mio con un bisogno selvaggio di portare a termine la cerimonia, ma non l'avrebbe mai fatto senza il mio consenso.

Non avrei mai rifiutato.

Accettai il suo polso. La mia bocca si attaccò alla ferita e iniziò a succhiare profondamente. Il suo dolce sangue mi si riversò nella bocca, il suo ringhio mi risuonò nelle orecchie.

Mia, lo udii gridare. Non so se l'avesse fatto a voce alta o meno. Ero troppo rapita dalla sensazione dei nostri corpi, delle nostre menti e delle nostre anime che si sposavano con una promessa eterna.

Accelerò il ritmo. I miei fianchi erano doloranti per la sua presa violenta e il suo attacco feroce, ma con ogni spinta il mio piacere cresceva. Lasciai il suo polso e cercai la bocca. Lui mi avvolse un braccio attorno alla schiena, mentre con l'altra mano mi stringeva la vita, tenendomi salda.

Scopandomi. Amandomi. Annientandomi.

Ricambiai la sua stretta e i suoi movimenti, emulando il suo ritmo forsennato. Avevo bisogno anch'io di rivendicarlo come mio. Lo sentii sorridere sulle mie labbra.

«La compagna perfetta» affermò, per poi catturarmi la lingua con un'audace sferzata della sua. «Sei incredibile».

«Di più» lo implorai. «Dammi di più».

Mi stese completamente sul letto, con il suo sesso ancora immerso in profondità nel mio corpo. «Tieniti a me».

Gli avvolsi le braccia attorno al collo e lo strinsi come se ne andasse della mia vita. Mi condusse a un nuovo livello di esistenza. Il mio cuore batteva forte, il sudore mi colava sulla fronte, il dolore era quasi troppo intenso da sopportare.

Ma era anche stupendo. Ancora meglio di quanto immaginassi.

Il mio corpo tremava, il fuoco che mi scorreva nelle vene aveva raggiunto il punto di fusione. Eppure, ne volevo di più. Non sapevo di cosa. Ero persa nei suoi movimenti, nella sua velocità. Mosse il bacino in modo da sfiorarmi il clitoride, ma non era comunque abbastanza.

Tutto quel calore...

Troppo.

Oh, Darius.

Mi possedeva. Esistevo solo per quell'unione di anime e carne. Ardeva dentro di me, bruciando ogni terminazione nervosa, incendiandomi il cuore. Non riuscivo a respirare. Il mio corpo era intrappolato in uno spasmo incombente che mi sfuggiva.

Fa male...

«Vieni per me, Juliet». Il suo ordine secco mi accarezzò le labbra. «*Ora*».

Allontanai la mia bocca dalla sua, ansimando selvaggiamente. Al suo comando andai in mille pezzi, gridando il suo nome.

Mi fece eco con un ringhio che mi rimbombò nel petto, facendosi strada verso il mio cuore e la mia anima. Mi devastò dall'interno, consolidando la sua rivendicazione e la mia, mentre il mio corpo tremava violentemente nella beata agonia della nostra passione totalizzante.

«Mia». L'impetuosa dichiarazione di Darius fece tremare le pareti. Mi seguì anche lui nel delizioso oblio. La sua estasi arse attraverso la nostra connessione, suscitando in me l'ennesima esplosione.

Luci bianche e nere danzarono innanzi ai miei occhi. In un istante, il mio mondo si capovolse. Persi conoscenza. Ero troppo assorbita dalla gioia della mia anima che si sollevava su un nuovo piano dell'esistenza, per rimanere tra i vivi.

Ecco come ci si sente quando si vola...

Galleggiai ancora più in alto, più felice che mai, e mi ritrovai a fissare gli occhi verdi e sorridenti di Darius. Il suo sesso pulsava dentro di me, duro e rovente. «Sei pronta per continuare?» mi chiese dolcemente. «O ti serve un altro minuto?».

«C'è di più?» chiesi, frastornata.

«Oh, Juliet». Le sue labbra si distesero in un sorriso smagliante. «Questo era solo l'inizio».

Darius

Juliet stava dormendo così serenamente che mi dispiaceva svegliarla. Era sera già da un po', visto che avevamo passato gran parte della giornata a fare sesso. Era un'allieva eccellente. Seguiva le mie indicazioni senza esitare e si affidava al suo istinto.

Sorrisi, pensando a come si era inginocchiata per me, con le mani sulla testiera del letto, mentre la penetravo da dietro. La mia erezione pulsò sul suo fondoschiena. Ne volevo di più.

Non ancora.

Aveva bisogno di riprendersi, prima che ci avventurassimo in quel territorio. La sua immortalità era saldamente radicata e la sua forza vitale prosperava dentro di me, ma aveva ancora bisogno di nutrimento per rimanere in salute.

Le mordicchiai delicatamente il collo e passai con la lingua sulla sua vena pulsante. Sbadigliò e si stiracchiò, premendo così il sedere sul mio inguine avido. «Darius?» mormorò, con la voce carica di sonno.

«Juliet». Le baciai la spalla nuda. «È già passata mezzanotte».

«Mmm». Si stiracchiò di nuovo. Soffocai un gemito.

«Continua a farlo, e per oggi non lasceremo questa stanza».

Si immobilizzò, poi ripeté il movimento.

Piccola ribelle. La feci voltare sulla schiena e mi chinai tra le sue cosce spalancate. «Juliet, ti sembro uno che scherza?». Ero stato sincero. In fin dei conti, avrebbe potuto trascorrere un'intera giornata senza cibo, soprattutto con il mio sangue che le scorreva nelle vene.

«Ehm... no». Si leccò le labbra. I suoi occhi scuri si posarono sulla mia erezione. Arrossì. Le sue pupille si dilatarono, bramose.

«Non guardarmi così, a meno che tu non abbia intenzione di dare un seguito alle tue occhiate». Afferrai l'oggetto della sua attenzione e gli diedi una carezza decisa.

Juliet fremette visibilmente e si alzò un po', appoggiandosi sui gomiti. «Io...». Proprio in quel momento, il suo stomaco prese a brontolare, strappandomi un sorrisetto.

«Sì?». Inclinai la testa. «Desideri un piccolo antipasto, tesoro?».

Gemette e ricadde all'indietro sul letto. Si coprì il viso con un cuscino. Ma i suoi capezzoli turgidi e il suo sesso luccicante mi rivelarono esattamente come si sentisse riguardo alla mia offerta. Le posai un bacio dove le sue cosce si congiungevano. «Non puoi nasconderti da me, Juliet».

Le venne la pelle d'oca e l'aria si impregnò della sua lussuria. Le diedi una lunga, profonda leccata, poi salii su di lei, ingabbiandola tra le mie braccia. Sussultò quando la mia erezione lambì la sua carne umida.

«Ti fa male?» le chiesi dolcemente.

Un borbottio incomprensibile mi giunse dall'altro lato del cuscino. Rimossi la barriera con un movimento rapido e la osservai in viso. Era così bella ed eccitata. Ma un'altra delicata carezza tra le gambe confermò i miei sospetti.

«Dovrei scoparti solo per darti una lezione». Le mordicchiai il labbro inferiore. «Devi dirmelo, quando esagero».

Deglutì. «C... come?».

«Apri la mente» mormorai. «Ti ascolterò».

Inarcò un sopracciglio. Il suo dubbio filtrò attraverso il nostro legame.

Increspai le labbra, divertito. «Non ho detto che mi fermerò. Ma ti ascolterò».

Scivolai lentamente dentro di lei. Il suo dolce calore mi avvolse con un umido abbraccio. Le sue guance assunsero una lasciva sfumatura cremisi. Le sfiorai col viso la pelle soffice e delicata, inalando la sua fragranza irresistibile. Nel mentre, aumentai appena la velocità dei miei movimenti. Con un gemito, gli occhi le rotearono all'indietro. Tutta la sua esitazione era svanita in un istante.

Le baciai il collo, la mascella, il punto sensibile sotto l'orecchio. «Non dev'essere sempre qualcosa di violento, amore». Sottolineai le mie parole con un bacio sulla tempia. «Posso essere tenero».

Le sue mani mi risalirono le braccia, le sue dita si avvinghiarono alle mie spalle. «Penso di preferirlo violento».

«Lo so». Cercai i suoi occhi. «Ma hai bisogno di più energia, prima che ti prenda di nuovo in quel modo. In camera da letto voglio una partner, non una bambola incosciente».

I suoi fianchi si alzarono per incontrare i miei, spingendomi ancora più a fondo. «Torno indietro con te». Pronunciò le parole con un gemito, mentre le pupille le inghiottivano le sue seducenti iridi marroni.

«Davvero?». La tenerezza con cui le feci quella

domanda non rispecchiava le spinte brutali con cui testavo la sua tolleranza al dolore.

Si morse il labbro, inarcando la schiena. «Sì» ansimò. «Non mi lascerai qui».

«Sarai al sicuro». Un fattore importante, considerati i miei piani. «E se scegli di rimanermi fedele, in futuro potremo stare insieme».

Le sue unghie mi si conficcarono nella pelle. «Tu sei mio».

Sorrisi alla sua ferocia. «Lo so, tesoro. Ma hai la possibilità di scegliere».

Si inarcò di nuovo verso di me, guidando la mia erezione nel punto in cui la desiderava. «No, Darius. Tornerò con te». Chiuse gli occhi. La sua espressione rivelava un piacere intriso di dolore.

«Ti fa male, vero?» domandai, pur restando dentro di lei.

«Sì» mormorò. «Ma ne voglio ancora».

«Più forte?».

«Sì» ripeté. «E dimmi che posso venire con te. Stare con te». Sulle ultime tre parole, il suo sguardo incatenò il mio. «Dillo, Darius. Ti prego».

Le risposi con un bacio, permettendole di *sentire* le mie emozioni e sottolineandole con i miei movimenti. Che si fecero sempre più intensi, sempre più veloci. Il suo cuore batteva rapidamente contro il mio petto, il suo respiro era irregolare. Presto sarebbe venuta, e il solo pensiero avvicinò anche me all'orgasmo. Sentirla serrarsi attorno a me era una delle esperienze più incredibili della mia lunga vita. Non mi sarei mai stancato di quella sensazione. Non mi sarei mai stancato di *lei*.

«Oh, Juliet» sussurrai sulle sue labbra gonfie. «Non capisci cosa significa essere la mia compagna?». Spostai il peso su un gomito e usai la mano libera per inclinarle il bacino, in modo da rendere l'atto ancora più intenso.

Inarcò la schiena ed emise un suono gutturale. Chiaramente approvava il mio cambio di posizione.

«Andarmene senza di te mi ucciderebbe» continuai. La mia voce era sempre più roca. «Ma farò tutto ciò che mi chiedi. Tutto ciò che desideri». La mia lingua trovò la sua, bramosa di dimostrarle quello che le avevo detto. Di rivendicare ciò che era mio e lasciare che lei facesse lo stesso. Fremette sotto di me. Il suo piacere stava raggiungendo l'apice. Era in attesa soltanto del mio permesso e del mio tocco finale.

«Oh, hai un corpo perfetto» mormorai, incantato. «*Tu* sei perfetta».

«Darius» ansimò, con un tono appassionato. «*Ti prego*...».

Prolungai il momento, immergendomi freneticamente dentro di lei. Adoravo il modo in cui le sue membra si tendevano, quando cercava di mantenere un briciolo di sanità mentale. Un leggero velo di sudore le decorava la pelle, e teneva gli occhi così serrati che probabilmente stava vedendo le stelle.

Stupenda.

«Ti porterò ovunque vorrai, Juliet» giurai. «Purché mi porti con te». La baciai con tutto me stesso e la sentii tremare violentemente. «Vieni per me, tesoro».

Il suo grido squarciò la notte, il mio cuore e la mia anima. La seguii oltre il limite con un orgasmo incredibile, che fece impallidire tutti gli altri.

Wow.

Ringhiai il suo nome e la riempii con il mio seme. Le mie braccia vacillavano, le mie gambe erano indebolite dalla forza con cui l'avevo presa. La sua estasi la fece contrarre attorno a me, spremendo fino all'ultima goccia del mio piacere.

La mia fronte le ricadde sul collo, i miei occhi brillavano di lacrime. Non avrei mai desiderato nessun'altra, non dopo Juliet. Tutti quegli anni trascorsi a mettere in discussione la cerimonia, chiedendomi come Cam avesse potuto scegliere di restarne coinvolto... Finalmente avevo capito.

Juliet è l'altra metà della mia anima. Forse era il legame a parlare, o un qualche magico scherzo del destino, ma ne dubitavo. Non poteva essere nulla del genere, non con il modo in cui la mia mente e il mio corpo reagivano alla sua presenza. Faceva tutto quello che volevo, si scontrava con me quando ne avevo bisogno, si sottometteva quando glielo ordinavo. E voleva restare al mio fianco.

«Non ti lascerò mai dove non vuoi restare» sussurrai. «E se starmi vicino dovesse rivelarsi troppo difficile, troverò un modo per riportarti qui. Al sicuro».

Mi prese il viso tra le mani, scostandomi dal suo collo in modo da potermi guardare negli occhi. «Il tuo mondo mi terrorizza, ma so che con te posso affrontarlo».

Mi voltai per baciarle il palmo, poi vi posai la faccia. «Non sarà facile. Lilith City era solo l'inizio».

«Lo so. E sarebbe stato molto più sopportabile se mi avessi resa partecipe del piano fin dall'inizio».

«Avevo bisogno che le tue reazioni fossero genuine».

«E allora fidati della mia abilità a recitare, Darius». Mi rivolse un'occhiata rovente. «Ho passato ventidue anni a imparare tutto sui vampiri e su come comportarsi in loro presenza. Vuoi che sia la tua arma, giusto? Usami, ma parlami. Posso farcela, se credi in me».

La mia Juliet, così intelligente. «Non ti merito». Di certo non in quella vita, forse in una più antica. «Ma ti terrò lo stesso».

I suoi occhi brillarono di una felicità che mi riscaldò il cuore. Poi il suo stomaco riprese a brontolare, ricordandomi dei suoi bisogni.

Sorrisi. «Ti avevo promesso un antipasto, no?». Uscii lentamente da lei e mi inginocchiai tra le sue cosce. «È così bella, con il mio seme che cola fuori» le dissi, trascinando le dita sul suo sesso. «Apri».

Schiuse le labbra, accettando le mie dita intrise del piacere di entrambi. Le succhiò fino a pulirle completamente, con le fiamme che le danzavano negli occhi.

«Voglio che tu faccia la stessa cosa al mio cazzo» le ordinai, rapito.

«Sì, Sire» rispose con voce roca. Si mise in ginocchio e mi afferrò i fianchi.

Gemetti quando si chinò per prendermelo in bocca. La sua testa era un groviglio di riccioli scuri.

«Oh, Juliet» ruggii, afferrandole i capelli e spingendola con le labbra fino alla base del mio sesso. La sua lingua vi danzava tutto attorno, leccando fino all'ultima goccia. Quando finì, praticamente brillava.

Le diedi uno strattone ai capelli per alzarle il viso e premiarla con un bacio. Meritava molto di più, ma prima dovevo pensare alle sue necessità. Mi sarebbe piaciuto poterla nutrire soltanto col mio sperma, ma mi sembrava un'opzione poco praticabile, nonché alquanto crudele.

La lasciai andare. Ansimava, stravolta. «Ti scoperò ancora, tranquilla» le promisi. «Ma dopo che avremo mangiato».

Nello sguardo le balenò qualcosa di simile alla delusione. «Un'altra cena».

Risi di cuore. Dopo l'ultima settimana, era ovvio che temesse tutto ciò che riguardava il cibo. «Non sarà per nulla una cena come le altre, amore». Scesi dal letto e la presi tra le braccia. «Ma prima dobbiamo farci una doccia». L'acqua calda le avrebbe fatto bene ai muscoli, così come qualche attenzione specifica alle sue parti più sensibili.

Non si oppose, anzi, si lasciò lavare e vestire senza fare una piega. Solo i suoi occhi mi lasciarono capire che non era molto d'accordo sull'abbigliamento. «È caldo» borbottò.

«È quello lo scopo di un maglione» replicai. Durante il giorno, Ismerelda aveva fatto recapitare dei vestiti della taglia di Juliet. I miei erano già in camera, dove li tenevo sempre. Avremmo dovuto aggiungere un guardaroba anche per Juliet, per le rare volte in cui fossimo riusciti a venire.

Indossai una maglia blu a maniche lunghe e la abbinai con un paio di jeans. Juliet mi osservò con interesse. Inarcai un sopracciglio. «Sì?».

«Niente, è solo che... mi piaci vestito così».

Le avvolsi la mano attorno al collo, sotto i capelli umidi. «Il sentimento è reciproco». La baciai per un istante più del necessario. «Andiamo a cercare un po' di cibo, così poi posso spogliarti di nuovo».

La sua espressione si addolcì. «Quindi è quello lo scopo dei vestiti».

Ridacchiai. «No, ma possiamo fingere che lo sia, se ti fa sentire meglio». Non avevo mai incontrato una donna che preferisse andare in giro nuda. Avrei voluto rimproverare l'Organizzazione, ma non ci riuscivo. L'idea che la mia compagna vagasse senza vestiti per l'eternità non mi turbava minimamente.

Le mie dita si intrecciarono alle sue e la guidai fino alla cucina. Jace era lì, con la testa china sulla spalla di una licantropa dai capelli biondi. Le stava sussurrando qualcosa all'orecchio. Qualsiasi cosa fosse, le tinse le guance di rosso. La sua eccitazione era più che evidente.

Accorgendosi della nostra presenza, ridacchiò e si fiondò fuori dalla stanza, lasciandosi dietro un Jace sorridente. «Quella sarà divertente da inseguire, più tardi».

Scossi la testa. «Hai veramente voglia di morire».

Si posò una mano sul petto. «Cosa c'è?! Non è ancora la compagna di nessuno ed è abbastanza grande da decidere per sé».

«È la figlia dell'alfa» gli ricordai, aprendo un armadietto per prendere due ciotole. Juliet era in piedi accanto al bancone. «C'è sicuramente un qualche accordo politico in atto per lei».

Jace agitò la mano con noncuranza. «Forse tra qualche anno».

«I licantropi preferiscono avere una compagna vergine».

«Ci sono un sacco di cose che posso farle, mantenendo intatta la sua verginità» affermò. «Sicuramente ne hai provate un po' con Juliet».

Lei si schiarì la voce. Il suo viso assunse un'adorabile tonalità rosata. Le accarezzai la guancia, poi aprii il frigo. «Cosa ne dici di un po' di zuppa?» le chiesi, scorgendo una pentola sul ripiano più alto.

«Okay» rispose, senza staccare gli occhi da Jace.

Lui ci osservava con un luccichio curioso nello sguardo. Poi sorrise. «Sembra proprio che abbiate passato una bella giornata. Avete dormito molto?».

«Smettila di metterla in imbarazzo» lo rimproverai, versando la minestra nelle ciotole. «Voglio tenerla, non spaventarla».

«Significa che tornerà indietro con noi?» chiese, sapendo della mia idea di lasciarla col clan.

«Sì» mi precedette Juliet. «Posso recitare il mio ruolo come richiesto».

La determinazione nel suo tono mi fece sorridere. Guardai Jace. «Mi ha detto che devo comunicare di più con lei».

«Ma guarda un po'». Anche Jace sorrise. «Beh, a questo proposito, ho un'idea da sottoporvi».

Misi le ciotole nel microonde e mi girai. «Cosa riguarda?».

«Gaston. Penso di conoscere un modo per farlo rinunciare alla candidatura e assicurarti la vittoria senza ulteriori spargimenti di sangue. Risolverà anche il tuo problema con la condivisione».

Inarcai le sopracciglia. «Okay, ti ascolto. Qual è il piano?».

ÐARIUS

Qualche settimana più tardi...

ERA UN PESSIMO PIANO. Uccidere Gaston sarebbe stato molto più facile e decisamente più piacevole.

«Rilassati» mormorò Ivan. «O farai quel bicchiere in mille pezzi».

«Oh, farò certamente qualcosa in mille pezzi» borbottai. *Come ad esempio la faccia di Jace, se bacia un'altra volta Juliet.*

Sto bene, Darius, mi rispose lei con un tono rassicurante. Era seduta dall'altro lato della stanza, in grembo a Jace. Indossava un abito nero con una scollatura che le arrivava fino all'ombelico. Lui le teneva un braccio attorno alle spalle, mentre la mano libera era infilata sotto allo spacco del vestito, posata sulla sua coscia nuda.

Ho accettato io di farlo, mi ricordò. *È il modo migliore, nonché il mio ruolo come tua compagna. Fidati di me.*

Allentai la presa sul vetro. Il suo tono sereno aveva placato la mia gelosia. Jace aveva suggerito questa piccola farsa per dimostrare a tutti la mia mancanza di affetto verso la mia vergine di sangue.

Rimuovendo il fascino del proibito, li priverai di tutto il divertimento, aveva affermato. *Ed è anche utile per dimostrarmi il*

307

tuo sostegno. Un qualcosa che le masse apprezzeranno, in questo gioco politico. Gaston non avrà alcuna possibilità, perché non ha nulla di interessante da offrirmi, e lo sa.

Finii il mio drink e posai il bicchiere su un vassoio lì accanto. Si era già sparsa la voce della mia nomina. Sebastian si era premurato di dire a tutti i presenti che era lui che dovevo ringraziare per la mia ritrovata ambizione politica. Un giorno mi sarebbe piaciuto ucciderlo, quando non mi fosse stato più di alcuna utilità.

«Sembra che Gaston abbia appena saputo la novità» mi informò Ivan, indicando con un cenno del mento il vampiro in questione. La sua testa calva brillava sotto la luce del lampadario. Sebastian gli stava parlando, e lui lo ascoltava impallidendo sempre di più.

«Sembra entusiasta» commentò Trevor, passandomi un altro calice. «Non romperlo».

Sbuffai. «Ho tutto sotto controllo».

«Certo». Ridacchiò. «Continua a ripetertelo».

«Ti ha tenuto per le palle dal momento stesso in cui l'hai portata a casa». Ivan suonava fin troppo divertito. «Guardarvi è uno spasso».

Sospirai, segretamente grato della distrazione che mi offrivano quei due. «Perché sono sempre circondato da bambini?».

«Perché sei incredibilmente vecchio?» suggerì Trevor. «È solo un'idea».

Ivan scoppiò a ridere. «E la pura verità». Poi qualcosa attirò la sua attenzione. «Oh, sei stato convocato, Darius».

Lanciai un'occhiata al tavolo di Jace, notando il suo sopracciglio alzato. «Bene. Ci sarà da divertirsi. Con permesso...». *Ora ti bacio, Juliet,* le dissi mentre mi avvicinavo. *Preparati.*

Perché suona come una minaccia?

Perché mi conosci bene. Bevvi un altro sorso del mio

champagne, poi passai il calice a un servitore umano, senza dire una parola.

«Vostra Altezza» lo salutai formalmente, mentre le mie dita si avvolsero attorno ai riccioli di Juliet. «Un attimo solo». Le alzai il viso con un violento strattone e la baciai come promesso, graffiandole la lingua con i denti. La sua dolce essenza mi riempì la bocca. «Mmm, così va meglio» mormorai, lasciandola andare altrettanto bruscamente.

Jace ridacchiò, accarezzandole i capelli arruffati dal mio assalto. «Era forse un invito ad assaggiarla di nuovo, Darius?». Una brillante allusione al soggiorno a Lilith City a beneficio dei presenti. A volte sospettavo che Jace sapesse destreggiarsi in quel gioco meglio di me, forse grazie alla sua esperienza alla corte reale.

Mi strinsi nelle spalle, fingendo noncuranza. «Puoi farle tutto ciò che vuoi». Parole spietate che riuscivo a pronunciare solo perché mi fidavo di lui. A ben vedere, non era poi così pessimo come piano.

Il suo sguardo argenteo si illuminò. «Forse più tardi».

Accarezzai il braccio nudo di Juliet, facendole venire la pelle d'oca. «Sarà felice di soddisfare qualsiasi desiderio ti passi per la mente».

Jace le baciò la gola nel punto in cui la sua vena pulsava, poi la guancia. «Non vedo l'ora». Sospirò, appoggiandosi allo schienale del suo scranno. «Unisciti a noi, Darius». Indicò con un cenno la sedia accanto alla sua. «Gloria può sedersi con Lisa».

L'umana si alzò e si spostò sull'altro lato, dove si accomodò in silenzio sulle gambe di Lisa, mantenendo un'espressione impassibile. Erano entrambe parte dell'harem reale di Jace. Indossavano solo della seducente lingerie blu notte. Ma, anche sommata, la loro bellezza non era comparabile a quella della mia Juliet.

«Grazie» mormorai, prendendo posto accanto a lui.

Fu ovviamente un gesto simbolico, colto anche dal resto della sala. Invitarmi a sedere accanto a lui indicava la sua approvazione per la mia candidatura a sovrano. Incrociai lo sguardo furioso di Gaston. *Il messaggio è stato indubbiamente ricevuto.* Sebastian era in piedi vicino a lui, con le labbra increspate in un sorriso trionfante. Quel vampiro assetato di potere presumeva che l'avrei in qualche modo favorito. Sarebbe rimasto molto deluso.

«Stavo giusto dicendo a Benedict quanto sono entusiasta del tuo interesse a unirti al mio consiglio» disse Jace in tono colloquiale. «Adrian ha lasciato un grosso vuoto nella mia squadra, e sarà bello avere al mio fianco qualcuno di competente che lo sostituisca».

«Spero di essere all'altezza delle tue aspettative». Una risposta su cui ci eravamo accordati, e che sapeva benissimo fosse sarcastica, nonostante il mio tono rispettoso.

«Oh, credo che tu l'abbia già fatto». Un'altra carezza ai capelli di Juliet, che si estese fino alla vita. «Forse perché ho il mio harem personale, ma non ho mai capito il fascino di procurarsi una vergine di sangue. Ora, però, sono settimane che non riesco a smettere di pensare al sangue di Juliet».

Mi concessi un sorriso. «Lo so, crea dipendenza».

«Immagino sia per quello che l'hai scelta come *erosita*» aggiunse Jace con aria pensosa. «Un'altra cosa che non ho mai compreso, ma che rispetto, quando si tratta di lei». Rivolse un sorrisetto agli aristocratici seduti intorno a noi. «Urla splendidamente».

Le loro espressioni lussuriose tradivano il desiderio di averne un assaggio, ma non sarebbe mai successo.

«Vostra Altezza» disse una voce familiare da dietro di noi. «Possiamo parlare un attimo?».

Jace attese un istante, prima di girarsi. «Gaston. Ma

certo». Fece scorrere un dito lungo la gola di Juliet. «Torna dal tuo padrone come il bravo animaletto che sei».

«Sì, Vostra Altezza» mormorò lei docilmente, e si spostò dal suo grembo al mio. Le avvolsi un braccio attorno alla vita e le posai la mano sul fianco. I capelli le ricadevano su un lato, lasciandole il collo esposto in maniera provocante.

Desideri un morso, tesoro?

Solo da te, rispose.

La baciai sulla gola e mordicchiai la sua pelle delicata. *Più tardi mi dedicherò alla tua arteria femorale.*

Fremette. *Sì, ti prego.*

«Come posso aiutarti, Gaston?» chiese Jace, con il corpo voltato appena verso l'anziano vampiro. Un lampo di collera balenò negli occhi del mio avversario per la palese mancanza di rispetto. La maggior parte dei nostri simili si sarebbe alzata in piedi in sua presenza, ma un reale poteva cavarsela restando seduto. E Jace approfittò pienamente di quel diritto, lanciando al contempo un messaggio molto chiaro. *Io non ti appoggio.*

Gaston si schiarì la voce. «Come forse sapete, mi sono proposto per la carica di vostro sovrano».

«Sì, lo so». Jace mantenne un tono educatamente curioso. La sua recitazione era impeccabile.

«Alla luce dei recenti avvenimenti, credo sia meglio che ritiri la mia candidatura». Pronunciare quelle parole sembrava ferirlo nel profondo, ma riuscì a dirle in modo appropriato. «Darius è molto più adatto per quella posizione» aggiunse, senza riuscire a celare una smorfia. Dal canto mio, dovetti nascondere il mio sorriso tra i capelli di Juliet.

«Su quello siamo d'accordo, Gaston» rispose Jace. «Accetto il tuo ritiro. È tutto ciò di cui avevi bisogno?». Il rapido congedo fece voltare alcune teste, che ci osservarono con delle espressioni incuriosite. Era normale che un reale fosse scortese con i propri sudditi, ma comportarsi in quel modo con uno vecchio come Gaston avrebbe alimentato pettegolezzi per settimane.

«Sì, Vostra Altezza. È tutto».

«Ottimo. È stato un piacere parlare con te, Gaston». E si girò prima che l'altro potesse rispondere. «Dov'eravamo rimasti? Oh, giusto, discutevamo di quello che vorrei fare alla tua Juliet...».

Entrai nella limousine e mi sedetti accanto a Juliet, catturando subito la sua mano nella mia. Non disse nulla quando Jace si unì a noi, mantenendo un'espressione impassibile a beneficio della folla. I due membri del suo harem erano in auto con il suo autista e ci stavano seguendo verso la mia tenuta.

«Beh, è andata come previsto» commentò Jace non appena la portiera si chiuse. «Ma dovremo tenerlo d'occhio».

«Già, il tuo rifiuto plateale ha certamente ferito il suo ego».

Jace alzò le spalle. «Chiunque si nutra di bambini merita di essere rimesso al suo posto».

Non avrei potuto essere più d'accordo. Juliet si rilassò accanto a me, avvolgendomi un braccio attorno all'addome. Un comportamento molto diverso da quello di pochi mesi prima, quando l'avevo appena comprata all'asta.

«Sei stanca, tesoro?» le chiesi dolcemente, accarezzandole i capelli.

Annuì.

«Peccato» mormorai. «Avevo dei piani per te».

L'eccitazione serpeggiò attraverso il nostro legame, riscaldando il mio sangue e il suo. Chiaramente, non era poi *così* stanca.

«Nonostante il voyeurismo mi sia sempre piaciuto, dobbiamo parlare della tua ascesa».

Sospirai. «E fu così che la mia vita in politica ebbe inizio».

L'incoronazione non avrebbe avuto luogo per altri tre mesi, ma non importava. Tutti i vampiri che contavano erano presenti all'evento a cui avevamo partecipato, il gala del Parlamento, ed erano tutti favorevoli alla mia nomina come nuovo sovrano di Jace. Non avrei avuto alcuna opposizione.

Erano già iniziati gli inviti a cena, così come quelli per svariate serate dell'alta società. Nel giro di poche ore, la mia agenda era passata da completamente vuota a fitta di impegni.

Sarò al tuo fianco, mi rassicurò Juliet. Le avevo lasciato libero accesso alla mia mente.

Le diedi una stretta alla mano. *Lo so.*

Jace iniziò a parlare del futuro, delle sue idee e di come avremmo potuto lavorare insieme. Si soffermò anche a discutere di Juliet. Finché i nostri fratelli erano convinti che la condividessi apertamente con lui, nessuno avrebbe chiesto un assaggio. Era merce usata, il che la rendeva meno allettante. Per loro, era più che altro un soprammobile dal profumo inebriante.

Si fermerà nella tenuta, stanotte?, mi chiese.

Sì, con il suo harem. Forse resterà per qualche giorno.

Per consolidare il suo sostegno?

Sì, ma anche per rilassarsi un po'. Non c'erano molte persone con cui Jace potesse essere se stesso. In più, nella mia casa non era presente alcun dispositivo di ascolto. Ciò gli permetteva di dire tutto quello che voleva.

Sarà bello, ammise, vagamente addolcita.

Sorrisi. *Ti piace, vero?*

Percepii la sua scrollata di spalle mentale. *Diciamo che sta iniziando a piacermi.*

Finché non lo inviti nel nostro letto, per me non c'è problema.

Mai. Per me ci sei solo tu, Darius.

Per sempre, le ricordai.

Per sempre.

Chiusi gli occhi, mentre Jace continuava a parlare dell'Alleanza di sangue, elencando i nomi di quelli che pensava potessimo reclutare per la nostra causa e perché. Presto altri avrebbero iniziato a unirsi ai ranghi. Persone la cui identità era nota a pochi.

La mia ascesa era il segnale.

Il re era sulla scacchiera, accompagnato dalla sua regina.

Che il gioco abbia inizio.

EPILOGO

JULIET

Il Giorno del sangue

Darius strinse la presa sulla mia mano. Quando i rituali iniziarono, si irrigidì.

L'aria era densa di canti e preghiere provenienti dagli umani disposti in fila sul campo. La Dea era seduta su una tribuna, in alto. Noi eravamo dietro di lei, accanto a Jace e a tutti gli altri reali, sovrani e reggenti. L'alta società dei vampiri. Un gruppo di cui eravamo ufficialmente membri, da quando Darius aveva formalmente accettato la posizione di sovrano.

I capi dei clan dei licantropi, inclusi Mira e Luka, riempivano l'altra tribuna. Avevano tutti un'espressione annoiata.

Attorno a noi riecheggiavano parole in latino. Erano gli umani che giuravano la loro eterna devozione a Lilith. Non l'avevo mai vista di persona, ma era splendida. Proprio come l'avevo immaginata. Capelli biondo cenere lunghi e fluenti, carnagione diafana, taglienti occhi verdi.

Sedeva da sola, il suo trono era rialzato rispetto a dove eravamo noi. «Figli miei,» iniziò, con un sorriso nella voce «oggi celebriamo il nostro centodiciassettesimo Giorno del sangue. Come da tradizione, dodici anime fortunate gareggeranno per ottenere lo status di immortale. Solo due ci riusciranno».

Sulla folla calò il silenzio. Erano impazienti di conoscere i nomi, come dimostravano la loro postura e le loro espressioni trepidanti.

Era proprio come aveva spiegato Darius, umani messi gli uni contro gli altri. Costringendoli a competere, non si sarebbero mai alleati per reagire. E si vedeva nel modo in cui, pur in fila, sembravano tutti così distanti tra loro. Non ce n'era nemmeno uno che cercasse di confortare il proprio vicino.

«Il resto di voi sarà inviato nelle rispettive fazioni» continuò. La sua voce era decisamente troppo gentile per un vampiro. «E ora... che la cerimonia abbia ufficialmente inizio. Magistrato?».

Si alzò un licantropo dai capelli neri, vestito di blu. In mano teneva un grosso registro.

La classificazione degli umani, mi spiegò mentalmente Darius. *Ora li chiamerà uno alla volta, per informarli del loro destino. Preparati, Juliet. Non sarà piacevole.*

Deglutii. *Sì, Sire.*

Il magistrato si posizionò dietro un podio e aprì il registro, in un silenzio carico di nervosismo.

Diedi una rapida occhiata alla schiera di facce rivolte verso il basso e all'esercito di vigilanti armati di pistola che le circondava. Un brivido mi corse lungo la schiena.

Avevo trascorso ventidue anni nella consapevolezza di quale fosse il mio destino. Ero stata addestrata per essere una perfetta vergine di sangue e avevo temuto il momento in cui il battitore d'asta avrebbe chiamato il mio numero.

Ma osservando quegli umani in attesa di conoscere il loro futuro, mi resi conto di quanto ero stata fortunata. Almeno sapevo cosa aspettarmi. Quelle povere creature non avevano idea di dove sarebbero finite. E, ancora peggio, non avevano scelta. Era tutto deciso da un registro, un magistrato e una dea fasulla.

Otterremo giustizia per tutti loro, mi promise Darius, intuendo la direzione dei miei pensieri.

Sì, giurai, mentre veniva chiamato il primo nome.

Un rumore di tacchi risuonò sulle scale di pietra, quando il primo agnello si avvicinò al suo imminente massacro. Il suo incubo stava per cominciare. Io ero sopravvissuta al mio. Avrei voluto che anche lei potesse essere altrettanto fortunata. Ma sapevo che non sarebbe successo. A nessuno di questi umani.

Avrei voluto piangere per loro. Invece mantenni la mia posizione; una schiava al fianco di Darius. Un giorno avrei potuto combattere. E quando quel giorno fosse arrivato, sarei stata pronta.

Al futuro, mormorò Darius.

Al futuro.

La storia continua...

Sangue Reale

Sangue Reale

Un tempo, il genere umano governava il mondo, mentre vampiri e licantropi vivevano nell'ombra. Ma ora non è più così.

Rae

Il Giorno del sangue. Il culmine del mio addestramento. Il giorno in cui scoprirò il mio destino.
Non piangerò. Non implorerò. Resterò calma.
Le emozioni appartengono ai deboli. E io non sono debole.
Il mio nome è Rae e sopravviverò a tutto questo.
Ma non mi sarei mai aspettata che proprio *lui* chiamasse il mio nome...

Kylan

Pensate che l'immortalità mi stia facendo impazzire?
Credetelo pure.
Sceglierò come esca una combattente, una consorte con un pizzico di insolenza.
E quando il colpevole tenterà di attaccare, sarò io a uscirne vincitore.
Perché nessuno tocca ciò che è mio, compresa la focosa rossa al mio fianco.

Benvenuti a Kylan City.
Vi sfido tutti a venire a giocare con me.

AMAZON

ALLEANZA DI SANGUE

... E ADESSO?

Caro lettore,

Grazie di essere arrivato fin qui! Questa serie è la mia passione segreta. Mi aiuta a dare libero sfogo al mio lato oscuro.

Mi sono sempre chiesta cosa succederebbe se le creature soprannaturali esistessero davvero. In genere, vengono rappresentate come figure che si aggirano nell'ombra (io stessa ne ho scritte due serie!). Però... se gli esseri soprannaturali sono così potenti, perché nascondersi? Non dovrebbero essere loro a governare? Ed è cercando la risposta a queste domande che è nata l'Alleanza di sangue. Tuttavia, ho molto altro in serbo per te. Ti aspettano avventure oscure, malvagie e divertenti... di certo, non per gli umani.

Il romanzo successivo è pronto. Non parlerà di Jace, ma di Kylan. Lo so, non ti aspettavi di ritrovarti come protagonista il reale che ha massacrato il suo harem. Ma fidati, ti sconvolgerà. Mi sono immaginata di essere nella sua testa, e l'ho adorato.

Grazie ancora per la lettura!

A presto xx
Lexi

RINGRAZIAMENTI

Prima di tutto, voglio ringraziare Julie Nicholls, per aver creato una copertina incredibile. Senza le tue splendide grafiche, la serie dell'Alleanza di sangue sarebbe rimasta soltanto un breve racconto. I tuoi magnifici lupi bianchi, invece, mi hanno ispirata a scrivere anche dei licantropi. Ora ho un mondo immenso da raccontare, ed è tutta colpa tua. Grazie! <3

Poi voglio ringraziare mio marito, per l'incessante pazienza, supporto e amore. Ti ringrazio in ogni libro perché sei il mio cuore e il motivo per cui ho tempo di scrivere ogni giorno. Ti amo.

Allison: sei la miglior lettrice alfa del mondo. Tranne quando mi fai notare tutti i miei errori e le ripetizioni. E quando mi costringi a rendere ancora più bollenti le scene erotiche. Oh, aspetta, quello è il tuo lavoro, nonché il motivo per cui ti adoro. Grazie di tutto!

Delphine: sono convinta che "inclinazione" sia una bellissima parola e per questo dovrebbe comparire quasi in ogni frase. Presumo sia quello il motivo per cui ho bisogno che tu faccia a pezzi i miei libri ;) Grazie di tutto. Apprezzo infinitamente la tua attenzione ai dettagli, sappilo!

Pam: grazie, grazie, grazie! Sono abbastanza convinta che tu abbia voglia di uccidermi per tutte le volte in cui ho spostato le scadenze. Sei fantastica, grazie per tutti i problemi che hai risolto per me e perché riesci sempre a tenermi in riga.

Louise & Melissa: le mie due "tirapiedi" preferite. Mi

completate. Senza di voi sarei totalmente persa. La mia riconoscenza per voi è tale da non poter essere espressa a parole. <3

Amy, Barb, Joy, Louise, Sarah & Tracey: grazie per essere state le lettrici beta di La vergine di sangue e per avermi aiutata a rafforzare la relazione tra Darius e Juliet. Il primo libro di una serie è sempre il più difficile. Vi ringrazio tantissimo per il vostro tempo, i vostri consigli e la vostra guida.

Famous Owls: grazie per essere una parte così importante del mio team e perché riuscite sempre a farmi sorridere. Siete fantastici!

Niente di tutto questo sarebbe stato possibile senza il mio team ACR e i Night Owls di Foss. Grazie, grazie, grazie!

E ai lettori: grazie per aver letto la storia di Darius e Juliet. Spero che questi personaggi vi siano piaciuti, perché sono sicura che torneranno in uno dei miei prossimi libri. Questo mondo è immenso. Non vedo l'ora di continuare a giocarci!

La scrittrice di Bestseller per *USA Today* Lexi C. Foss è
un'autrice persa nel mondo della tecnologia. Vive ad
Chapel Hill, in North Carolina, con suo marito e i loro figli
pelosi. Quando non scrive è impegnata a mettere crocette
sulla lista dei posti che vuole visitare. Nella sua scrittura si
ritrovano molti dei luoghi in cui è stata, tra cui il mitico
mondo di Hydria, basata su Hydra, nelle isole greche. È
eccentrica, consuma troppo caffè e ama nuotare.

www.LexiCFoss.com
https://www.facebook.com/LexiCFoss
https://www.twitter.com/LexiCFoss

I LIBRI DI LEXI C. FOSS

www.ingramcontent.com/pod-product-compliance
Lightning Source LLC
Chambersburg PA
CBHW021442240626
47153CB00001B/254